WISE SAYING

마더 테레사

(6) 희생

Sacrifice

김동구 엮음

明文堂

머리말—세상 살아가는 지혜

『명언(名言)』(Wise Saying)은 오랜 세월을 두고 음미할 가치가 있는 말, 우리의 삶에 있어서 빛이나 등대의 역할을 해주는 말이다. 이 책은 각 항목마다 동서양을 망라한 학자·정치가·작가·기업가·성직자·시인……들의 주옥같은 말들을 예시하고 있다.

이러한 말과 글, 시와 문장들이 우리의 삶에 용기와 지침이 됨과 아울러 한 걸음 나아가 다양한 지적 활동, 이를테면 에세이, 칼럼, 논문 등 글을 쓴다든지, 일상적 대화나, 대중연설, 설교, 강연 등에서 자유로이 적절하게 인용할 수 있는 여건을 충족시켜 줄 것이다.

독자들은 동서양의 수많은 석학들 그리고 그들의 주옥같은 명언과 가르침, 사상과 철학을 접할 수 있는 좋은 기회를 얻음으로써 한층 다양하고 품격 높은 삶을 영위할 수 있을 것이다.

이 책은 각 항목 별로 다음과 같이 구성되어 있다.

【어록】

어록이라 하면 위인들이 한 말을 간추려 모은 기록이다. 또한 유학자가 설명한 유교 경서나 스님이 설명한 불교 교리를 뒤에 제자들이 기록한 책을 어록이라고 한다. 각 항목마다 촌철살인의 명언, 명구들을 예시하고 있다.

【속담·격언】

오랜 세월에 걸쳐서, 민족과 지역의 수많은 사람들의 생생한 경험을 통해서 여과된 삶의 지혜를 가장 극명하게 표현하는 것이기 때문에 문자 그대로 명언 가운데서도 바로 가슴에 와 닿는 일자천금(一字千金)의 주옥같은 말이라고 할 수 있다.

【시 · 문장】

항목을 그리는 가장 감동 감화적인 표현이라고 할 수 있다. 가장 마음속에 와 닿는 시와 문장을 최대한 발췌해 수록했다.

【중국의 고사】

동양의 석학 제자백가, 사서오경(四書五經)을 비롯한 《노자》《장자》《한비자》《사기》……등의 고사를 바탕으로 한 현장감 있는 명언명구를 인용함으로써 이해도를 한층 높여준다.

【에피소드】

서양의 석학, 사상가, 철학자들의 삶과 사건 등의 고사를 통한 에피소드를 접함으로써 품위 있고 흥미로운 대화를 영위할 수 있는 소양을 갖추는 계기가 된다. 그 밖에도 【우리나라 고사】【신화】【명연설】【명작】【전설】【成句】…… 등이 독자들로 하여금 박학한 지식을 쌓는 데 한층 기여해줄 것이다.

많은 서적들을 참고하여 가능한 한 최근의 명사들의 명언까지도 광범위하게 발췌해 수록했다. 그러나 너무도 많은 자료들을 수집하다 보니 미비한 점도 있을 것으로, 독자 여러분의 너그러운 이해를 바란다.

— 운계(雲溪) 金東求

차 례

희생 sacrifice 犧牲

(봉사)

【어록】

■ 독사에게 한 번 손을 물리면 장사는 서슴없이 팔뚝을 자른다(蝮蛇一螫手 壯士疾解腕 : 대의를 위해서는 작은 희생을 감수해야 한다).　　　　　　　　　　　　　— 육구몽(陸龜蒙)

■ 평생토록 길을 양보해도 백 보에 지나지 않을 것이며, 평생토록 밭두렁을 양보해도 한 마지기를 잃지 않을 것이다.　— 《소학》

■ 가장 큰 희생은 시간을 바치는 것이다.　　　　　— 안티폰

■ 우리에게 최대의 희생은 시간의 그것이다.　　— 플루타르코스

■ 밀알 하나가 땅에 떨어져 죽지 않으면 한 알 그대로 남아 있고, 죽으면 많은 열매를 맺는다.　　　　　　　　　— 요한복음

■ 벗을 위하여 제 목숨을 버리는 것보다 더 큰 사랑은 없다.
　　　　　　　　　　　　　　　　　　　　　— 요한복음

■ 너희는 남에게서 바라는 대로 남에게 해주어라. 이것이 율법과 예언서의 정신이다.　　　　　　　　　　　　— 마태복음

▣ 그러므로 내 사랑하는 형제들아 견고하며 흔들리지 말며, 항상 주의 일에 더욱 힘쓰는 자들이 돼라. 이는 너희 수고가 주 안에서 헛되지 않은 줄을 앎이니라.　　　　　　　　　— 고린도전서

▣ 자기 아들을 아끼지 아니하시고 우리 모든 사람을 위하여 내어주신 이가 어찌 그 아들과 함께 모든 것을 우리에게 은사로 주지 아니하시겠느뇨.　　　　　　　　　— 로마서

▣ 한 개의 촛불로 많은 촛불에 불을 붙여도 처음의 촛불의 빛은 약해지지 않는다.　　　　　　　　　— 탈무드

▣ 생명은 생명의 희생으로 이루어진다.　　　　　　— 몽테뉴

▣ 큰 희생은 어렵지 않지만 작은 희생의 연속은 힘이 든다.

　　　　　　　　　— 괴테

▣ 어떤 종류의 희생 없이 어떤 실체적인 것이 얻어진 적이 있는가.

　　　　　　　　　— A. 헬프스

▣ 우리는 희생을 제공하게 될 것이며, 도살자가 되지 않을 것이다.

　　　　　　　　　— 셰익스피어

▣ 한 민족이 괴로움을 당하기보다는 한 사람이 고통을 받는 편이 낫다.　　　　　　　　　— 존 드라이든

▣ 나와 같은 인간은 백만 명의 목숨을 희생할 정도로 대단하지는 않다.　　　　　　　　　— 나폴레옹 1세

▣ 자선은 그것이 희생일 경우에만 자선이다.　　— 레프 톨스토이

▣ 남성이든, 여성이든 모든 인간의 사명은 남을 위해서 봉사한다는 것이다.　　　　　　　　　— 레프 톨스토이

▣ 희생과 고뇌, 이것들이 사상가와 예술가의 운명이다.

— 레프 톨스토이

▣ 죽음의 공포보다 강한 것은 사랑의 감정이다. 헤엄을 못 치는 아버지가 물에 빠진 자식을 구하기 위해 물 속에 뛰어드는 것은 사랑의 감정이 시킨 것이다. 사랑은 나 이외의 사람에 대한 행복의 발로인 것이다. 인생에는 허다한 모습이 있지만, 그것을 해결할 길은 오직 사랑뿐이다. 사랑은 자신을 위해서는 약하고 남을 위해서는 강하다. — 레프 톨스토이

▣ 희생과 기원(祈願)은 인격 교환의 드높은 형식이요 상징이다.

— 보들레르

▣ 인간 중에 위대한 자는 시인·성직자·군인밖에 없다. 노래하는 자와, 축복하는 자와, 희생을 바쳐 또 스스로 희생하는 자.

— 보들레르

▣ 남을 위해서 살기는 쉽다. 그것은 누구나 하고 있는 일이다.

— 랠프 에머슨

▣ 사람들에게 봉사하라. 그러면 사람들은 그대에게 봉사할 것이다. 만약 그대가 한 평생을 걸고 사람들에게 봉사한다면 아무리 교활한 사람일지라도 그 보상을 그대에게 하지 않을 수 없을 것이다.

— 랠프 에머슨

▣ 위대한 사람들의 발자취를 보라. 그들의 걸어온 길은 하나같이 고난의 길이며 자기희생의 길이었다. 자신을 희생할 줄 아는 사람만이 위대해질 수 있었다. — 고트홀드 레싱

▣ 자기를 희생하는 것만큼 행복한 일은 없다. ― 도스토예프스키

▣ 자기희생은 법률에 의해서 타파되어야 한다. 스스로를 희생하는 사람들에게 있어서 그것은 법률위반이다. ― 오스카 와일드

▣ 진보의 크기는 그것이 요구하는 희생의 크기에 의해 평가된다.
　　　　　　　　　　　　　　　　　　　　　― 프리드리히 니체

▣ 희생 행위에 의해서 계획되는 도덕은 반야만적 계급의 도덕이다.
　　　　　　　　　　　　　　　　　　　　　― 프리드리히 니체

▣ 너는 말한다. 『선행(善行)을 위해서는 싸움을 희생하라.』고. 나는 말한다. 『선전(善戰)을 위해서는 만물도 희생한다.』고.
　　　　　　　　　　　　　　　　　　　　　― 프리드리히 니체

▣ 두 개의 마른 나뭇가지는 한 개의 생나무를 태운다.
　　　　　　　　　　　　　　　　　　　　　― 벤저민 프랭클린

▣ 남을 위해 봉사하는 것으로써 자기 역량을 알 수 있다.
　　　　　　　　　　　　　　　　　　　　　― 헨리크 입센

▣ 장자를 제물로 바치기를 바라시는 하나님이 일꾼의 수고의 첫 결실을 봉사의 첫 열매로 바치기를 원하신다. ― 헨리 스미스

▣ 작은 봉사라도 그것이 계속된다면 참다운 봉사이다. 데이지 꽃은 그것이 드리우는 제 그림자에 의하여, 아롱지는 이슬방울을 햇빛으로부터 지켜 준다. ― 윌리엄 워즈워스

▣ 한 사람의 열광자(熱狂者)가 박해자가 되기 시작할 수 있으며, 그보다 나은 사람들이 그의 희생물이 될지 모른다.
　　　　　　　　　　　　　　　　　　　　　― 토머스 제퍼슨

■ 사랑은 그것이 자기희생일 때 이외에는 사랑의 이름에 적합하지 않다. ― 로맹 롤랑

■ 스스로 행동하지 않으면서 위험에 타인을 내세워서는 안 된다. 솔선수범하지 않고 타인의 희생을 강요하는 선동자는 참을 수 없는 일이다. 참으로 신성한 혁명자의 모형은 단지 하나다. 그것은 『십자가에 달린 사람』이다. ― 로맹 롤랑

■ 희생이 너에게 슬픔이고 즐거움이 아니라면 희생할 필요가 없다. 너에게 그런 자격이 없는 것이다. ― 로맹 롤랑

■ 희생 없이는 풍요를 창조할 수 없다. ― 로맹 롤랑

■ 남에 대한 봉사는 적절히 하고 자신의 시간을 소중히 써라. ― 그라시안이모랄레스

■ 우리들은 결코 성공자(물질주의의 제국을 뜻함)에게 충의를 다한 일은 없다. 우리들은 그들에게 봉사할 따름이다. ― 제임스 조이스

■ 하나를 위한 전체, 전체를 위한 하나, 이것이 우리의 소망이다. (All for one, One for all.) ― 알렉상드르 뒤마

■ 자기희생은 부끄럼 없이 다른 사람으로 하여금 희생하도록 할 수 있다. ― 조지 버나드 쇼

■ 이 세상에서 찾아볼 수 있는 유일한 만족의 길은 봉사하는 것이다. ― 찰스 엘리엇

■ 좋은 풍습은 조그만 희생을 견뎌내는 데서 얻어진다. ― 필립 체스터필드

▣ 여행은 나에게 있어서 정신을 희생시키는 셈이다. ― 안데르센

▣ 전투에서 희생되는 사상자란 분노와 증오감과 잔인성에 의한 희
생자가 아니라, 어떤 사태의 발전과정에 있어서의 희생자이다.
― 존 스타인벡

▣ 예술의 가치와 과학의 가치는 만인의 이익에 대한 사욕이 없는
봉사에 있다. ― 존 러스킨

▣ 물질을 사랑하면서도 물질에 얽매이지 않고 그 물건에 아름다움
을 입히는 것은 위대한 봉사적 행위이다. 모든 물건에 사랑의 옷
을 입힐 수 있는 마음을 가져라! 그 물건이 가진 아름다움 이상으
로 우리의 마음이 그것을 아름답게 할 수 있다. 이것이 진실한 생
활이며, 이 세상을 우리의 것으로 만드는 길이다. 아름다움과 사
랑을 줄 때 우리는 이 세상에 봉사하고 있는 것이다.
― R. 타고르

▣ 희생이란, 자아를 보다 더 높은 지위에 있는 어떤 자에게 친절하
게 복종시키는 일이지, 결코 인간의 정신적, 도덕적인 자아를 주
장하는 일이 아니다. ― 에리히 프롬

▣ 집권력이 크면 클수록 봉사는 점점 극심해진다.
― 헤르만 헤세

▣ 모든 형태의 자기희생은 만일 궁극적인 목표를 갖지 않으면 안
됩니다. 그것은 자기 자신으로부터 남을 위한 삶에도 나아가는 자
유의 목표입니다. ― 마하트마 간디

■ 최고의 도덕이란 끊임없이 남을 위한 봉사, 인류를 위한 사랑으로 일하는 것이다. ― 마하트마 간디

■ 한없는 봉사를 언제나 제공할 수 있는 국민은 무한히 존귀하게 될 것이다. 봉사가 순수할수록 발달은 신속하다.

― 마하트마 간디

■ 생애의 외경(畏敬)의 윤리는 자기 주위의 모든 인간과 인생의 운명에 관심을 가지고 인간을 필요로 하는 사람이 있으면 인간으로서 봉사하라고 요구한다. ― 알베르트 슈바이처

■ 생명이 있는 모든 것에 봉사함으로써 나는 세계에 대하여 뜻있고 목적 있는 행동을 다하는 것이다. ― 알베르트 슈바이처

■ 우리 중에 참으로 행복하게 될 이는 봉사의 방법을 찾아 봉사한 이들이다. ― 알베르트 슈바이처

■ 내가 제공할 수 있는 것은 다만 피와 눈물과 땀이 있을 따름이다.

― 윈스턴 처칠

■ 우리는 최후까지 싸워 이길 것이다. 우리는 프랑스의 전장에서 싸울 것이며, 넓은 벌판에서 싸울 것이며, 어떠한 희생을 치르고서라도 단호히 우리 국토를 지킬 것이다. ― 윈스턴 처칠

■ 전시의 첫 희생자는 진리이다. ― 제임스 레스턴

■우리가 할 수 있는 최선을 다할 때 우리의 삶과 타인의 삶에 어떤 기적이 일어나는지 아무도 모를 것이다. ― 헬렌 켈러

■ 「삼중고(三重苦)를 안고 마음의 힘, 정신의 힘으로 오늘의 영예를 차지하고도 아직 여유가 있다.」 (마크 트웨인은, 헬렌 켈러의

노력과 정신력은 전 세계 장애인들에게 희망을 주었고, 다양한 활동을 한 '빛의 천사'로도 불린 그녀를 이렇게 칭송했다)

— 마크 트웨인

■ 만일 내가 살고 있는 나라가 침략을 받으면 나도 다른 사람과 마찬가지로 멋지게 희생정신을 발휘하여 행동을 함께 할 것이다. 그러면서도 무엇이든지 조국을 위한 일이면 하라는 것은 반대하지 않을 수 없다. 그것은 나치즘이 되라는 것이다. 그때 나는 사양하지 않고 조국을 떠날 것이다. — 찰리 채플린

■ 봉사를 위주로 하는 사업은 번영할 것이며, 이익을 위주로 하는 사업은 쇠퇴할 것이다. — 헨리 포드

■ 기도하면 믿게 될 것입니다. 믿으면 사랑하게 될 것입니다. 사랑하면 섬기게 될 것입니다. — 마더 테레사

■ 자원은 그 자원을 가장 효율적으로 사용할 수 있는 사람들의 손에 들어가야 합니다. 하지만 그 자원을 이용하여 소기의 목적을 달성한 후에는 다시 사회로 환원해야한다는 점도 잊어서는 안 됩니다. — 워런 버핏

■ 성공을 거둔 기업가는 부를 사회에 환원하고, 또 세계의 불평등을 개선할 수 있는 길을 찾아야 한다. 이것이 우리의 사회적 책임이다. 나는 죽기 전까지 재산의 95퍼센트를 사회에 기부하겠다. 내 인생의 후반은 주로 의미 있게 돈을 쓰는 일에 바칠 것이다. — 빌 게이츠

■ 개인은 제 민족을 위해서 일함으로써 인류와 하늘에 대한 의무를

수행한다.   — 주요한(朱耀翰)

▣ 최고의 정치표어는 자유가 아니다. 평등도 아니요 동포주의(同胞主義)도 아니다. 또 공동일치(共同一致)도 아니다. 다만 봉사이다.
      — 미상

▣ 대중은 문학을 갖고 있으며, 또한 문학을 구한다. 그러나 결코 문학의 희생이 되어서는 안 된다. 그렇지 않으면 그 어리석은 노력은 한자(漢字) 보존 때문에 중국인의 8할을 문맹으로 고생시키고 있는 성현들과 하등의 다를 바가 없는 것이다.   — 노신(魯迅)

▣ 희생은 군중의 행복을 기원하기 위한 것이지만, 신에게 바친 후에는 군중이 그 살을 나눠 먹어 버린다.   — 노신

▣ 하나를 베풀면 만 배를 얻는다.   — 김대성

▣ 개인은 제 민족을 위해서 일함으로써 인류와 하늘에 대한 의무를 수행한다.   — 주요한

▣ 우리는 현재에 산다. 한데 누구나 다 미래를 위하여 현재를 희생하고 있다.   — 손우성(孫宇聲)

▣ 희생은 본래부터 비극이다. 그러나 영원한 내적 세계에서는 그것은 가장 숭고하고 장엄한 부활이다. 아무리 작은 희생이라도, 아무리 정밀한 침묵에 파묻힌 희생일지라도 영생(永生)의 빛 속에 들어오지 않을 것은 없다.   — 오상순(吳相淳)

▣ 그 무엇 한 가지 때문에 제 것을 송두리째 바쳐서 없이 하는 것이 희생이다.   — 조지훈(趙芝薰)

▣ 그리스도는 마치 자연 생명의 원천인 대지와 같이 초자연적 생명

의 대지가 되셨습니다. 죽어 땅속에 묻히시기까지 낮추셨기 때문에 그렇듯이 풍요한 생명의 대지가 되신 것입니다. 대지는 겸허합니다. 더 이상 내려갈 수 없을 만큼 내려 서 있습니다. 사람들의 발아래 있고 짓밟힙니다. ― 김수환

▣ 촛불이 빛을 내려면 스스로 불타야 한다. ― 김수환

▣ 최고의 정치 표어는 자유가 아니다. 평등도 아니요 동포주의도 아니다. 또 공동일치(共同一致)도 아니다. 다만 봉사이다.
― 미상

【속담 · 격언】

▣ 부자 하나면 세 동네가 망한다. (큰일 하나 이루려면 많은 희생이 따른다. 세 동네가 망해서 그 돈이 모여 부자 하나가 난다)
― 한국

▣ 상전 빨래에 종 발뒤축이 희다. ― 한국

▣ 열의 한술 밥이 한 그릇 푼푼하다. ― 한국

▣ 희생이 클수록 명예 또한 크다. (The more cost the more honour.) ― 영국

▣ 초는 자기 몸을 태워서 불을 밝힌다. ― 영국

▣ 모든 사람에게 봉사하는 사람은 아무에게도 임금을 받지 못한다.
― 영국

▣ 사후(死後)에 사는 자가 아니면 산 사람이라고는 할 수 없다.
― 영국

■ 한 사람이 토끼를 잡으면 다른 사람이 그것을 먹는다. ― 영국

■ 알을 깨지 않고는 오믈렛을 만들지 못한다. ― 영국

■ 바늘은 사람에게 옷을 입히지만 자신은 언제나 알몸이다.

― 바스크

■ 남이 나에게 해주기를 바라는 바를 남에게 해주어라. (Do as you would be done by. ― 영국

■ 한 사람이 토끼를 잡으면 다른 사람이 그것을 나누어 먹는다. (One catches the hare and another eats it.) ― 영국

■ 한 사람이 못을 박으면 다른 사람은 그 못에 모자를 건다. (One man knocks in the nail, and another hangs his hat.)

― 영국

■ 타인의 불로 따뜻하게 한다. (Warm oneself by another's fire.)

― 영국

■ 나는 다른 사람이 사 주는 술을 마시는 것이 제일 좋다. (I like best the wine drunk at the cost of other.) ― 영국

■ 모든 사람에게 봉사하는 사람은 아무에게도 임금을 받지 못한다. (He that serves everybody is paid by nobody.) ― 영국

【시 · 문장】

나 보기가 역겨워

가실 때에는

말없이 고이 보내 드리오리다.

영변에 약산
진달래꽃,
아름 따다 가실 길에 뿌리오리다.
가시는 걸음 걸음
놓인 그 꽃을
사뿐히 즈려 밟고 가시옵소서.
나 보기가 역겨워
가실 때에는
죽어도 아니 눈물 흘리오리다.

― 김소월 / 진달래꽃

님은 갔습니다. 아아, 사랑하는 나의 님은 갔습니다.
푸른 산빛을 깨치고 단풍나무 숲을 향하여 난 작은 길을 걸어서
차마 떨치고 갔습니다.
황금의 꽃같이 굳고 빛나던 옛 맹세는 차디찬 티끌이 되어서
한숨의 미풍에 날려갔습니다.
날카로운 첫 키스의 추억은 나의 운명의 지침을 돌려놓고
뒷걸음쳐서 사라졌습니다.
나는 향기로운 님의 말소리에 귀먹고,
꽃다운 님의 얼굴에 눈멀었습니다.
사랑도 사람의 일이라 만날 때에 미리 떠날 것을
염려하고 경계하지 아니한 것은 아니지만,

이별은 뜻밖의 일이 되고 놀란 가슴은 새로운 슬픔에 터집니다.
그러나 이별을 쓸데없는 눈물의 원천을 만들고 마는 것은
스스로 사랑을 깨치는 것인 줄 아는 까닭에
걷잡을 수 없는 슬픔의 힘을 옮겨서
새 희망의 정수박이에 들어부었습니다.
우리는 만날 때에 떠날 것을 염려하는 것과 같이
떠날 때에 다시 만날 것을 믿습니다.
아아, 님은 갔지마는 나는 님을 보내지 아니하였습니다.
제 곡조를 못 이기는 사랑의 노래는 님의 침묵을 휩싸고 돕니다.

— 한용운 / 님의 침묵

그러나 희망은 어디 있는가─만약에 그것이
성스런 용기를 갖고서 우리들의 죄의 죽음의 어둠 속으로 간
더럽힘 없는 사람들의 희생에도 없다고 하면……

— 라인홀트 슈나이더 / 희생

우리는 이해할 수 없는 대지라는 이름의 같은 어머니의 배에서 나왔
고, 미완성의 영혼이라는 같은 아버지의 자식들이니, 증오로 눈살을
찌푸린 얼어붙은 듯한 그 얼굴을 넘어서서 나아가자.

— 프리츠 운루 / 희생적 使命

「어떤 기적이 일어나 내가 사흘 동안 볼 수 있게 된다면…… 먼저,

어린 시절 내게 다가와 바깥세상을 활짝 열어 보여주신 사랑하는 앤 설리번 선생님의 얼굴을 오랫동안 바라보고 싶습니다. 선생님의 얼굴 윤곽만 보고 기억하는 데 그치지 않고 그것을 꼼꼼히 연구해서, 나 같은 사람을 가르치는 참으로 어려운 일을 부드러운 동정심과 인내심으로 극복해낸 생생한 증거를 찾아낼 겁니다.」 — 헬렌 켈러

어떠한 의미로 보든지 희생이란 것은 비극이다. 한층 가치 있는 것을 위하여, 일층 가치 있는 것의 출생 또는 발전을 위하여 의식적으로 희생이 되는 것은 말할 것도 없이 존귀한 일이나 그 역시 비극이다. 왜냐하면 진(眞)의 자기가 자기 이상의 것의 존재를 지속하기 위하여 자기의 존재와 의욕을 절대로 부정하기 때문이다.

— 오상순 / 시대고(時代苦)와 그 희생

【중국의 고사】

■ **일장공성만골고(一將功成萬骨枯)** : 한 사람 장군의 공은 무수한 병사의 희생 끝에 이루어진다는 말이다. 이것은 《삼체시(三體詩)》 안에 수록되어 있는 조송(曹松)의 칠언절구 『기해세(己亥歲)』의 마지막 글귀다.

　　『못의 나라 강과 산이 싸움의 판도에 들었으니 / 산 백성이 어찌 나무를 하고 풀 뜯는 것을 즐길 생각을 하리오. / 그대에게 부탁하노니 후(侯)를 봉하는 일을 말하지 말라. / 한 장수가 공이 이뤄지면 만 명의 뼈가 마른다.』

이 시는 황소(黃巢)의 난이 한창이던 당희종(唐僖宗) 건부(乾符) 6년(879년)에 해당한 기해년(己亥年)에 지은 것으로 보인다. 황소는 마침내 양자강을 건너 북상했다가 정부군에 크게 패해 강동(江東)으로 달아나게 되었다. 이때 정부군이 만일 계속해서 추격만 했으면 난은 완전히 평정될 수 있었다. 그러나 이 때 정부군을 지휘하던 장군은, 『국가는 일단 위급한 때에는 장병들을 사랑하고 상 주기를 아끼지 않지만, 일단 태평한 세월이 오면 장병들은 헌신짝처럼 버림을 당하고 심하면 없는 죄까지 받게 된다. 그러므로 전쟁이 끝나지 않도록 적을 살려두어야만 한다.』하고 황소의 군사를 완전 섬멸하는 것을 고의로 회피하고 있었다. 이때가 바로 기해년이다.

조송의 시는 어쩌면 이 장군의 그런 이기적인 태도에 분개해서 지은 것일는지 모른다. 그러나 보통 알고 있는 이 글귀의 뜻은 무수한 생명의 숨은 희생 위에 한 사람의 영웅이 탄생하게 되는 전쟁의 잔학성과 모순성을 말한 것이다. 못의 나라는 비습한 땅이란 뜻으로 황소가 달아난 양자강 하류지방을 말한 것이리라. 싸움의 판도는 전쟁지역을 말한다. 나무하고 풀 뜯는 것을 즐길 생각을 하지 못한다는 것은 생업에 종사할 수 없는 전쟁의 시달림을 말한 것이다. 후(侯)를 봉하는 일은 곧 공을 세우는 일을 말한다. 그 결과 황소는 다시 세력을 회복하여 이듬해에는 수도 장안을 함락시키고 황제라 일컫게 된다. 다시 3년 뒤에는 정부군에 패해 동쪽으로 달아났다가 그 이듬해 패해 죽는다. 당나라도 이 난으로 20

년쯤 지나 망한다.　　　　　　　　　　　　　—《삼체시(三體詩)》

■ **살신성인(殺身成仁)** : 제 몸을 희생하고 인도(人道)의 극치를 성
취함을 이르는 말이다. 공자는 말하기를, 『지사(志士)와 인인(仁
人)은 삶을 찾아 인(仁)을 해치는 일이 없고, 몸을 죽여 인을 이룩
하는 일은 있다(志士仁人 無求生以害仁 有殺身成仁).』라고 했다.
『살신성인』은 쉽게 말해서 올바른 일을 위해서는 몸도 희생한다
는 뜻이다. 그런데 여기 말한 지사란 어떤 사람이냐 하는 문제가
있다. 《맹자》에는 공자의 말이라 하여 지사와 용사를 대립시켜
말한 곳이 있다. 그래서 뒷사람들은 이 지사를 의(義)를 지키는
의사의 뜻으로 풀이했다. 우리가 말하는 안중근 의사니 윤봉길 의
사니 하는 것도 실상 그분들이 나라와 겨레를 위해 몸을 희생시
킨 것이 공자가 말한 『살신성인』에 해당하기 때문에 붙인 이름이
다.

　때로는 단순한 뜻을 가진 사람을 지사라고도 부르기 때문에 지
사라는 이름 대신 살신성인의 『의사』라는 이름을 붙인 것이다.
또 이 지사(志士)를 지사(知士)로 풀이한 사람도 있다. 도의를 지
키는 사람이든 지혜로운 사람이든 그것은 그리 문제될 것이 없다.
어떻든 그가 가지고 있는 신념을 살리기 위해서는 하나밖에 없는
생명도 달게 버릴 수 있다는 것을 강조한 말이다. 그러나 그것은
어디까지나 양자택일을 할 마당에서의 이야기다. 덮어놓고 목숨
을 바치는 것을 『살신성인』으로 오인한다면 그것은 고작 좋게 보

아서 만용(蠻勇)밖에 될 것이 없다. 약간 차원은 다르지만, 『아침에 도를 들으면 저녁에 죽어도 좋다(朝聞道 夕死可矣)』라고 한 달관을 얻은 사람이 아니면 역시 『살신성인』은 어려운 일이다.

— 《논어》 위령공

■ **극기봉공**(克己奉公) : 자기 자신의 욕망을 억누르고 나라와 사회를 위해 일함을 이르는 말. 개인의 욕심을 버리고 사회를 위해 일한다는 말이다. 안연이 스승 공자에게, 「어떻게 하는 것이 인의 (仁義)를 지켰다고 할 수 있습니까?」 하고 묻자 공자는 「자기 욕심을 버리고 예의에 어긋나지 않는 것이 인이다(克己復禮爲仁)』 라고 말했는데, 이 구절에서 극기(克己)라는 말이 나왔다.

그리고 《사기》 염파인상여열전(廉頗藺相如列傳)에는 이런 이야기가 나온다. 전국시대 조(趙)나라의 혜문왕(惠文王) 때 조사 (趙奢)는 논밭의 조세를 담당한 관리였는데, 그는 혜문왕의 동생인 평원군(平原君)이 세금을 내지 않아 평원군의 마름 9명을 징벌하였다.

이에 화가 난 평원군이 조사를 죽이려 하자 조사는 「공께서 마름들을 부추겨 공사를 봉행하지(公事奉行) 않고 법을 지키지 않으면 나라가 쇠퇴하여 힘이 약해지고, 앞장서서 법을 지키면 나라도 강성해지고 공께서도 존경을 받을 것입니다.』라고 하였다. 조사의 말을 들은 평원군은 왕에게 조사를 천거하였으며, 왕은 조사에게 전국의 조세 업무를 맡아보게 하였다.

이와 같이 극기와 봉공이 결합하여 이루어진 성어로 자기의 욕망이나 감정을 억제하고 공공의 일에 봉사한다는 것을 말한다.

— 《논어》 안연편(顔淵篇), 《사기》 염파인상여열전

■ **왕척직심**(枉拓直尋) :「한 자를 굽혀서 여덟 자를 곧게 편다」는 말로서, 한 가지를 손해 보더라도 여덟 가지 이익을 보는 것이 낫다는 뜻을 담고 있는 말이다. 이 말은 맹자의 제자인 진대가 스승에게 한 말이다. 왕도정치를 실현하기 위해서는 마음에 들지 않더라도 제후들을 만나 설득해야 하지 않느냐는 뜻으로 말한 것이다. 이 말에 대해 맹자는 옳고 그름을 이렇게 설명했다.

「옛날에 왕량이라는 수레몰이꾼이 왕이 아끼는 신하가 사냥을 나가게 되어 신하의 수레를 몰게 되었는데, 법도에 맞게 수레를 몰았지만, 왕의 신하는 한 마리의 새도 잡지 못했다. 그러자 그 신하는 왕량을 형편없는 몰이꾼이라고 왕에게 말했다. 왕량은 다시 한 번 수레를 몰도록 해달라고 청했다. 이번에는 신하의 비위를 맞춰가며 수레를 몰았더니 새를 열 마리나 잡을 수 있었다. 이에 왕이 왕량을 정식 수레몰이꾼으로 삼으려고 하자, 왕량은 사양하며 이렇게 말했다. 「법도대로 수레를 몰았더니 하루 종일 새 한 마리도 잡지 못했습니다. 그러나 그 법도를 따르지 않고 다시 수레를 몰았더니 열 마리나 잡을 수 있었습니다. 저는 법도를 따르지 못했으니 수레를 모는 재주가 없는 사람입니다.」라고 말했다. 수레를 모는 사람도 이렇거늘 도를 말하는 사람이 도를 굽히면서까지 제후를 따라다닌다면 무슨 꼴이 되겠느냐.』

맹자는 옳지 않은 방법으로 뜻을 이루려는 것을 경계한 것이다.

— 《맹자》 등문공하편

【명연설】

▣ 게티즈버그 연설(Gettysburg Address) : 87년 전 우리 선조들은 자유라는 이념으로 이 땅에 새로운 나라를 세웠고 인간은 모두 평등하게 태어났다는 믿음을 위해 헌신했습니다. 지금 우리는 엄청난 내전에 휩싸여 자유와 평등을 바탕으로 세운 이 나라가 존립할 수 있느냐 없느냐의 갈림길에 서 있습니다. 우리는 내전의 격전지였던 바로 이곳에서 모였습니다. 우리는 격전지의 한 부분을 자유와 평등의 나라를 위해 목숨을 바친 이들에게 영원한 안식처로 마련해주기 위해 모인 것입니다. 이 일은 우리가 마땅히 해야 할 일입니다. 그러나 넓은 의미에서 우리는 이곳을 신성화할 수 없습니다. 죽기를 무릅쓰고 여기서 싸웠던 용사들이 이미 우리의 미약한 힘으로는 더 이상 어떻게 할 수 없을 정도로 이곳을 신성화했기 때문입니다. 오늘 이 자리에서 우리가 하는 말은 별로 오래 기억에 남지 않겠지만 그분들의 희생은 결코 잊히지 않을 것입니다. 그러므로 살아 있는 우리는 그분들이 고귀하게 이루려다 못 다 한 일을 완수하는 데 전념해야 합니다. 우리는 여기서 우리에게 남겨진 위대한 과제, 즉 명예롭게 죽어간 용사들이 죽음을 두려워하지 않고 헌신했던 대의를 위해 우리도 더욱 헌신해야

한다는 것, 그들의 희생이 결코 헛되지 않도록 우리의 결의를 굳건히 다지는 것, 하느님의 가호 아래 이 나라가 자유롭게 다시 탄생하리라는 것, 그리고 국민의, 국민에 의한, 국민을 위한 정부는 이 세상에서 결코 사라지지 않으리라는 것을 다짐해야 합니다.

— 에이브러햄 링컨

■ ……국민 여러분! 나라가 여러분을 위하여 무엇을 해줄 것인지를 묻지 말고 여러분이 나라를 위해 무엇을 할 수 있는지를 물어 주십시오. 전 세계 인류 여러분! 미국이 여러분에게 무엇을 베풀지를 묻지 말고 우리가 합심하여 인류의 자유를 위하여 무슨 일을 할 수 있는지를 물어 주십시오. 끝으로 여러분이 미국 국민이건 세계의 한 사람이건 여러분은 우리가 여러분에게 요구하는 것과 똑같은 수준의 힘과 희생을 우리들에게 요구하십시오.

— 존 F. 케네디

【成句】

■ 희생(犧牲) : 원래는 천지종묘(天地宗廟)에 제사를 지낼 때 제물로 쓰는 살아 있는 소를 일컫는 말이었다. 색이 순수한 것을 희(犧)라고 하며, 길함을 얻지 못해 죽이는 것을 생(牲)이라고 하였다. 오늘날에는 다소 뜻이 바뀌어 남을 위해 자신의 목숨이나 재물 또는 권리를 포기하는 일을 말한다. /《예기》

▣ 물색비류(物色比類) : 같은 것을 비교해서 목적한 것을 찾아 구하는 것. 물색(物色)은 희생(犧牲) 동물의 털 색깔. 거기에서 『물색하다』라고 하는 의미가 되었다. 유(類)는 같은 부류, 한패, 동류의 뜻. /《예기》 월령(月令).

▣ 멸사봉공(滅私奉公) : 사사로움을 버리고 공의를 받들다. 개인의 욕심을 채우려는 마음을 버리고 나라와 공의를 위해 힘쓰려는 마음을 표현한 것이다.

▣ 분골쇄신(粉骨碎身) : 뼈가 가루가 되고 몸이 깨지도록 노력함. 곧 희생적 노력을 이름. 또 목숨을 내놓고 있는 힘을 다하여 싸움. 부처의 은혜에는 몸이 가루가 되도록 보답해 마땅하다고 하는 데서 나온 말. /《선림유찬(禪林類纂)》

▣ 십시일반(十匙一飯) : 열 사람이 밥을 한 술씩만 덜어 보태면 한 사람의 끼니를 마련할 수 있다. 즉, 여러 사람이 힘을 합하면 한 사람쯤은 구제하기 쉽다는 뜻.

▣ 선공후사(先公後私) : 사사로운 일보다 공익을 앞세운다는 뜻으로, 대(大)를 위해 소(小)를 희생함을 나타낸 말.

▣ 치서이괴리려(治鼠而壞里閭) : 쥐를 잡느라 동사(洞舍)를 파괴한다는 뜻으로, 소(小)를 위하여 대(大)를 희생함의 비유. /《회남자》 설림훈.

▣ 구환분재(求患分災) : 환난을 구하고 재해를 나눈다. 다른 사람의 어려운 처지를 구하고 재해의 고통을 나누어 가진다는 뜻. /《춘추좌씨전》

▣ 견위치명(見危致命) : 나라의 위태로움을 보고 자신의 목숨을 버린다.

▣ 세답족백(洗踏足白) : 남의 빨래를 하였더니 제 발이 희어지다. 남을 위하여 한 일이 자기에게도 이득이 된다.

▣ 아가페(agape) : 인격적·정신적 사랑을 뜻한다. 기독교에서는 하느님의 인간에 대한 사랑, 인간 상호간의 형제애를 뜻하는 말로 사용된다. 아가페란 그리스어로 조건 없는 사랑이란 뜻. 자기를 희생하고 타자본위(他者本位)의 생활을 아가페의 생활이라고 한다.

어버이 parents 父母

(부모)

【어록】

■ 부모를 임금의 자리에 오르게 한대도 그 은혜는 다 갚을 수가 없다.　　　　　　　　　　　　　　　　　　　— 석가모니

■ 아버님이 나를 낳아주시고, 어머님이 나를 길러주시니, 슬프다 아버님 어머님이여! 나를 살리느라고 고생을 하셨네. 그 깊은 은덕을 갚으려 하면 넓고 큰 하늘같은 은덕 다함이 없겠구나(父兮生我 母兮鞠我 哀哀父母 生我劬勞 欲報深恩 昊天罔極).

　　　　　　　　　　　　　　　　　　　　　—《시경》

■ 몸을 세상에 세우고 도를 행하여 이름을 후세에 전하게 되어 부모를 세상에 드러내는 것도 효도의 끝이다(立身行道揚名於後世 以顯父母 孝之終也).　　　　　　　　　　　　—《효경(孝經)》

■ 아버지에 간언하는 자식이 있으면 그 아버지는 불의에 빠지지 않는다(父有爭子 則身不陷於不義).　　　　　　　　—《효경》

■ 부모가 살아 계시면 멀리 떠나지 말 것이며, 떠나더라도 반드시

가는 방향을 알려야 한다(父母在 不遠遊 遊必有方).

─《논어》이인

▣ 효자는 부모를 위해 어떤 고생을 하더라도 결코 부모를 원망하지 않는다(勞而不怨). ─《논어》요왈

▣ 부모를 잊기는 쉽지만, 부모로 하여금 나를 잊게 하기는 어렵다 (忘親易 使親忘我難 : 자식이 어버이를 생각하는 정보다는 어버이가 자식을 생각하는 정이 훨씬 깊고 크다). ─《장자》

▣ 큰 효도(大孝)는 종신토록 부모를 사모하는 것이다(大孝終身慕父母 : 사람은 어려서는 부모를 사모하다가 아름다운 여자를 알게 되면 젊고 아름다운 여자를 사모하고, 처자식이 생기면 처자식을 그리워하고, 벼슬을 하면 군주를 사모하고, 군주의 신임을 얻지 못하면 마음을 태운다. 그러나 대효(大孝)는 종신토록 부모를 사모하여, 50세가 되어서도 부모를 사모한 사람을 나는 순(舜)에게서 보았다고 맹자는 말했다}. ─《맹자》

▣ 벼슬살이는 가난을 위해서 하지 않으나, 가난을 위해서 할 때가 있다(仕非爲貧也 而有時乎爲貧 : 벼슬을 사는 것은 의식을 얻기 위해서 하는 짓이 아니다. 그러나 부모를 봉양하기 위해서는 벼슬을 할 때도 있다). ─《맹자》

▣ 어진 임금이 있다 해도 공 없는 신하를 사랑하지 않고, 자비로운 아버지가 있다 해도 이익 없는 자식을 사랑하지 않는다.

─《묵자》

▣ 자애로움이 지나친 어머니 밑에서는 몹쓸 자식이 나온다.(慈母敗

子: 패자(敗子)는 집안의 재산을 죄다 없애 버린 몹쓸 자식).

　　　　　　　　　　　　　　　　　　— 《한비자(韓非子)》

■ 자식을 알아보는 데는 아비보다 나은 이가 없다(知子莫如父).

　　　　　　　　　　　　　　　　　　　　　— 《한비자》

■ 나무는 고요히 서있고자 하나, 바람이 멈추질 않고, 자식이 봉양
하고자 하니 부모는 기다려주지 않는다(樹欲靜而風不停 子欲養
而親不待).　　　　　　　　　　— 《공자가어(孔子家語)》

■ 부모가 자식을 사랑한다면 자식을 위한 계책은 심원해야 한다(父
母之愛子 則爲之計深遠).　　　　　　　　　　— 《전국책》

■ 열 아들을 양육하는 아버지가 있는가 하면, 아버지 한 분마저 봉
양하지 않는 아들이 있다.　　　　　　　　　　— 《법구경》

■ 훌륭히 나라를 다스리는 자는 부모가 자식을 사랑하듯이 백성을
사랑하며, 형이 동생을 사랑하듯이 사랑한다(善爲國者 愛民如父
母之愛子 兄之愛凝).　　　　　　　　　　— 《설원(說苑)》

■ 누가 말하는가? 한 치 풀의 마음이 석 달 봄볕에 보답할 수 있다
고(誰言寸草心 報得三春暉 : 부모의 따뜻한 마음과 보살핌과 그
은덕을 비유하는 말이다).　　　　　　　　　　— 맹교(孟郊)

■ 부모는 그 자식의 나쁜 점을 모른다.　　　　　　— 《대학》

■ 부모에게 잘못이 있을 때 고치도록 하는 것은 좋은 일이나 거역
하는 것은 옳지 못한 일이다.　　　　　　　— 《예원(禮苑)》

■ 아비가 좀도둑이면 아들은 살인강도가 된다(老子偸瓜盜果 兒子
殺人放火).　　　　　　　　　　　　　— 여득승(呂得勝)

■ 자식과 손자에겐 저마다 복이 따로 있으니, 자손의 앞날을 지나치게 걱정하는 것은 부질없는 일이다(兒孫自有兒孫福 莫爲兒孫作遠憂).　　　　　　　　　　　　　　　　　— 관한경(關漢卿)

■ 질병으로 많이 아프거나 비참한 경우를 당했을 때 부모의 이름을 부르지 않는 사람은 없다(疾痛慘怛 未嘗不呼父母 : 잊어버리고 있던 부모를 생각한다. 이것이 인지상정이다).　　—《문장궤범》

■ 사람에게는 세 가지의 불행이 있다. 첫째는 젊어서 과거에 급제하여 출세하는 것이고, 둘째는 부모 덕택으로 높은 관직에 임용되는 것이고, 셋째는 재능이 있고 문장이 능란한 것이다(人有三不幸 少年登高科 一不幸 席父兄之勢 爲美官 二不幸 有高才能文章 三不幸也 : 이상 세 가지는 일반적으로 대단히 영광스러운 일이지만, 실은 학문의 미숙, 남의 비방, 덕의 부족으로 인해 몸을 그르칠 위험이 있기 때문에 불행이라 한 것이다).　　—《소학》

■ 무릇 자식 된 자의 예의는, 말할 때 자신을 늙었다고 하지 않는 것이다(人子之禮 恒言不稱老 : 부모 앞에서는 결코 늙었다는 말을 해서는 안된다).　　　　　　　　　　　　　　　—《소학》

■ 효의 시작은 부모를 섬기는 것이요, 다음은 임금을 섬기는 것이며, 입신출세하는 것이 효도의 끝이 된다(孝始於事親 中於事君 終於立身).　　　　　　　　　　　　　　　　　　—《소학》

■ 지혜 있는 자식은 아버지를 기쁘게 하고, 어리석은 자식은 어머니의 걱정거리다.　　　　　　　　　　　　　　　— 솔로몬

■ 자식들은 어머니의 생애의 닻들이다.　　　　— 소포클레스

■ 설사 자식에게 업신여김을 받아도 부모는 자식을 미워하지 못한다.   ― 소포클레스

■ 아버지는 딸을 자랑하고 어머니는 아들을 자랑한다.

           ― 메난드로스

■ 어린아이는 어머니를 그 웃는 얼굴로 분간한다.

           ― 베르길리우스

■ 너의 의모(義母)가 살아 있는 한, 평화의 온갖 희망을 포기하라.

           ― 유베날리스

■ 그 어머니의 말을 믿어서는 안 된다. 이웃의 말을 믿어라.

           ―《탈무드》

■ 송아지가 얌전하면 어미 소도 위험하지 않다.   ―《탈무드》

■ 부모의 사랑은 오로지 내려갈 뿐 올라오는 법이 없다. 즉 사랑이란 내리사랑이므로 자식에 대한 부모의 사랑은 자식의 부모에 대한 사랑을 능가한다.   ― 엘베시우스

■ 부모는, 정부가 하는 것보다 더 조심성 있게 그들의 자녀를 보호하고 훈련시킬 수 있다.「이 백성이 모두 제 뱃속에서 생겼습니까?」라고 모세가 말한 이유가 이것이다.   ― 마르틴 루터

■ 의견을 분별이라고 부르고 있습니다만, 결혼에 관한 한, 양친은 자식들보다 경솔하고 맹목적입니다.   ― 자크 샤르돈느

■ 부활의 날에는 너의 아버지가 누구인가가 아니라 너의 행위가 어떠하였는지가 심판될 것이다.   ― M. 사디

■ 우리는 이해할 수 없는 대지라는 이름의 같은 어머니의 배에서

나왔고 미완성의 영혼이라는 같은 아버지의 자식들이니, 증오로
눈살을 찌푸린 얼어붙은 듯한 그 얼굴을 넘어서고 나가자.

— 프리츠 운루

■ 어머니는 우리들의 마음에 열을 주며, 아버지는 빛을 준다.

— 장 파울

■ 어머니의 눈물은 자식의 불평을 씻어 내린다.

— 알렉산더 대왕

■ 한 사람의 양모(良母)는 백 사람의 교사에 필적한다.

— 요한 헤르바르트

■ 신부의 슬픔은 3주간이었다. 자매의 슬픔은 3년이었다. 어머니는
지쳐 무덤에 누울 때까지 계속 슬퍼했다.   — 사밋소

■ 부모의 공로를 모르는 자녀는 살무사의 날카로운 이빨보다도 못
하다.   — 셰익스피어

■ 그는 어느 모로 보아도 사나이였다. 그와 비슷한 사나이를 두 번
다시 볼 수는 없을 것이다. (햄릿이 죽은 아버지를 추억하면서 한
말)   — 셰익스피어

■ 어머니란 알을 낳은 새가 아니라 알을 부화시킨 새를 말한다.

— 앙투안 아르노

■ 「그다지 고통스럽지도 않아. 저 노랫소리가 참 아름다워……. 들
린다, 들린다, 그 많은 노랫소리 가운데 어머니 목소리가 들린
다.」(루이 16세의 처형에 뒤이어 여덟 살의 소년으로서 왕이 된
루이 17세는 2년 후인 열 살에 감옥에서 병사했다. 어린 왕은 죽

으면서 어머니를 그리워했다)   ― 루이 17세

■ 자식이 열 있더라도, 자식에 대한 어버이 한 사람의 마음은 어버이에 대한 열 자식의 마음을 훨씬 능가한다.   ― 장 파울

■ 여자가 여자인 것은 단지 어머니가 되기 위함뿐이다. 여자는 쾌락에 의해서 덕성으로 행한다.   ― 조제프 주베르

■ 여자는 약하다. 그러나 어머니는 강하다.   ― 빅토르 위고

■ 어머니는 아들의 친구가 성공하면 질투한다. 어머니는 아들보다도 아들 속의 자기를 사랑하고 있는 것이다.

                                    ― 프리드리히 니체

■ 아들은 장가들 때까지 자식이다. 그러나 딸은 어머니에게 있어서 한평생 딸이다.   ― T. 풀러

■ 아마 돌아가신 누님은 어머니로서 모든 의무를 다하기에는 너무도 천사처럼 순진하였으리라는 생각이 늘 드는군요. 누님은 젊은 아내로서 나무랄 데 없는 사람이었습니다. 하지만 어머니로서는 같은 모습을 갖지 못한 것으로 추측됩니다.   ― 레프 톨스토이

■ 나라는 존재가 비롯한 어두운 뱃속에서 어머니의 생명이 나를 사람으로 만드셨다. 인간으로서 탄생되기까지의 여러 달 동안, 그녀의 아름다움이 나의 하찮은 흙을 가꾸셨다. 그녀의 일부분이 죽지 않았던들 나는 아무것도 보지 못하며 숨도 쉬지 못했을 것이며, 또한 이렇게 움직이지도 못했으리라.   ― 제인 멘스필드

■ 천지간 모든 동물에 있어서 개로부터 인간의 여자에 이르기까지 어머니의 마음은 항상 숭고한 것이다.   ― 알렉상드르 뒤마

■ 어머니의 젖을 빤다는 행위가 모든 성생활의 시발점이 된다.
　　　　　　　　　　　　　　　　　　　― 지그문트 프로이트

■ 주택은 어머니의 신체의 대리물이다. 어머니의 몸이야말로 아마
　도 언제까지나 사람이 동경하는 최초의 주거이다. 그 속에서 인
　간은 안전했으며, 위안을 받았다.　　　　　― 지그문트 프로이트

■ 여자답다는 것은 모성을 말하는 것이다. 모든 사랑은 그 곳에서
　부터 시작하며, 그 곳에서 끝난다.　　― 엘리자베스 브라우닝

■ 여성에게는 본능적으로 모성애가 있다. 어머니의 어린아이에 대
　한 사랑에는 아름답고 위대한 것이 있다. 그러나 본능적인 사랑
　만으로는 자녀를 잘 키울 수 없다. 의지의 힘이 감정과 합쳐서,
　모성애를 다듬어 넓은 폭을 갖는 것이 필요하다. 어머니 자신의
　마음이 맑지 않고서는 올바르게 자녀들을 인도할 수 없다. 어머
　니 자신이 총명하고 어질고 굳센 의지를 지니며 용감히 활동하는
　힘을 나타낸다면 입으로 말하지 않아도 자연적으로 좋은 감화를
　줄 수 있다.　　　　　　　　　　　　　　　　　― 페스탈로치

■ 어머니를 사랑하는 사람치고 마음씨 고약한 사람은 없다.
　　　　　　　　　　　　　　　　　　　　― 알프레드 뮈세

■ 이 세상의 어머니는 누구나 다 조금은 미쳐 있다. 누구의 어머니
　건 다 마찬가지지만, 세상의 어머니는 자기 아들이 얼마나 우수
　한 인물인가 하는 것을 듣고 싶어 한다.　― 제롬 D. 샐린저

■ 어머니의 축복은 자식에게 짐이 될 수도 있다. ― 제임스 클라크

■ 제일 안전한 피난처는 어머니의 품속이다.　― J. C. 플로리앙

▣ 어린이의 미래를 구축하는 것은 어머니의 일이다.

— 나폴레옹 1세

▣ 딸의 사랑은 어머니에게는 죽음이다.　　　— 도스토예프스키

▣ 어머니는 우리의 마음에 열(熱)을 주고, 아버지는 빛을 준다.

— 장 파울

▣ 어머니는 항상 아이를 위해서 죽을 각오를 갖추고 있다. 만일 위기가 닥쳐서 아이와 어머니 가운데 한 사람만 구제를 받게 되는 경우라면 아이가 살아야 한다는 각오가 어머니에게는 항상 되어 있다. 그녀는 죽을 각오가 되어 있다.　　　— 오쇼 라즈니쉬

▣ 모든 어머니는 미소를 지으니, 가장 못생긴 아이에게도 어머니는 미소를 짓는다. 아주 평범한 아이지만, 어머니는 항상 그 아이가 나폴레옹이나 알렉산더나 불타 같은 인물이 되리라고 생각한다. 어머니는 그대에 관한 무슨 얘기를 하고 있는 것이 아니다. 그녀는 어머니가 된 것이 행복하다.　　　— 오쇼 라즈니쉬

▣ 우리 조상들에게는 어머니는 가정생활의 행복을 만들기도 하고 망치기도 할 뿐만 아니라, 우주의 신비도 눈에 보이게 하는 구현체였다. 어머니는 여러 계층의 생명을 표현했다—생물학적인 면, 생리학적인 면, 그리고 심리학적인 면 등으로. 심리학적으로 말하면 어머니는 바로 바다와 같이 무의식이며, 그 무의식으로부터 개인적인 자의식이 구체화되어 나오고, 그 속에 개인적인 자의식이 목욕을 하는 곳이다. 더 분명한 것은 어머니는 육신의 근원이며 생산력의 원리이다.　　　— 올더스 헉슬리

▣ 위대한 모성은 자비로운 어머니인 동시에 무서운 어머니며, 창조
와 보존의 여신인 동시에 파괴의 여신이었다.

— 올더스 헉슬리

▣ 어머니는 소년을 한 사람의 사내로 만들어내려면 20년 걸린다.
또 다른 여성은 그 소년을 20분으로 바보로 만든다.

— 로버트 프로스트

▣ 오늘날의 여러 가지 사정을 떠나 인간성 그 자체로 생각해 볼 때,
부모가 된다는 것은 인생이 제공하는 최대의, 그리고 가장 영속
적인 행복을 심리적으로 줄 수 있다.　　　— 버트런드 러셀

▣ 자식에 대한 부모의 애정이 가치가 있다는 것은, 주로 그것이 다
른 어떤 애정보다도 믿을 수 있기 때문이다. 동무가 좋아해 주는
것은 장점을 보아주기 때문이다. 연인이 사랑해 주는 것은 끌어
당길 만한 매력이 있기 때문이다. 만일 그 장점이 줄면 친구는 사
라지고 매력이 감퇴하면 연인은 떠나 버릴지 모른다. 그러나 부
모가 가장 의지가 되는 것은 불행한 때이다. 이를테면 병에 걸렸
을 때 같은. 만일 올바른 부모라면 죄에 빠졌을 때도 그러하다.

— 버트런드 러셀

▣ 우리들 모두가 똑같이 생겨난 곳, 그곳은 바로 어머니다. 우리들
은 똑같은 바탕에서 태어났다. 그러나 그 바탕에서 하나의 사도
이며 하나의 돌팔매질로써 제 나름의 목표를 향하여 노력해 가는
것이다.　　　　　　　　　　　　　　— 헤르만 헤세

▣ 딸은 아버지가 돌보아 주고 아들은 어머니가 돌보아 주어야 한

다. 아버지·아들과 어머니·딸의 법칙은 사랑의 법칙이 아니다. 그것은 혁명의 법칙이며, 해방의 법칙이며, 유능한 청년이 지쳐 빠진 노인들을 억지로 복종케 하는 법칙이다.

— 조지 버나드 쇼

■ 모성애의 진실한 성취는, 어린아이에 대한 어머니의 사랑에서가 아니라 성장하는 아이에 대한 어머니의 사랑으로 이루어진다.

— 에리히 프롬

■ 양친과 자식 간의 관계에 관한 양상은 19세기 이래 철저히 변화했다. 자녀들은 이제 양친을 두려워하지 않는다. 그들은 동료이며, 설사 누군가가 약간의 불안을 느낀다면, 그것은 자식이 아니라 시대에 뒤떨어질까 걱정하는 양친인 것이다. — 에리히 프롬

■ 너무나 충격적인 사실이지만, 우리는 자식을 사랑하고 있는 부모가 대부분이라기보다는 진정으로 사랑을 베푸는 경우는 차라리 예외임을 믿어야 한다. — 에리히 프롬

■ 약속된 땅—땅은 어머니를 상징한다—은 「젖과 꿀로 가득 차 있다」고 성서에 기록되어 있다. 젖은 사랑의 제 1측면이며, 배려와 긍정을 상징한다. 꿀은 인생의 감미, 생에 대한 사랑, 생의 행복을 상징한다. 대다수의 어머니들은 『젖』을 줄 수가 있지만, 『꿀』을 줄 수 있는 어머니는 극히 적다. — 에리히 프롬

■ 자식들은 아버지에게 항거하고 할아버지하고 친구가 된다는 말은 널리 알려진 사실이다. — 루이스 멈포드

■ 미국인의 아버지, 영국인의 남편, 프랑스인의 연인, 이것이 가장

이상적이다.   ― 미상

▣ 어린아이가 태어난 첫날에 어머니는 아기를 보호하기 위해서 일종의 황색 방부 액체를 분비하는 것이다.   ― 임어당

▣ 아버지의 의의는 인간의 문명 속에 자라난 하나의 배양된 감정이지만, 어머니로서의 의의는 천성불멸(天性不滅)의 것이다.

             ― 임어당

▣ 아버지와 자식은 타고난 성품이 친근한지라, 어버이는 낳아서 기르고, 사랑하면서 가르치고, 자식은 받들면서 뒤를 잇고, 효도하며 봉양한다(父子天性之親 生而育之 愛而敎之 奉而承之 孝而養之).   ―《동몽선습》

▣ 어버이로서 그 자식을 자식으로 보살피지 않고, 자식으로서 그 어버이를 어버이로 모시지 않으면 어떻게 세상에 나설 수가 있겠는가(父而不子其子 子而不父其父 其何以立於世乎)?

            ―《동몽선습》

▣ 내 목숨 있는 동안은 자식의 몸을 대신할 것을 원하고, 내 죽은 뒤에는 자식의 몸을 지킬 것을 원한다(부모의 자식 위한 심정).

         ―《부모은중경(父母恩重經)》

▣ 대개 집안의 자식은 부모가 미리 가르치고 억제하지 않으면 반드시 방자하게 되고, 이어 끝없이 방자하다간 혹 어미를 꾸짖는 데까지 이르나, 이것은 자식도 물론 자식의 도리를 못한 것이지만, 자식을 이 지경에 이르도록 한 부모도 또한 잘못입니다. ― 이황

▣ 남자인 나는 어머니의 기쁨을 경험할 수는 없다. 그러나 모든 기

쁨 중에 가장 큰 기쁨이 주는 데서, 저를 잊어버리는 데서 나오는 줄을 믿는 나는 이 일을 가장 단적으로, 가장 계속적으로, 가장 철저하게 하는 어머니의 기쁨이야말로 인류가 맛보는 모든 기쁨 중에 가장 큰 기쁨인 것을 믿는다.　　　　　　― 이광수

■ 우리는 어머니에 대하여 무한한 사모와 감격을 가진다. 일생에 변함없는 사모, 그가 세상을 떠난 뒤에도 더욱 간절하여지는 사모, 그것은 어머니에 대한 것밖에 더 있으랴. 부처가 일신이라 하여도, 애인이 생명같이 더 중하다 하여도 그것은 변할 수 있는 것, 조건적인 것, 그러나 어머니에 대한 우리의 사모는 영구적이요 무조건적이다.　　　　　　　　　　　　　　　　　― 이광수

■ 부모의, 더구나 어머니의 자신의 피와 살을 나눈 자녀에게 대한 사랑! 그것은 인생에게 있어서 또는 생물에게 있어서 가장 원시적인 굳센 힘이다. 하늘이 무너지고 땅덩이가 갈라지는 한이 있더라도 목숨이 끊어지는 최후의 순간까지 변하지 않는 것은 자애가 있을 뿐이다.　　　　　　　　　　　　　　　　　　― 심훈

■ 자녀들의 취미까지 일일이 간섭하는 어버이는 폭군(暴君)이다.
　　　　　　　　　　　　　　　　　　　　　　　　― 오소백

■ 이 세상에서 우리가 고향이라 부를 만한 것이 있다면 새로 생긴 자에 대해 그에게 영양을 제공하고, 그에게 생명을 부여하는 어머니야말로 참된 향토가 아닐까요. 어린아이뿐만 아니라 성장하여 가는 아동에 있어서도 어머니는 영원히 그들의 괴로워할 때의 좋은 피난처이며, 그들의 즐거워할 때의 좋은 동감자입니다.

─ 김진섭

▣ 사람의 사회에 있어서도 어미처럼 강하고 따뜻하고 거룩한 것은
없다. ─ 유달영

▣ 어머니는 자식 사랑함의 괴로움이 극에 달했을 때 더욱 어머니다
움을 느끼게 된다. ─ 이주홍

▣ 나의 어머니는 나에게 어떤 이론적인 교훈을 남긴 것이 없다. 그
러나 그의 살과 피, 몸과 영혼 전체가 하나의 위대한 로고스
(logos)였다. 몸으로 화하지 않는 언어 · 애국심 · 신앙, 그것은
사실 가치 없는 것이란 굳은 신념을 나에게 가지게 한 것은 어떤
훌륭한 신학자의 이념이 아니라 나의 어머니다. ─ 강원룡

▣ 어머니! 이렇게 부르면 지체 없이 격렬한 전류가 온다. 아픈 전기
이다. 아프고 뜨겁고 견딜 수 없는 전기이다. ─ 김남조

▣ 자모(慈母)는 주로 사랑하는 어머니인 데 대해서, 현모는 자녀를
사랑하는 동시에 옳게 가르칠 줄 아는 어머니다. 귀여운 자식에
게 때로는 사랑의 채찍을 가할 줄 아는 명(明)과 용(勇)을 가진
것이 현모이다. ─ 안병욱

▣ 『엄마』라는 관념은 그에게 있어서는 사랑이라거나 따뜻함을 뜻
하는 것이기 전에 더욱 절대적인 의미를 갖고 있었다. 생명을 보
호해 주고 있는 것, 생존의 방법 그것이 그녀였다. ─ 강신재

【속담 · 격언】

▣ 부모가 착해야 효자가 난다. (부모의 좋은 감화를 받아야 자식 또

한 선량한 사람이 된다) — 한국

■ 가지 많은 나무 바람 잘 날 없다. (자식 많이 둔 어버이는 자식 위한 근심이 그칠 날 없다) — 한국

■ 어머니 품속에 밤이슬이 내린다. — 한국

■ 자식을 보기에 아비만한 눈이 없고, 제자를 보기에 스승만한 눈이 없다. — 한국

■ 껍질 없는 털이 있을까. (모체 없는 생산은 없다) — 한국

■ 새끼 많이 둔 소 길마 벗을 날 없다. (자식을 많이 둔 부모는 언제나 바쁘고 짐이 무겁다) — 한국

■ 늙은 아이어미 석 자 가시 목구멍에 안 걸린다. (늙도록 아이를 많이 낳은 어머니들은 석 자 길이나 되는 가시를 먹어도 목에 안 걸리고 넘어갈 만큼 食量이 커지고 속이 허하다 하여 이르는 말) — 한국

■ 부모는 자식이 한 자만 하면 두 자로 보이고, 두 자만 하면 석 자로 보인다. (누구든 부모 된 사람은 제 자식이 좋게만 보인다) — 한국

■ 보리떡을 떡이라 하며 의붓아비를 아비라 하랴. (보리떡과 의붓아비는 좋지 않다는 뜻) — 한국

■ 어머니의 눈물을 닦을 수 있는 것은 어머니를 울게 한 아들뿐이다. — 중국

■ 아버지가 누더기를 걸치면 자식은 모르는 척하지만, 아버지가 돈주머니를 차고 있으면 자식들은 모두 다 효자가 된다. — 중국

▣ 집을 살 때는 대들보를 보고, 아내를 맞을 때는 그 어머니를 보
라.   ― 중국

▣ 아버지는 고관(高官)일지라도 버릴 수 있지만, 어머니는 거지일
망정 버리지 못한다.   ― 중국

▣ 어머니의 사랑은 언제까지고 나이가 들지 않는다.   ― 일본

▣ 뭐든지 돈으로 살 수 있지만 부모는 그렇지 못하다.   ― 인도

▣ 행운일 때에는 아버지에게, 불운일 때에는 어머니에게 의지하게
된다.   ― 인도

▣ 신과 어머니에 대해서는 말을 할 수 없다.   ― 인도

▣ 부모 이외에 우상을 갖지 말라.   ― 몽고

▣ 아이들의 응석을 받아주는 것은 그 어머니를 슬프게 하는 일이
된다.   ― 필리핀

▣ 어머니의 숨결은 언제나 달다. (The mother's breath is always
sweet.)   ― 영국

▣ 인색한 아버지에 방탕한 아들.   ― 영국

▣ 어머니의 마음은 항상 그 자식과 같이 있다.   ― 영국

▣ 아버지의 충고에 필적할 충고는 없다. (No advice to father's.)
                                                                     ― 영국

▣ 좋은 아내를 갖는 것은 제2의 어머니를 갖는 것과 같다.

                                                                     ― 영국

▣ 아버지의 훈계를 지키고 어머니의 타이름을 거역하면 안 된다.

─ 영국

■ 딱정벌레도 그 어미의 눈에서 볼 때는 아름답다.　　─ 영국

■ 자식은 어려서는 어머니의 젖을 빨고, 자라서는 아버지의 돈에 기댄다.　　　　　　　　　　　　　　　　　　　　─ 영국

■ 까마귀도 자기 새끼가 제일 예쁘다고 생각한다.　　─ 영국

■ 아버지의 훈계를 지키고 어머니의 타이름을 거역하면 안 된다.　　　　　　　　　　　　　　　　　　　　　　　─ 영국

■ 훌륭한 어머니는 무엇을 원하느냐고 묻지 않고 그것을 준다.

─ 영국

■ 한 사람의 어버이가 열 자식을 기르는 편이 낫다.　　─ 영국

■ 나쁜 소도 좋은 새끼를 낳는 수가 있다.　　　　　─ 영국

■ 나쁜 아버지라도 나쁜 자식을 원하지 않는다.　　　─ 영국

■ 비록 그 애비가 악마라도 그 어머니가 착한 여인의 딸을 선택하라. (Choose a good mother's daughter, though her father were the devil.)　　　　　　　　　　　─ 스코틀랜드

■ 사랑은 아내에게 바쳐라. 그러나 숨길 일은 어머니나 누나한테 고백하라.　　　　　　　　　　　　　　　　─ 아일랜드

■ 어느 어머니에게 있어도 태양은 자기 자식한테만 비친다.

─ 아일랜드

■ 어머니의 사랑은 최선의 사랑, 신의 사랑은 최고의 사랑이다.

─ 독일

■ 어린 자식은 어머니의 얼을 밟고, 큰 자식은 어머니의 마음을 밟

는다.   ― 독일

◼ 어미 양이 포도밭에서 뛰어다니면 어린 양도 흉내 낸다.

                            ― 프랑스

◼ 어머니의 사랑은 부드럽고, 아버지의 사랑은 현명하다.

                            ― 이탈리아

◼ 어머니의 마음은 거짓을 말하지 못한다.   ― 네덜란드

◼ 어머니가 돌아가시면 부드러움을 잃고, 아버지가 돌아가시면 명예를 잃는다.   ― 벨기에

◼ 어머니가 만들었으면 무명셔츠도 따뜻하고, 남이 만들었으면 양모셔츠일지라도 춥다.   ― 핀란드

◼ 봄은 처녀, 여름은 어머니, 가을은 미망인, 겨울은 계모.

                            ― 폴란드

◼ 최대의 사랑은 어머니의 사랑, 다음은 개의 사랑, 그 다음이 연인의 사랑이다.   ― 폴란드

◼ 태양이 있는 곳은 언제나 따뜻하고 어머니가 있는 곳에서 자식들은 행복하다.   ― 러시아

◼ 아버지 왜 죽음을 두려워하십니까? 아직 죽음을 경험해 본 사람은 없지 않습니까?   ― 러시아

◼ 최초의 고향은 어머니, 제2의 고향은 계모.   ― 러시아

◼ 사람에게는 신뢰할 수 있는 친구 셋이 있다. 아버지와 어머니, 그리고 정숙한 아내이다.   ― 러시아

◼ 아버지는 약한 아이를 사랑하고 어머니는 강한 아이를 사랑한다.

　　　　　　　　　　　　　　　　　　　　　　　　　　　　— 러시아

■ 태양 아래는 밝고, 어머니 곁은 따뜻하다.　　　　　— 러시아

■ 하느님에게도 어머니는 있다.　　　　　　　　　　— 알바니아

■ 너의 어머니하고는 바닷가까지만, 너의 남편하고는 바다를 넘어
　서 가라.　　　　　　　　　　　　　　　　　　　— 알바니아

■ 아버지는 아들에게 포도나무를 주었지만 아들은 아버지에게 포
　도 한 송이도 주지 않았다.　　　　　　　　　　　— 알바니아

■ 아버지의 품안에는 아홉 자식이 있을 곳이 있지만, 아홉 자식의
　어느 집에도 아버지가 있을 곳은 없다.　　　　　— 에스토니아

■ 우는 자식을 데리고 다니는 것은 그 자식의 어머니뿐이다.
　　　　　　　　　　　　　　　　　　　　　　　　— 나이지리아

■ 연애에서는 아들이 아버지를 업신여기고, 장사에서는 아버지가
　아들을 업신여긴다.　　　　　　　　　　　　　　　— 페루

■ 어머니가 옆에 있는 동안에만 아버지는 자식을 사랑한다.
　　　　　　　　　　　　　　　　　　　　　　　　　— 콩고

■ 자기 자식이 뱀일지라도 어머니는 자기 가슴에 감기게 한다.
　　　　　　　　　　　　　　　　　　　　　　　　— 니그리치아

■ 부모의 압력은 검(劍)의 일격(一擊)보다도 엄하다. — 아라비아

■ 어머니는 아들이 살인을 당하면 잠들 수 있지만, 아들이 살인을
　하면 잠들지 못한다.　　　　　　　　　　　　　　— 아라비아

■ 아버지를 잃으면 어머니의 무릎이 베개 대신을 하지만, 어머니를
　잃으면 거적때기 위에서 자게 된다.　　　　　　　— 베르베르

▣ 신(神)은 아버지이고, 행운은 어머니이다.　　　— 유태인

▣ 어머니가 걸치고 있는 에이프런은 넓다. 자식의 결점을 덮어씌우고 있으므로.　　　— 유태인

▣ 똑똑한 자식은 아버지를 기쁘게 하고, 어리석은 자식은 어머니를 슬프게 한다.　　　— 유태인

▣ 어머니는 자식의 결점을 감추는 베일이다.　　　— 유태인

▣ 어머니가 없는 아이는 손잡이가 없는 문과 같다.　　　— 유태인

▣ 가정에서는 어머니의 사랑, 들에서는 태양의 빛.　　— 아프리카

▣ 천국은 어머니의 발밑에 있다.　　　— 이슬람 고행승의 속담

【시·문장】

뽕나무 가래나무 초목이라도
모두가 공경함엔 뜻이 있다오
우러러보는 분은 아버지시고
의지할 분은 바로 어머니라오
어느 하나 부모 발부(髮膚)에 속하지 않을까
어느 하나 부모 혈육에 생겨나지 않았을까.

　　　　　　　　　　　　　　　—《시경》소아편

슬하에 일곱 형제가 있기는 해도
어머니의 마음을 위로 못 하네.

　　　　　　　　　　　　　　　—《시경》개풍(凱風)

세상 사람들아 부모 은덕 아나산다
부모 곳 아니면 이 몸이 있을소냐
생사장제(生死葬祭) 예(禮)로써 종시(終始) 같게 섬겨스라.

                                    ― 박인로 / 노계집

아버님 날 낳으시고 어머님 날 기르시니
두 분 곳 아니시면 이 몸이 살았을까
하늘같은 가없는 은덕을 어디 대어 갚사오리.

                                         ― 김수장

실패 같은 울어머니
분통 같은 나를 두고
임의 정도 좋지마는
자식 정을 떼고 가네
걸고 가네 걸고 가네
자식 정을 걸고 가네

                               ― 함양지방 재혼요(再婚謠)

어머니가 나를 이 세상에 낳아 놓은 것이다
그래서 나는 지금 이 세상에 서서
자꾸만 깊숙이 이 세상을 파들어 가는 것이다.

                         ― 라이너 마리아 릴케 / 마지막 남은 사람

하고픈 이야기가 많았습니다.
나는 몹시도 오랫동안 타향에서 지냈습니다.
그래도 나를 가장 잘 이해해 주시는 이는
언제나 어머님 당신이었습니다.

　　　　　　　— 헤르만 헤세 / 나의 어머니에게

……
너 부드러운 풀이여— 나, 너를 고이 다루나니
너는 젊은이의 가슴에서 싹트는지도 모를 일이요,
내 만일 너를 미리 알았더라면
나는 너를 사랑했었을 지도 알 수 없는 일이다.
어쩌면 너는 노인들이나,
생후에 곧 어머니의 무릎에서 떼어낸
갓난아기로부터 나오는지도 모르는 것.
자, 그리고 여기에 그 어머니의 무릎이 있다.
이 풀은 늙은 어머니들의 흰 머리로부터
나온 것 치고는 너무나도 검으니,
노인의 빛바랜 수염보다도 검고,
연분홍 입천장에서 나온 것으로 치더라도 너무나 검다.
아, 나는 결국 그 숱한 발언들을 이해하나니,
그 발언들이 아무런 뜻 없이 입천장에서
나오지 않는다는 사실을 또한 알고 있는 것이다.

젊어서 죽은 남녀에 관한 암시를
풀어낼 수 있었으면 좋겠다고 생각하며
그것뿐만 아니라 노인들과 어머니와 그리고
그들의 무릎에서 떼어 낸
갓난아이들에 관한 암시도 풀어냈으면 싶다.
그 젊은이와 늙은이가 어떻게 되었다 생각하며
여자들과 어린아이들이 어떻게 되었다 생각하는가.
그들은 어딘가에 살아서 잘 지내고 있을 터이고
아무리 작은 싹이라도 그것은 진정 죽음이란
존재하지 않음을 표시해 주고 있는 것일지니,
만일에 죽음이 있다면
그것은 삶을 추진하는 것이지
종점에서 기다렸다가 삶을 붙잡는 것은 아니다.
만물은 전진하고 밖으로 나아갈 뿐,
죽는 것은 없고
죽음은 사람들의 상상과는 달리 행복한 것이다.

— 월트 휘트먼 / 풀잎

호미도 날이언마는 낫같이 들리도 없으니이다.
아버님도 어버이신마는 어머님같이 괴실 리 없세라.
아아, 어머님같이 괴실 리 없세라.

— 무명씨 / 사모곡

【중국의 고사】

■ **맹모삼천지교(孟母三遷之敎)** : 교육은 환경의 지배를 받는다. 현모양처라는 말이 있지만, 그 현모의 표본이 이 맹모이다. 맹모라 함은 맹자의 어머니, 맹자는 두 말 할 것도 없이 전국시대의 『유가(儒家)』—유교학자의 중심인물이며 『아성(亞聖)』—성인 공자에 버금가는(亞) 자라고까지 일컬어지는 현철(賢哲), 추(鄒)의 맹가(孟軻)를 말한다.

그 맹자는 어려서 아버지를 잃고 편모슬하에서 자랐다. 그의 어머니는 자기의 정열을 오직 아들 성장에만 걸고 있는 것이었다. 어떻게 해서든지 내 아들을 훌륭한 사람으로 만들어야지 하는 지성(至誠)이 이 『삼천지교』라든지 『단기지교』라는 훈화를 낳게 한 것이다. 『삼천지교』는 아동의 교육에는 환경의 영향이 심대하며, 교육은 환경의 지배를 받는다는 것을 시사하고 있다.

맹자의 어머니는 처음 공동묘지 근처에서 살고 있었는데, 맹자는 노는 데도 벗이 없어, 우물 파는 인부의 시늉을 하므로 이래서는 안되겠다고 시장 근처로 이사하였더니, 이번에는 장사치의 시늉만 하는 것이었다. 마지막으로 글방 근처로 이사하였더니, 제사 때 쓰는 도구를 늘어놓고 예(禮)를 본받으므로 「이런 곳이야 말로 아들을 기를 만한 곳이다」라고 기뻐하였다는 것이다. 확실히 아이들이 주위 환경의 영향을 받는다는 것은 하나의 인생행로를 밟게 되는 것이 아닐까. 어찌 되었든 맹자는 「제사 때 쓰는 도구를 늘어놓고 예를 본뜨는 것에서 아성(亞聖) 현철(賢哲)의

첫걸음을 내디뎠다.

그 맹자가 성장하여 어머니 곁을 떠나 유학을 하고 있을 때의 이야기다. 어느 날 맹자는 오래간만에 집에 돌아와 보니, 어머니는 베를 짜고 있었다. 어머니는 맹자를 반기기는커녕 얼굴에 노기를 띠고, 「네, 학문은 어느 정도 진척되었느냐.」 하고 물었다. 「그저 그럴 정도입니다.」 하고 맹자가 대답했다. 그 말을 들은 어머니는 갑작스레 옆에 있던 장도를 집어 들더니 짜고 있던 베를 뚝 끊어버리며, 「네가 중도에서 학문을 그만두는 것은 내가 짜고 있는 베를 도중에서 끊는 것과 같다.」 하고 훈계하였다.

맹자는 그제야 깨닫고 송구스러워 그 때부터는 학문에 전력을 기울여 마침내 공자 다음가는 명유(名儒)로서 알려지게 되었다. 훌륭한 학자의 어머니쯤 되면 어딘지 남과 다른 데가 있는 법이다.　　　　　　　　　　　　　　　　　　　　　　　—《열녀전》

■ **자모패자**(慈母敗子) : 자애로움이 지나친 어머니 밑에서는 몹쓸 자식이 나온다는 뜻으로, 자식에 대한 사랑이 지나치면 그 자식이 방자하고 버릇없는 사람이 됨을 비유하는 말이다.

《한비자》 현학(顯學)편에 「무릇 엄한 집에는 사나운 종이 없지만, 자애로운 어머니에게는 집안을 망치는 자식이 있다. 나는 이로써 위세는 난폭한 행위를 금할 수 있지만, 후덕함으로는 어지러움을 그치게 할 수 없음을 안다(夫嚴家無悍虜 而慈母有敗子 吾以此知威勢之可以禁暴 而德厚之不足以止亂也).」라고 하였다.

또 《사기》이사열전에는 「그러므로 한비자가『자애로운 어머니 밑에서 몹쓸 자식이 자라지만 엄격한 집에는 거스르는 종이 없다』라고 하였으니, 왜 그렇겠습니까? 바로 벌을 줄 만한 일은 반드시 벌을 주기 때문입니다(故韓子曰, 慈母有敗子而嚴家無格虜者, 何也. 則能罰之加焉必也).』라는 말이 있다. 이 말들은 원래 엄격한 법치(法治)를 주장하기 위하여 인용된 것이다.

가풍이 엄격한 집안에는 이를 거스르는 사나운 종이 있을 수 없지만, 어머니가 지나치게 사랑을 쏟으면 그 자식은 응석받이가 되어 점점 버릇없고 방자하게 자라 결국에는 집안을 망치게 될 수도 있다. 요즈음 말로 하면 과잉보호로 키운 자식이 패가망신(敗家亡身)에 이르는 격이다. 옛날에는 엄부자모(嚴父慈母 : 엄한 아버지와 자애로운 어머니)를 이상적인 부모상으로 삼기도 하였으나, 자애로움이 지나치면 자식을 망치게 된다. 그래서 『자모패자』는 이를 경계하는 뜻으로 사용된다. ─《한비자》현학편

■ **식자우환**(識字憂患) : 글자를 아는 것이 근심이란 말로서, 서툰 지식이 오히려 근심을 사게 됨을 이름. 《삼국지》에 보면 서서(徐庶)의 어머니 위부인(衛夫人)이 조조(曹操)에게 속고 한 말에 『여자식자우환(女子識字憂患)』이란 말이 있다.

유현덕이 제갈양을 얻기 전에는 서서가 제갈양 노릇을 하며 조조를 괴롭혔다. 조조는 서서가 효자라는 것을 알고 그의 어머니 손을 빌어 그를 불러들이려 했다. 그러나 위부인은 학식이 높고

명필인 데다가 의리가 확고한 여장부였기 때문에, 아들을 불러들이기는커녕 오히려 어머니 생각은 말고 끝까지 한 임금을 섬기라고 격려를 하는 형편이었다. 그래서 하는 수 없이 조조는 사람을 중간에 넣어 교묘한 수법으로 위부인의 편지 답장을 받아낸 다음, 그 글씨를 모방해서 서서에게 어머니의 위조 편지를 전하게 했다.

 어머니의 편지를 받고 집에 돌아온 아들을 보자 위부인은 영문을 몰라 어리둥절했다. 이야기를 듣고 비로소 그것이 자기 글씨를 모방한 위조 편지 때문이란 것을 안 위부인은, 「도시 여자가 글자를 안다는 것부터가 걱정을 낳게 한 근본 원인이다』하고 자식의 앞길을 망치게 된 운명의 장난을 스스로 책하는 이 한 마디로 체념하고 말았다는 것이다. 그래서 여자를 차별대우하던 옛날에는 위부인의 이 『여자식자우환(女子識字憂患)』이란 말이 여자의 설치는 것을 비웃는 문자로 자주 인용되곤 했다.

 여자의 경우만이 아니고, 우리는 이른바 필화(筆禍)란 것을 기록을 통해 많이 보게 된다. 이것이 모두 『식자우환』이 아니고 무엇이겠는가. 소동파의 『석창서취묵당시(石蒼舒醉墨堂詩)』에 이런 말이 있다. 「인생은 글자를 알 때부터 우환이 시작된다(人生識字憂患始). 성명만 대충 쓸 줄 알면 그만둘 일이다(姓名粗記可以休).』

 무릇 글자뿐이겠는가. 인간이 만들어낸 이기(利器)들이 어느 것 하나 우환의 시초가 아닌 것이 없다. 헤엄을 잘 치는 사람은 물에

빠져 죽기 쉽고, 나무에 잘 오르는 사람은 나무에서 떨어져 죽기
쉬운 법이다.　　　　　　　　　　　　　　　　　　―《삼국지》

■ **수욕정이풍부지**(樹欲靜而風不止) : 나무가 조용히 있고자 하나,
바람이 그치지 않는다는 뜻으로, 자식이 부모님을 공양하고 싶어
도 부모님이 별세하여 세상에 계시지 않음을 비유해 이르는 말.
《한씨외전》에 있는 이야기다.
　공자가 유랑하다가 하루는 몹시 울며 슬퍼하는 사람을 만났다.
공자가 수레에서 내려 물었다.
　「그대는 누구인가?」
　「저는 고어(皐魚)라 합니다.」
　「그래, 무슨 까닭으로 그리 슬피 우는가?」
　고어는 자신이 우는 까닭을 이렇게 말했다.
　「저는 세 가지 잘못을 저질렀습니다. 그 첫째는 젊어서 세상을
두루 돌아다니다가 집에 돌아와 보니 부모님이 이미 세상을 떠나
신 것이요, 둘째는 섬기던 군주(齊나라 임금)가 사치를 좋아하고
충언을 듣지 않아 그에게서 도망쳐온 것이요, 셋째는 평생 교제
를 하던 친구가 떠나간 것입니다. 무릇 나무는 조용히 있고자 하
나 바람 잘 날이 없고(樹欲靜而風不止), 자식이 부모를 모시고자
하나 부모는 이미 안 계신 것입니다(子欲養而親不待). 그럴 생각
으로 찾아가도 뵈올 수 없는 것이 부모인 것입니다.」
　이 말을 마치고 그는 마른 나무에 기대어 죽고 말았다. 그러므

로 효도를 다하지 못한 채 부모를 잃은 자식의 슬픔을 가리키는 말로 부모가 살아계실 때 효도를 다하라는 뜻으로 쓰이는 말이다.

공자가 제자들에게 말했다.

「고어의 말이야말로 경계로 삼을 만하다.』

이리하여 공자의 곁을 떠나 부모를 공양하러 떠난 제자가 열셋이나 되었다. 『풍수지탄(風樹之嘆)』과 같은 뜻으로 쓰인다.

—《한씨외전(韓氏外傳)》

【에피소드】

■ 어머니의 사진 : 미국이 필리핀을 점령했을 때의 일인데, 마닐라 해안을 향해 함포사격을 하려고 할 때, 한 해병의 옷이 물에 떨어졌다. 상사가 말렸으나, 그 해병은 물에 뛰어들어 자기의 옷을 건졌다. 그러나 명령불복종 죄로 군법회의의 법정에 서게 되었다. 사법관 듀이 장군이 왜 물에 뛰어들었느냐고 묻자, 그는 그 젖은 옷 속에서 어머니의 사진을 꺼내 보였다. 장군은 감동하여 그에게 악수하며 하는 말이, 「어머니의 사진 때문에 이처럼 희생정신을 발휘했다는 것은 놀라운 일이다.』라고 하면서 특사했다. 어머니의 사랑은 위대했기 때문에 아들은 자기의 목숨을 걸고까지 어머니의 사진을 건져 낸 것이며, 그 결과 무죄 석방되었다.

■ 어머니날 : 미국의 웨스트버지니아 주의 웹스터라는 곳에 신앙심

이 두터운 안나 자비스라는 여인이 어머니와 단 둘이 살고 있었다. 그 어머니가 세상을 떠나자 혼자가 되어버린 그녀는 어머니 생존 시 좀 더 효성을 다하지 못한 것을 후회하고 있었다. 어느 날, 친구들을 티 파티에 초대했을 때 그녀는 흰 카네이션을 가슴에 달고 출석을 했다. 그녀는 이 세상 사람이 1년에 하루만이라도 좋으니 어머니를 기억하게 되면 좋겠다는 심정으로 약 10만 달러의 어머니의 유산을 기금으로 하여 『어머니날』을 제정할 것을 국내외로 탄원했다. 그로부터 7년이 지나 윌슨 대통령 취임 당시 미국의회에서 1914년 5월 둘째 일요일을 첫 『어머니날』로 정했던 것이다.

【명작】

■ 어머니(Mat') : 러시아의 작가 막심 고리키(Maksim Gor'kii, 1868~1936)의 장편소설. 1906년 작가가 사회민주노동당의 위탁을 받고 당의 활동자금 조달을 위하여 미국에 갔을 때 탈고한 작품이다. 작품의 기저에는 1902년의 유명한 소르모보의 시위행진과 그 지역의 당의 활동상황이 깔려 있다.

　가난한 노동자의 아내 펠라게야 닐로브나 블라소바는 남편이 죽은 후, 혁명운동에 뛰어든 아들 파벨에 대한 어머니로서의 사랑으로 아들의 정신과 사업의 정당성을 이해하여 예전의 인종(忍從)과 불안한 생활에서 탈피하고, 아들의 동지 혁명가들에게 공감하여 그 활동에 가담, 여성 혁명가로 성장한다.

작가는 이 당시 아직 일반적이 아닌 국부적인 한 사건을 취급하면서 성장 발전하는 혁명운동의 현실을 전형적으로 묘사하는 데 성공하였다. 『사회주의 리얼리즘』을 개척한 기념비적 작품이다. 고리키는 제정 러시아의 밑바닥에서 허덕이는 사람들의 생활을 묘사하여 프롤레타리아 문학의 선구가 되었다. 희곡 《밤 주막》이 특히 유명하며, 한때 볼셰비키 당에 들어가 소설 《어머니》에서 혁명가의 전형을 창조하기도 하였다. 1905년 혁명으로 투옥된 뒤 외국으로 망명, 1936년 6월 8일 폐렴으로 죽었다. 일설에는 1930년대 후반의 대숙청 때 정적에게 독살되었다고도 한다.

【成句】

■ 구로지감(劬勞之感) : 자기를 낳아 기르느라고 애쓴 부모의 은덕을 생각함.

■ 모호자포 모오자석(母好子抱母惡子釋) : 아버지가 어머니를 좋아하면 아들은 안기고, 아버지의 미움을 받으면 아들도 버림을 받는다. 아버지의 자식에 대한 애증(愛憎)은 어머니에 대한 호오(好惡)에 달렸다는 뜻. /《한비자》 비내편(備內篇).

■ 망운지정(望雲之情) : 구름을 바라보며 그리워한다는 뜻으로, 객지에 나온 자식이 고향의 부모를 그리는 정을 가리키는 말. /《당서》 적인걸전(狄人傑傳).

■ 비차모불생차자(非此母不生此子) : 착하고 어진 어머니가 아니면

훌륭한 아들을 낳을 수가 없다는 뜻. /《사기》 장탕전(張湯傳).

■ 외방지훈(外方之訓) : 아버지가 아들에게 하는 교훈. /《좌씨
전》

■ 춘훤(椿萱) : 부모.

■ 자당(慈堂)·대부인(大夫人)·훤당(萱堂) : 남의 어머니를 높여
부르는 말.

■ 단기지계(斷機之戒) : 맹자(孟子)가 공부를 하던 도중에 돌아왔
을 때, 그의 어머니가 칼로 베틀의 실을 끊어서 훈계하였다는 고
사에서, 학문을 중도에서 그만두는 것은 짜던 베의 날을 끊어버
리는 것과 같음을 경계하여 이르는 말. 맹모단기(孟母斷機). /
《후한서》

■ 부정모혈(父精母血) : 아버지의 정수(精髓)와 어머니의 피. 곧 자
식은 부모의 뼈와 피를 물려받음을 가리킴.

■ 지독지정(舐犢之情) : 어미소가 송아지를 핥아 귀여워한다는 뜻
이니, 어버이의 사랑은 맹목적이며 그만큼 깊다는 말. /《후한
서》

■ 삭발모정(削髮母情) : 머리를 잘라 팔아서 자식을 위하는 어머니
의 정성.

■ 부풍모습(父風母習) : 아버지와 어머니를 고루 다 닮음.

■ 사조별(四鳥別) : 모자(母子)가 서로 이별(離別)함. 네 마리의 새
끼 새가 그 어미를 떠난다는 고사에서 비롯되었다.

■ 아부(亞父) : 아버지 다음으로 존경하는 사람. 백부·숙부를 친밀

하게 부르는 호칭. 아(亞)는 다음, 두 번째의 뜻. /《사기》

■ 유차부사유차자(有此父斯有此子) : 아들이 어진 것은 아버지가 어질기 때문이라는 말.

■ 모혜국아(母兮鞠我) : 어머니는 나를 길러 주심.

■ 일거월제(日居月諸) : 군주와 신하를 비유하는 말. 또 아버지와 어머니, 군주와 그 비(妃). 태양처럼 밝아야 할 군주가 암우(暗愚)하고, 태양에 대하여 달처럼 군주를 보좌해야 할 신하가 함부로 나서서 방자한 짓을 일삼고 있기 때문에 덕이 있는 인물이 불우함을 한탄한 『백주(柏舟)』라는 시의 한 구절이다. /《시경》

■ 지녀막여모(知女莫女母) : 딸을 아는 데 그 어머니만한 이가 없다는 뜻. 지자막여부(知子莫如父)는 아버지만큼 아들의 됨됨이를 아는 사람은 없다는 말.

■ 전발역서(翦髮易書) : 머리를 잘라 책과 바꿨다는 뜻으로, 자식의 학비를 위하여 어머니가 두발을 잘라서 팔았다는 고사. /《원사(元史)》

■ 선대부인(先大夫人) : 돌아가신 남의 어머니.

■ 선부인(先夫人) : 돌아가신 자기의 어머니.

■ 선비(先妣) : 별세한 어머니.

■ 어머니의 다른 호칭 : 모친(母親)·자친(慈親)·아모(阿母)·북당(北堂).

■ 북당구경하(北堂俱慶下) : 부모를 모심.

■ 학발쌍친(鶴髮雙親) : 백발의 부모.

■ 막지기자지악(莫知其子之惡) : 부모 된 사람은 자기 자식의 잘못을 모른다. 어버이의 자식에 대한 사랑이 맹목적임을 이르는 말. /《대학》

■ 양자식지친력(養子息知親力) : 제 자식을 길러 보아야 제 부모의 노고를 알 수 있다는 말.

■ 천하무불시저부모(天下無不是底父母) : 세상에서 악한 부모는 없다는 말. /《소학》가언편(嘉言篇).

효도 filial piety 孝

【어록】

▣ 신체와 터럭과 살갗은 부모에게서 받은 것이다. 이를 조금도 훼손하지 않음은 효의 근본이다(身體髮膚受之父母 不敢毀傷孝之始也). ──《효경(孝經)》

▣ 몸을 세상에 세우고 도를 행하여 이름을 후세에 전하게 되어 부모를 세상에 드러내는 것도 효도의 끝이다(立身行道揚名於後世以顯父母 孝之終也). ──《효경》

▣ 어버이를 사랑하는 사람은 남을 미워하지 않고 어버이를 존경하는 사람은 남에게 오만하지 않다. ──《효경》

▣ 가족이 불화하니 효도와 자애를 생각하고, 나라가 혼란하니 충신을 찾는다(六親不和 有孝慈 國家昏亂 有忠臣).

──《노자》 제18장

▣ 요즈음은 부모에게 물질로써 봉양함을 효도라 한다. 그러나 개나 말도 집에 두고 먹이지 않는가. 공경하는 마음이 여기에 따르지

않는다면 무엇으로써 구별하랴.   ──《논어》

▣ 어떤 사람이 공자에게 물었다. 「선생님은 어찌하여 정사에 참여하지 않습니까?」공자가 대답했다. 「경서(經書)에 이르기를, 오직 효도하며 형제와 우애함이 즉 정사를 시(施)함이라 하니 이 또한 위정이요, 어찌 참정만을 위정이라 하리오」   ──《논어》

▣ 부친이 생존할 때에는 그 뜻을 살피고, 부친이 세상을 떠나면 그 행적을 살펴 부친이 해 오던 방법을 3년 동안 고치지 않는다면 효자라 할 수 있다(父在 觀其志 父沒 觀其行 三年無改於父之道 可謂孝矣).   ──《논어》

▣ 공경으로써 효도하기는 쉽고, 사랑으로써 효도하기는 어렵다. 사랑으로써 효도하기는 쉬워도, 부모를 잊기는 어렵다(以敬孝易 以愛孝難 以愛孝易 以忘親難).   ──《장자》

▣ 효자의 지고(至高)는 어버이를 존경하는 것 이상으로 큰 것이 없다.   ──《맹자》

▣ 큰 효도(大孝)는 종신토록 부모를 사모하는 것이다(大孝終身慕父母).   ──《맹자》

▣ 불효에는 세 가지가 있다. 세 가지 가운데 뒤를 이을 아들이 없는 것이 가장 큰 불효다{不孝有三 無後爲大 : 삼불효(三不孝) 중에 남은 두 가지는 확실한 설명이 없으나, 선인들의 설에 의하면, 어버이를 불의(不義)에 빠뜨리게 하는 것을 불효라 하고, 또 빈궁해서 늙은 어버이를 봉양하지 못하는 것도 불효라 했다}.

                            ──《맹자》

- ■ 효는 백행(百行)의 근본이다(孝者 百行之源).　　―《후한서》
- ■ 나무가 고요하고자 하나 바람이 그치지 않고, 자식이 효도하고자 하나 어버이는 기다리지 않는다.　　―《한시외전》
- ■ 충신을 구하려면 반드시 효자 집안에서 골라야 한다(求忠臣 必於 孝子之門).　　―《십팔사략》
- ■ 부모는 다만 두 분뿐인데, 그 섬김에 있어서 늘 형제가 서로 미루고, 아이를 기름에는 비록 열이 된다 해도 혼자 맡는다. 아이가 배부르고 따뜻한지를 늘 부모는 묻지만, 부모의 배고프고 추운 것은 마음에 두지 않는다. 애당초 먹을 것과 입을 것을 자식에게 빼앗겼는데도…….　　―《명심보감》
- ■ 자기 몸을 다스림에서 효도보다 선차적인 것이 없고, 나라를 다스림에서 공적인 것보다 선차적인 것이 없다(治身莫先於孝 治國 莫先於公).　　― 소식(蘇軾)
- ■ 아비가 어진 가문에 효자가 생기지 못한다(孝子不生慈父之家).　　―《신자(愼子)》
- ■ 효의 시작은 부모를 섬기는 것이요, 다음은 임금을 섬기는 것이며, 입신출세하는 것이 효도의 끝이 된다(孝始於事親 中於事君 終於立身).　　―《소학》
- ■ 아내가 어질면 남편의 화가 적고, 자식이 효도하면 부모의 마음은 너그러우며, 자식이 효도하면 두 분 어버이가 기뻐하시고, 집안이 화목하면 모든 일이 이루어진다(妻賢夫禍少 子孝父心寬 子孝雙親樂 家和萬事成).　　―《추구집(推句集)》

■ 효도는 모든 행실의 근원이며 인(仁)을 행하는 근본이다. 하늘이
펴낸 오륜(五倫)에서 부자(父子)가 첫 번째에 있는 것은 떳떳한
천성(天性)이 양지(良知)에서 출발하여 스스로 마지못함이 있음
이니, 성인(聖人)이 사람의 본래부터 소유하고 있는 것에 인하여
그 어버이를 친히 하는 도에 나아가서 그 애(愛)와 경(敬)의 실속
을 기르므로 그 교(敎)가 되고 학(學)이 됨이 이것으로부터 미루
어 간 것에 불과하다.　　　　　　　　　　　　—《하서집(河西集)》

■ 성인의 도는 인(仁)에 근본하였고, 인을 하는 데는 반드시 효도에
서 비롯하나니, 효도는 백 가지 행실의 근본이요, 만 가지 교화
(敎化)의 근원입니다.　　　　　　　　　　　　　　　— 권발

■ 효와 자의 도리는 모든 선의 으뜸으로, 하늘의 본성에서 나온 것
입니다. 그 은혜가 지극히 깊고, 그 윤리가 지극히 무겁고, 그 정
이 가장 간절한 것입니다.　　　　　　　　　　　　　— 이황

■ 선비의 온갖 행위 중에 효제(孝悌)가 근본이고, 삼천 가지 죄목
중에 불효가 가장 크다.　　　　　　　　　　　　　　— 이이

■ 사회 안정의 기초가 일가(一家)의 평화에 있는 것은 사실이다. 유
학사상은 이것을 역설하는 나머지 효(孝)를 너무 과중하게 본 결
과로 국가나 사회를 집보다 경시하는 폐해가 있다.　— 현상윤

■ 효 사상은 부모가 자식의 생명의 근원일 뿐만 아니라 이 생명을
보존하고 키워 주는 것 또한 어버이라는 사실에 의하여 더욱 강
화된다.　　　　　　　　　　　　　　　　　　　　— 오천석

■ 우리 부모들은 우리들의 어린 시절을 꾸며 주셨으니 우리는 그들

의 말년을 아름답게 꾸며 드려야 한다.　　　 — 생텍쥐페리

【속담 · 격언】

▣ 아버지가 누더기를 걸치면 자식은 모르는 척하지만, 아버지가 돈
　주머니를 차고 있으면 자식들은 모두 다 효자가 된다.　 — 한국

▣ 부모가 온 효자가 되어야 자식이 반 효자. (자식은 부모가 하는
　것을 보고 따라한다)　　　　　　　　　　　　 — 한국

▣ 효자가 불여악처(不如惡妻)라. (아무리 효자라도 아내보다는 못
　하다)　　　　　　　　　　　　　　　　　 — 한국

▣ 달 밝은 밤이 흐린 낮만 못하다. (달이 아무리 밝더라도 흐린 낮
　만 못하듯, 자식이 아무리 효도를 해도 나쁜 남편만 못하다)

　　　　　　　　　　　　　　　　　　　 — 한국

▣ 긴 병에 효자 없다. (무슨 일이나 너무 오래 걸리면 일에 대한
　성의가 덜하게 된다)　　　　　　　　　　　 — 한국

▣ 병신자식 효도한다. (대수롭지 않은 것이 도리어 제 구실을 한다)

　　　　　　　　　　　　　　　　　　　 — 한국

▣ 나갔던 며느리 효도한다. (기대하지 않았던 사람이 뜻밖에 좋은
　일을 한다)　　　　　　　　　　　　　　 — 한국

▣ 한 아버지는 열 아들을 기를 수 있으나 열 아들은 한 아버지를
　봉양키 어렵다.　　　　　　　　　　　　 — 독일

【시】

고 작은 산비둘기도

훨훨 날아 닿는데
이내 마음 시름에 겨워
가신 어버일 생각했네.
날이 밝도록 잠 못 자고
부모님을 생각했네.

― 《시경》 소민

어버이 살아신 제 섬기길랑 다 하여라
지나간 후면 애닲다 어찌하리
평생에 고쳐 못할 일이 이뿐인가 하노라.

― 정철 / 송강가사

어버이 자식 사이 하늘 삼긴 지친(至親)이라
부모 곧 아니면 이 몸이 있을소냐
오조(烏鳥)도 반포(反哺)를 하니 부모 효도하여라.

― 김상용

사람이 백행(百行) 중에 제일 성효(誠孝)로다
성효를 힘쓸진댄 백행에 미뤄나니
그 밖에 여사문장(餘事文章)은 일러 무삼하리오.

― 백경현

인생 백 세 중에 질병이 다 있으니
부모를 섬기다 몇 해를 섬길런고
아마도 못다 할 성효(誠孝)를 일찍 베퍼 보렸노라.

　　　　　　　　　　　― 박인로 /《노계집》

【중국의 고사】

■ **신체발부수지부모**(身體髮膚受之父母) :「신체와 터럭과 살갗은
부모에게서 받은 것이다』라는 뜻으로, 부모에게서 물려받은 몸
을 소중히 여기는 것이 효도의 시작이라는 말이다. 《효경》에
실린 공자의 가르침이다.

공자가 집에 머물러 있을 때, 증자가 시중을 들고 있었다. 공자
가 증자에게 「선왕께서 지극한 덕과 요령 있는 방법으로 천하의
백성들을 따르게 하고 화목하게 살도록 하여 위아래가 원망하는
일이 없도록 하셨는데, 네가 그것을 알고 있느냐?』라고 물었다.
증자는 공손한 태도로 자리에서 일어서며 「불민한 제가 어찌 그
것을 알겠습니까?』라고 대답하였다.

공자는 「무릇 효란 덕의 근본이요, 가르침은 여기에서 비롯된
다. 내 너에게 일러 줄 테니 다시 앉거라. 사람의 신체와 터럭과
살갗은 부모에게서 받은 것이니, 이것을 손상시키지 않는 것이
효의 시작이다(身體髮膚受之父母, 不敢毀傷, 孝之始也). 몸을 세
워 도를 행하고 후세에 이름을 날림으로써 부모를 드러내는 것이
효의 끝이다. 무릇 효는 부모를 섬기는 데서 시작하여 임금을 섬

기는 과정을 거쳐 몸을 세우는 데서 끝나는 것이다.』라고 말하
였다.

이 이야기는 《효경》 첫장 개종명의(開宗明義)장에 실려 있다.
여기서 유래하여 『신체발부수지부모』라고만 하여도 뒷 구절인
『불감훼상효지시야(不敢毀傷孝之始也)』와 연결되어, 부모에게
서 받은 몸을 소중히 여겨 함부로 손상시키지 않는 것이 바로 효
도의 시작이라는 뜻으로 통한다.   ─《효경》

■ **반포지효**(反哺之孝) : 어미에게 되먹이는 까마귀의 효성이라는
뜻으로, 어버이의 은혜에 대한 자식의 지극한 효도를 이르는 말.
이밀의 《진정표》에 나오는 말이다. 이밀은 진(晉) 무제(武帝)
가 자신에게 높은 관직을 내리지만 늙으신 할머니를 봉양하기 위
해 관직을 사양한다. 무제는 이밀의 관직 사양을 불사이군(不事
二君)의 심정이라고 크게 화내면서 서릿발 같은 명령을 내린다.

그러자 이밀은 자신을 까마귀에 비유하면서 「까마귀가 어미새
의 은혜에 보답하려는 마음으로 조모가 돌아가시는 날까지만 봉
양하게 해 주십시오(烏鳥私情 願乞終養).』라고 하였다. 까치나
까마귀에 대한 인식은 중국이나 한국이나 거의 같다. 보통 까치
는 길조, 까마귀는 흉조라고 인식한다. 까마귀는 음침한 울음소
리와 검은 색깔로 멀리 하는 새이며, 좋지 않은 의미로 많이 사용
된다. 또한 까마귀는 시체를 먹는 불결한 속성이 있어 까마귀밥
이 되었다고 하면 곧 죽음을 의미한다.

　　이렇듯 까마귀는 불길의 대명사로 인식하고 있지만 인간이 반드시 본받아야 할, 간과할 수 없는 습성도 있다. 명(明)나라 말기의 박물학자 이시진(李時珍)의 《본초강목(本草綱目)》에 까마귀 습성에 대한 다음과 같은 내용이 실려 있다.

　　까마귀는 부화한 지 60일 동안은 어미가 새끼에게 먹이를 물어다 주지만 이후 새끼가 다 자라면 먹이 사냥에 힘이 부친 어미를 먹여 살린다고 한다. 그리하여 이 까마귀를 자오(慈烏 : 인자한 까마귀) 또는 반포조(反哺鳥)라 한다. 곧 까마귀가 어미를 되먹이는 습성을 반포(反哺)라고 하는데 이는 극진한 효도를 의미하기도 한다. 이런 연유로 반포지효는 어버이의 은혜에 대한 자식의 지극한 효도를 뜻한다. 비슷한 말로 『반의지희(斑衣之戲)』, 『반의희(斑衣戲)』, 『채의이오친(綵衣以娛親)』이 있다.

　　　　　　　　　　　　　　― 이밀(李密) / 《진정표(陳情表)》

■ **회귤**(懷橘) : 귤을 품는다는 말로, 효성이 지극함을 이르는 말. 동한(東漢) 말엽에 육적(陸績 : 삼국시대 오나라 사람, 대학자며 세칭 24효자 중의 한 사람)이 여섯 살이었던 어린 시절에 구강(九江)에 살고 있는 원술(袁術) 어른을 찾아뵈러 갔었다. 원술이 자기를 만나러 온 어린 손님 육적을 맞이하고는 귤(橘)을 쟁반에 담아 육적에게 다정히 대접하였다.

　　육적은 그 귤을 먹는 둥 마는 둥하면서 원술 어른이 눈치 채지 않게 슬며시 귤 세 개를 품속에 감춰 넣었다. 돌아갈 때가 되어 육적이 원술 어른께 작별인사를 드리고 막 자리에서 일어서려고 할 때 품속에 간직했던 귤이 그만 방바닥으로 떨어져 굴렀다. 이 상히 여긴 원술이 육적에게 조심스레 물어보았다. 「육랑(陸郞) 은 우리 집에 온 손님인데 왜 먹으라고 내 놓은 귤을 먹지도 않고 품속에 넣어두었지?」 육적은 입장이 난처하였으나 마음먹고 한 일이라 거짓 없이 그 연유를 말하였다. 「사실은 이 귤을 품어 가서 집에 계시는 어머님께 드리려고 했어요.」

이 말을 들은 원술은 어버이를 위하여 효성스런 마음이 애틋하고 대견하여 육적의 머리를 쓰다듬으며, 「육랑같이 착하고 어버이를 섬길 줄 아는 효성스러운 어린이는 처음 보았다. 이거 별거 아니지만 어머니께 갖다 올려라.」 하며 칭찬을 하면서 귤을 더 내주었다.

선조(宣祖) 때 박인노(朴仁老)가, 「반중(盤中) 조홍(早紅)감이 곱게도 보이나니, / 유자(귤) 아니라도 품음직 하다마는 / 품어가도 반길 사람 없으니 그를 서러워하노라.」 라는 시조(詩調)를 읊었는데 중장(中章) 종장(終章)의 글귀는 역시 이 『회귤(懷橘)』의 고사를 빌어 어버이 안 계시므로 봉양 못함을 슬퍼하는 효심을 노래 불렀던 것이라 하겠다.

― 곽거경(郭居敬) / 《이십사효(二十四孝)》

■ **반의희**(斑衣戱) : 때때옷을 입고 논다는 뜻으로, 늙어서도 부모에게 효도한다는 말. 당(唐)나라 중기 이한(李瀚)의 《몽구》 고사

전(高士傳)에 나오는 이야기다.

춘추시대 초(楚)나라에 효심이 지극한 노래자(老萊子)가 있었다. 학자로서 공자와 같은 시기의 사람이다. 그는 난세(亂世)를 피하여 몽산(蒙山) 기슭에서 농사를 지었다. 초왕이 그가 현재(賢才)임을 듣고 불렀으나 응하지 않고 강남(江南)에 머물렀다. 그가 거처하는 곳마다 사람들이 모여들어 부락을 이루기를 그치지 않았다고 한다. 서(書) 15편을 저술하였는데, 일설에는 그가 노자(老子)라는 말도 있으나 확실하지 않다.

노래자가 70세의 백발노인이 되었어도 그의 부모는 그의 효성 덕분으로 건강하였다. 노래자는 행여나 부모 자신이 늙었다는 사실을 알지 못하게 하기 위해 늘 알록달록한 때때옷을 입고 어린아이처럼 재롱을 피우기도 하였다. 이런 아들의 재롱을 보면서 어린아이처럼 지내니 부모는 자신의 나이를 알려고 하지 않고 잊고 지냈다. 또한 노래자도 자신의 나이를 부모님에게 알려 드리지도 않았다.

노래자는 하루의 세 끼니 부모님 진지를 늘 손수 갖다 드렸고, 부모님이 진지를 모두 마칠 때까지 마루에 엎드려 있었다. 때로는 물을 들고 마루로 올라가다가 일부러 자빠져 마룻바닥에 뒹굴면서 앙앙 우는 모습을 보여드려 부모님이 아들의 아기 때의 모습을 연상케 하여 즐겁도록 하였다. 하루도 빠지지 않은 노래자의 극진한 효성에 대해 주위의 칭찬이 자자하였다.

부모와 자식 간의 관계는 끊으려야 끊을 수 없는 천륜이다. 오

늘날처럼 전통적인 효 사상이 무너져가는 상황에서 어버이에 대
한 효성이 무엇인가를 깨닫게 해주는 고사다. 『반의지희(斑衣之
戲)』, 『노래지희(老萊之戲)』라고도 한다.

— 이한(李瀚) / 《몽구(蒙求)》

■ **백리부미**(百里負米) : 백 리나 떨어진 먼 곳으로 쌀을 등에 지고
나른다는 뜻으로, 가난하면서도 효성이 지극하여 갖은 고생을 다
하여 부모 봉양을 잘함을 이르는 말. 《공자가어》에 있는 이야
기다.

춘추전국시대 때, 하루는 공자의 제자 자로(子路)가 부모에 대
한 자신의 심정에 대해 공자에게 이렇게 말했다. 자로는 소문난
효자였다.

「무거운 물건을 지고 먼 곳으로 갈 때에는 땅의 좋고 나쁨을
가리지 않고 쉬게 되고, 집이 가난하여 부모님을 모실 때에는 봉
록의 많고 적음을 가리지 않고 관리가 됩니다. 옛날 제가 부모님
을 섬길 때는 항상 명아주 잎과 콩잎 같은 나쁜 음식을 대접하여,
직접 쌀을 백 리 밖에서 져 오게 되었습니다. 부모님이 돌아가신
후, 남쪽의 초(楚)나라에서 관리가 되었을 때는 수레는 백 대나
되었고, 창고에 쌓아 놓은 쌀이 만 종(鍾, 1종은 6석 2두)이나 되
었으며, 깔개를 포개 놓고 앉아 솥을 늘어놓고 먹었는데, 명아주
잎과 콩잎을 먹고 직접 쌀을 지고 가기를 원했지만 할 수 없었습
니다. 마른 물고기를 묶어 놓은 것이 어찌하여 썩지 않겠습니까?

부모의 수명은 흰 말이 달려 지나가는 것을 문틈으로 보는 것처럼 순간일 따름입니다.』

이에 공자가 말했다.

「부모님에 대한 자로의 효성은, 살아계실 때는 정성을 다해 섬기고, 돌아가신 후에는 한없이 그리워하는구나!』

백리부미는 부모에게 쌀밥을 드리기 위해 백 리 길을 멀다고 또는 귀찮아하지 않고 쌀을 져 오는 자로의 지극한 효성에서 유래한 말이다. 비슷한 말로 『반포지효(反哺之孝)』가 있다. 부모를 섬길 때 물질적인 면을 결코 도외시할 수는 없지만 정성이 담겨 있지 않은 물질적인 봉양은 부모를 기쁘게 하지 못한다.

― 《공자가어(孔子家語)》

■ **연리지**(連理枝) : 뿌리가 다른 나뭇가지가 서로 엉켜 마치 한 나무처럼 자라는 현상. 뿌리가 다른 나뭇가지가 서로 엉켜 마치 한 나무처럼 자라는 현상이다. 매우 희귀한 현상으로 남녀 사이 혹은 부부애가 진한 것을 비유하며 예전에는 효성이 지극한 부모와 자식을 비유하기도 하였다.

《후한서》 채옹전에 나오는 이야기이다.

후한 말의 문인 채옹(蔡邕)은 경전(經典)의 문자 통일을 꾀하고 비(碑)에 써서 태학문(太學門) 밖에 세운 것으로 알려졌지만, 또한 효성이 지극하기로 소문이 나 있었다. 채옹은 어머니가 병으로 자리에 눕자 삼년 동안 옷을 벗지 못하고 간호해드렸다. 마지

막에 병세가 악화되자 백 일 동안이나 잠자리에 들지 않고 보살
피다가 돌아가시자 무덤 곁에 초막을 짓고 시묘(侍墓)살이를 했
다.

그 후 옹의 방 앞에 두 그루의 싹이 나더니 점점 자라서 가지가
서로 붙어 성장하더니 결이 이어지더니 마침내 한 그루처럼 되었
다. 사람들은 이를 두고 채옹의 효성이 지극하여 부모와 자식이
한 몸이 된 것이라고 말했다.

당나라의 시인 백거이(白居易)는 당현종과 양귀비의 뜨거운 사
랑을 읊은 시 『장한가(長恨歌)』에서 이렇게 읊고 있다.

「7월 7일 장생전에서(七月七日長生殿) / 깊은 밤 사람들 모르
게 한 약속(夜半無人私語時) / 하늘에서는 비익조가 되기를 원하
고(在天願作比翼鳥) / 땅에서는 연리지가 되기를 원하네(在地願
爲連理枝) / 높은 하늘 넓은 땅 다할 때가 있건만(天長地久有時
盡) / 이 한은 끝없이 계속되네(此恨綿綿無絶期).』

위 시의 비익조는 날개가 한쪽 뿐이어서 암컷과 수컷의 날개
가 결합되어야만 날 수 있다는 새로서 연리지와 같은 뜻으로 쓰
였다. 우리나라에도 경상북도 청도군 운문면에 소나무 연리지가
유명하며 충청북도 괴산군 청천면 송면리의 소나무도 연리지로
알려져 있다. 충청남도 보령시 오천면 외연도에는 동백나무 연리
지가 있으며, 마을사람들에게 사랑을 상징하는 나무로 보호되고
있다.　　　　　　　　　　　　　　　—《후한서》채옹전(蔡邕傳)

■ 후한의 곽거(郭巨)는 몹시 가난했다. 가족은 연로한 모친과 아내, 그리고 세 살짜리 아이까지 넷이었다. 곽거의 노모는 자라나는 아이에게 배고프지 않게 하려고 자신의 몫을 손자에게 주곤 하였다. 곽거는 그것이 마음이 아팠다.

「차라리 아이를 구덩이에 묻어 버리고 말자. 자식은 다시 낳을 수 있지만 부모는 다시 얻을 수 없으니까……」하고 뒤뜰에 구덩이를 파기 시작하는데, 두어 자 가량 팠을 때 땅속에서 덜거덕 하는 소리가 났다. 이상하다고 생각하며 조심스럽게 파 보았더니 큰 금솥이었다. 그리고 솥에는 이런 글이 새겨져 있었다. 「효자 곽거에게 하늘이 내리는 것이다. 누구도 **빼앗을** 수 없느니라.」

— 《후한서》

【우리나라 고사】

■ 문도공(文度公) 유천우(俞天遇)에게 아우가 있었는데 이름을 포(哺)라고 하였다. 그가 권신(權臣) 김인준(金仁俊)을 없애고자 하여 공에게 그 음모를 이야기하였으나 공이 응하지를 않았다. 얼마 후에 일을 거사하지 못한 채 발각되었다. 인준이 공에게, 「알고 있었는가?」라고 물으니, 공은, 「알고 있었다.」고 대답하였다. 인준이 다시 묻기를, 「알고서 말하지 않은 것은 분명히 그 음모에 참여한 것이오.」공이 대답하기를, 「고발해서 자신의 죄를 면할 것을 모르는 바 아니지만, 늙으신 어머니의 마음을 상하게 할까 하여서 못하였소.」라고 하였다. 인준이 말하기를, 「전

일 나의 아우 집에서 향연이 있을 때 홍시(紅枾)가 있었는데, 좌중에 있던 손들이 다 그 맛이 좋은 것을 칭찬하였으나 공이 홀로 먹지 아니하므로 그 까닭을 물으니 말하기를, 어머니께 드리려 한다 하여, 내 전부터 공이 모친을 극진히 섬기는 줄을 알고 있었다.』라고 하면서 이에 연좌(連坐)시키지 않았다.

— 《역옹패설(櫟翁稗說)》

【에피소드】

■ 영국의 체임벌린 내각 당시 외상이었고 제2차 세계대전 당시 주미대사였던 하리패크 경(卿)은 바쁜 정무의 틈을 타서 아버지에게 매일 편지를 쓰는 효심을 가진 사람이었다. 영국 명문의 태생인 그는 일찍이 어머니와 삼형제를 여의고 육친은 아버지 단 한 사람이었던 까닭이다. 후에 인도의 총독으로 임명되었을 때, 80세 넘은 노부를 홀로 두고 5년간이나 인도에 가 있는 것이 걱정스럽다 하며 아버지에게 의논하고 돌아올 때까지 건강하시도록 신에게 기원하고 떠났다 한다. 인도에 있을 때 하루도 빠짐없이 아버지에게 편지를 내고 그 안부를 물었다 한다.

【成句】

■ 삼불효(三不孝) : 세 가지의 불효. 부모를 불의(不義)에 빠지게 하는 일, 부모가 늙고 집이 가난하여도 벼슬하지 않는 일, 자식이 없어 조상의 제사를 끊이게 하는 일.

- ▣ 불구문(不驅蚊) : 몹시 가난하여 모기장이 없어 제 몸을 모기에 뜯기며 부모를 보호하였다는 효자의 고사.
- ▣ 삼부지양(三釜之養) : 박한 녹이지만, 부모가 살아 계시다면 효도할 수 있는 낙(樂)이 있다는 것. 삼부(三釜)는 얼마 안되는 봉록(俸祿). /《장자》
- ▣ 무후위대(無後爲大) : 불효 중에 가장 큰 것으로 자손이 없는 것을 이름.
- ▣ 종신성효(終身誠孝) : 부모 임종 때 옆에 모시는 효성.
- ▣ 효자불궤(孝子不櫃) : 효자의 효성은 지극하여 다함이 없다는 뜻으로, 한 사람이 부모에게 효도를 다하면 이에 감화되어 잇달아 효자가 나옴을 이르는 말. /《시경》
- ▣ 효자애일(孝子愛日) : 시간을 아껴 효도를 다한다는 말이다. 일(日)은 태양과 시간의 두 가지 뜻이 있다. 겨울 해에 비유하는 것은 엄동(嚴冬)에 햇빛을 아끼기 때문이며, 반대로 한여름의 햇빛을 싫어하는 데서 여름 해를 외일(畏日)이라고 하여 무서운 것에 비유한다. /《논어》
- ▣ 견마지양(犬馬之養) : 부모를 봉양만 하고, 경의가 없음. /《논어》위정편.
- ▣ 삼생지양(三牲之養) : 소, 양, 돼지 같은 고기로 부모를 봉양함. 정성껏 부모를 봉양함.
- ▣ 풍수지탄(風樹之嘆) : 나무가 조용해지려고 하나 바람이 자지 않음을 한탄한다는 뜻으로, 효도를 다하지 못한 채 어버이를 여읜

자식의 슬픔을 이르는 말. 풍목지비(風木之悲), 풍수지감(風樹之感). /《한시외전》

■ 오조사정(烏鳥私情) : 까마귀는 새끼 때 입은 은혜를 자라고 나서 갚으려고 하는 정이 있다고 한 데서, 자식의 부모에 대한 효성의 비유. 부모에게 효성을 다하고자 하는 심정을 겸손해서 말하는 것. / 이밀《진정표》

■ 북산지감(北山之感) : 나라 일에 힘쓰느라고 부모봉양을 제대로 못하였음을 슬퍼한다는 말.

■ 동온하청(冬溫夏淸) : 겨울에는 따뜻하게, 여름에는 서늘하게 한다는 말이니 부모를 섬기는 도리를 이름. 온청(溫淸)이라고도 함. /《예기》

■ 숙수지공(菽水之供) : 콩을 먹고 물을 마시며 가난하게 지낼망정 그것으로써 부모께 효도한다는 말. /《예기》

■ 숙수지환(菽水之歡) : 콩을 먹고 물 마시는 가난한 생활 속에서 부모에게 효도를 다하여 그 마음을 기쁘게 하는 것. /《예기》

■ 득친순친(得親順親) : 부모 뜻에 들고 부모의 뜻에 순종한다는 뜻으로, 효자의 행실을 일컬음. /《맹자》

■ 부귀이무례 불여빈천지효제(富貴而無禮不如貧賤之孝悌) : 부귀하여 무례한 것은 가난해도 효성과 우애가 있는 것보다 못하다는 뜻. /《염철론》

■ 난신적자(亂臣賊子) : 나라를 어지럽게 하는 신하와 부모에게 불효하는 못된 자식. /《맹자》 등문공하.

■ 무부무군(無父無君) : 어버이와 임금에게 거역하여 불효하고 불
  충함. 어버이와 임금도 안중에 없이 행동이 막됨.

■ 부자자효(父慈子孝) : 아비 된 자는 자애를 주로 하며, 자식 된
  자는 효행을 주로 함.

■ 상분(嘗糞) : 곧 부모의 위중한 병세를 살피기 위하여 그 대변을
  맛봄. 지극한 효성. 또는 지나친 아첨의 비유. 고대 중국에서는
  똥을 핥아서 그 맛으로 병을 진단하는 일이 의학상 행해지고 있
  었다. /《오월춘추》

■ 선침온석(扇枕溫席) : 여름에는 부모의 베갯머리에서 부채질을
  하여 시원하게 하고, 겨울에는 자신의 체온으로 부모의 이부자리
  를 따뜻하게 한다는 뜻으로, 부모에게 효도를 다함의 비유. /《동
  관한기(東觀漢記)》

■ 애애부모(哀哀父母) : 부모에게 제대로 효도를 다하지 못한 중에
  부모가 돌아가신 것을 서러워하는 말. 애애(哀哀)는 슬프고 불쌍
  한 것. /《시경》

■ 양지지효(養志之孝) : 부모의 마음에 순종하여 그 마음을 즐겁게
  하는 효도를 말한다. 부모를 섬기는 진정한 효도를 다하는 것. /
  《맹자》

■ 온청정성(溫凊定省) : 자식이 부모에 대해서 효도할 마음가짐을
  가르치고 있는 말이다. 겨울에는 따뜻하게 하고 여름에는 시원하
  게 하며, 저녁에는 자리를 편히 마련하고 아침에는 안부를 여쭙
  는 일을 이름. 효도를 하는 데에는 계절이나 시간에 따라서 그때

그때에 알맞은 마음 씀씀이가 필요하다는 것. 정(淸)은 청(淸)과
는 다른 자로, 시원하게 하다의 뜻. /《예기》

- ▣ 이효상효(以孝傷孝) : 효성이 지극한 나머지 어버이의 죽음을 너
  무 슬퍼하여 병이 나거나 죽음.

- ▣ 자오(慈烏) : 까마귀는 자란 뒤에 어미에게 먹이를 물어다 주어
  길러준 어미에 대해 효(孝)를 다한다는 데서, 까마귀를 이르는
  말.

- ▣ 채의이오친(綵衣以娛親) : 부모에게 효도하는 것을 이르는 말. 채
  의(綵衣)는 오색(五色)의 아름다운 무늬가 있는 옷인데, 어린아이
  가 입는다. 어린아이와 같은 옷을 입고 자신을 어리게 보임으로
  써 부모에게 늙었음을 느끼지 않게 하려는 효심.

- ▣ 효쇠어처자(孝衰於妻子) : 사람은 처자를 가지면 부모를 섬기는
  효심이 쇠해지기 쉬움을 경계하여 이르는 말. /《설원》

- ▣ 효자종치명 부종난명(孝子從治命 不從亂命) : 효자는 부모가 정
  신이 온전할 때의 명령에 따르지 어지러울 때 내린 명령을 따르
  지는 않는다는 뜻으로, 『결초보은(結草報恩)』의 성구와 연관된
  이야기에서 나온 말이다. /《동주열국지》

- ▣ 미유인이유기친자(未有仁而遺其親者) : 어진 사람으로 아직 부모
  를 버린 사람이 없다는 말로서, 어진 마음의 소유자는, 부모에게
  효성함을 이름. /《맹자》양혜왕상.

후회 regret 後悔

【어록】

■ 죽은 후에 의사를 구한다.   —《묵자》

■ 의심스러운 점이 없게 하는 것이 진실한 지(智)이고, 행동하는 데에 후회 없는 것이 위대한 행동이다(智莫大於闕疑 行莫大於無悔).   —《설원(說苑)》

■ 토끼를 보고 나서 사냥개를 불러도 늦지 않고, 양이 달아난 뒤에 우리를 고쳐도 늦지 않다(見兎而顧犬 未爲晚也 亡羊而補牢 未爲遲也 : 실패 또는 실수를 해도 빨리 뉘우치고 수습하면 늦지 않다는 말이다. 따라서 부정적인 뜻보다는 긍정적인 뜻이 강하다. 하지만 뒤로 가면서 원래의 뜻과 달리, 일을 그르친 뒤에는 뉘우쳐도 이미 소용이 없다는 부정적인 의미로 바뀌었다. 우리나라에서도 전자보다는 후자의 뜻으로 쓰인다).   —《전국책》

■ 재능 없이 차지하면 허물과 후회가 반드시 뒤따라온다(非才而據 咎悔必至).   —《삼국지》

■ 일에 부딪쳐 먼저 세 번 생각하지 않으면, 후회할 일이 생기게 된다(事不三思 終有後悔).　　　　　　　　—《고금소설》

■ 기쁨에 들떠 가볍게 승낙하지 말라(不可乘喜而輕諾 : 후회하는 일을 남기기 쉽기 때문이다).　　　　　　　　—《채근담》

■ 아직 이루지 못한 공을 꾀함은 이미 이룬 업(業)을 보전함만 같지 못하고, 지나간 허물을 뉘우침은 다가올 잘못을 막음만 같지 못하니라.　　　　　　　　—《채근담》

■ 후회는 자기 자신에게 내린 판결이다.　　　　— 메난드로스

■ 결혼할 것을 바라는 자는 후회의 길로 나아간다.　　— 필레몬

■ 항상 침묵 속에 있는 자는 신에 가까이 되기가 쉽다. 그러나 입이 가벼운 자는 그 입을 쓸데없이 놀리고, 그 뒤에 고독과 초조를 느낀다. 후회는 그 사람이 장차 후회한 것을 삼가려는 결심을 할 때에만 진실한 것이다.　　　　　　　　—《탈무드》

■ 회오(悔悟)와 바른 행실은 하느님의 노여움에서 몸을 지키는 방패가 된다.　　　　　　　　—《탈무드》

■ 어떤 행위를 후회하는 자는 이중으로 불행, 혹은 무능하다. 최초에 좋지 않은 욕망에 의해서, 다음은 슬픔에 의해서 정복될 사람이기 때문이다.　　　　　　　　— 스피노자

■ 후회한다! 이것만큼 비열하고 쩨쩨한 것은 없다.

　　　　　　　　— 셰익스피어

■ 나는 선행을 결코 후회하지 않았으되 앞으로도 후회하지 않을 것이다.　　　　　　　　— 셰익스피어

■ 정념(情念)도 없이 할 일도 없이 전심할 만한 경영도 없이, 그야
말로 하는 일 없는 완전한 휴식 속에 있는 것처럼 사람에게 있어
참을 수 없는 것은 없다. 그는 그 때에 자기의 허무, 자기의 유기,
자기의 불만, 자기의 의존, 자기의 무력, 자기의 공허를 느낀다.
이때에 그의 혼의 깊은 속으로부터 권태·우울·비애·고뇌·회
한·절망이 한꺼번에 쏟아져 나오는 것이다.   ― 파스칼

■ 좋은 교육이란 후회를 가르치는 것이다. 후회가 예견된다면 균형
이 깨뜨려진다.   ― 스탕달

■ 후회는 언제 해도 늦지 않다.   ― 존 레이

■ 후회―쾌락이 낳은 운명의 알.   ― 프랑수아 코페

■ 후회해 보아야 소용이 없다는 말이 있지만, 후회한다고 이미 늦
은 것은 아니다.   ― 레프 톨스토이

■ 후회는 약한 마음의 미덕이다.   ― 존 드라이든

■ 더 이상 그것을 안 하는 것이 가장 진정한 후회이다.

― 마르틴 루터

■ 후회의 씨앗은 젊었을 때 즐거움으로 뿌려지지만, 늙었을 때 괴
로움으로 거둬들인다.   ― C. C. 콜턴

■ 분노와 우행(愚行)은 나란히 걸으며, 회한이 양자의 뒤꿈치를 밟
는다.   ― 벤저민 프랭클린

■ 벌써 될 대로 되어버렸다. 다시 말하면, 벌써 바꿀 수는 없을 만
한 불행한 사고에 부딪쳐 버리고 나서 이렇게 되지 않고도 끝났
을 거라느니, 또는 조금만 주의했더라면 방책이 있었을 것이라느

니, 등등의 생각에 몸을 태워서는 안 된다. 어떻든 이와 같은 생각이야말로 참을 수 없는 정도로 고통을 높이는 것으로서 그 결과는 자기 견책이 되는 것으로 그치고 마니까.　　— 쇼펜하우어

▣ 회한(悔恨)의 정은 득의(得意)했을 때에는 깊이 잠들고 실의(失意)했을 때에는 쓴맛을 더한다.　　— 장 자크 루소

▣ 세상에는 과거의 행위에 대하여 후회하는 사람이 많지만, 그보다는 오히려 해야 할 것을 하지 않은 행위에 대해 후회해야 할 게 아니겠는가? 일생의 종말에 가서 해야 할 것을 하지 않은 여러 가지야말로 우리를 비탄과 절망의 심연에 빠지게 한다.

— 로버트 브라우닝

▣ 후회를 최대한 이용하라. 깊이 후회한다는 것은 새로운 삶을 산다는 것이다.　　— 헨리 소로

▣ 마음속으로 후회를 해도 하느님의 용서를 얻지 못할 죄가 이 세상에 있지 않으며, 또 있을 리 없다. 끝없는 하느님의 사랑에 버림받은 사람이 그만큼 큰 죄를 범할 까닭이 없기 때문이다.

— 도스토예프스키

▣ 회오(悔悟)의 격정 이상으로 한 남자를 빨리 기진맥진케 하는 것은 도대체 없다.　　— 프리드리히 니체

▣ 후회, 그것은 잠에서 깨어난 기억.　　— 에밀리 디킨슨

▣ 청년은 실수하고, 장년은 투쟁하며, 노년은 후회한다.

— 벤저민 디즈레일리

▣ 후회란 죄악에 대한 자책 이상의 것이라야 한다. 후회는 천당과

어울리는 성격의 변화를 이해한다. ── 루 월레스

■ 그리스도교인이란 토요일에 한 일을 주일에 회개하고 월요일에 되풀이하는 사람. ── T. R. 이바라

■ 만성적인 후회는 정신적으로 가장 해롭다. 잘못한 일이 있으면 회개하라. 그리고 고칠 수 있는 일이면 고치고 다음엔 그런 일이 없도록 노력하라. 잘못한 일에 언제까지 후회만 하고 있지 말라. 쓰레기 속에 뒹굴어서 사람이 깨끗해질 수는 없는 노릇이다.

── 올더스 헉슬리

■ 후회는 회오에 대한 자만심의 대용이다. ── 올더스 헉슬리

■ 우리들의 후회는 우리들이 저지른 악을 유감으로 생각하는 마음 이라기보다는 오히려 그것이 곧 우리 몸에 사정없이 떨어져 오는 것은 아닌가 하는 의구심이다. ── 라로슈푸코

■ 결코 후회하지 말고, 결코 남을 꾸짖지 말라. 이것들은 영지(英 知)의 제일보다. ── 드니 디드로

■ 후회란 쓰디쓴 도로(徒勞)의 뒷걸음질이다. 그것은 과실의 얼빠 진 이용이다. ── 알랭

■ 달을 보고 울지 말며, 엎질러진 밀크를 후회하지 않도록 나에게 교훈을 보여라. ── 조지 6세

■ 잘못과 실패도 많았다. 하지만 후회할 틈이 없다.

── 헤르만 헤세

■ 인간은 누구나 과실이 있는 법이지만, 범죄에 대하여 느껴지는 회한(悔恨)은 악으로부터 덕을 구별한다. ── 비토리오 알피에리

▣ 벼슬아치가 사사로운 일을 행하면 물러갈 때에 뉘우칠 것이요, 돈이 많을 때에 아껴 쓰지 않으면 가난해져서 뉘우칠 것이요, 재주를 믿고 어려서 배우지 않으면 시기가 지났을 때에 뉘우칠 것이요, 일을 보고 배우지 않으면 쓸 때가 오면 뉘우칠 것이요, 취한 후에 함부로 말하면 취함이 깨어서 뉘우칠 것이요, 건강할 때에 몸을 조심하지 않으면 병이 났을 때 뉘우칠 것이다.

— 구준(寇準)

▣ 내가 결혼하고 싶어 하는 여인과 결혼하지 못하는 것이 결이 나서 결혼하고, 저쪽에서 결혼하고 싶어 하지도 않는 여인과 결혼해버린 탓으로 뜻밖에 나와 결혼하고 싶어 하던 다른 여인이 그 또 결이 나서 다른 남자와 결혼해 버렸으니 그야말로—나는 지금 일조(一朝)에 파멸하는 결혼 위에 저립(佇立)하고 있으니—일거(一擧)에 삼첨(三尖)일세그려. — 이상

▣ 그러나 인간은 과오와 참회의 반복 속에서 살면서도, 또 누구나 자기의 잘못을 지적할 때, 별로 기분 좋은 것은 아니다. 현명한 자는 빨리 깨닫는 자이기도 하지만, 우매한 인간은 스스로의 지난날이나마 참회하기를 주저한다. — 전숙희

▣ 생은 슬픈 것인지도 모른다. 회한(悔恨), 모든 후회는 결국 존재의 후회로 귀결한다. — 전혜린

【속담 · 격언】

▣ 미련은 먼저 나고 슬기는 나중 난다. (일이 잘못된 후에야 이랬더

라면 좋았을 것을 하고 궁리함)　　　　　　　　　　— 한국
- ▣ 내 고기야 날 잡아먹어라. (일에 크게 실수하여 자책함)

　　　　　　　　　　　　　　　　　　　　　　— 한국
- ▣ 도둑맞고 빈지 고친다. (일을 그르친 뒤에는 뉘우쳐도 소용없다)

　　　　　　　　　　　　　　　　　　　　　　— 한국
- ▣ 지혜는 듣는 데서 오고, 후회는 말한 데서 온다.　　— 영국
- ▣ 엎지른 밀크는 후회해도 소용없다. (It is no use crying over spilt milk.)　　　　　　　　　　　　　　　　— 영국
- ▣ 서둘러 결혼하고 천천히 후회하라. (Marry in haste, repent at leisure.)　　　　　　　　　　　　　　　　　— 영국
- ▣ 분노는 어리석음으로 시작하여 후회로 끝난다.　　— 영국
- ▣ 삶의 전반은 후반을 희구하는 데 쓰이고, 그 후반은 전반을 후회하는 데 보내진다.　　　　　　　　　　　　— 프랑스
- ▣ 후회는 미덕의 봄이다.　　　　　　　　　　— 중세 라틴
- ▣ 너무 지나치게 후회하고 있으면 안 된다. 옳은 일을 하려는 용기가 무너지기 때문이다.　　　　　　　　　　— 유태인

【시 · 문장】

우리 질식시킬 수 있으랴. 이 오래 묻은 뉘우침을
살아서 움직이고 굼틀거리며
송장에 구더기, 떡갈나무에 쐐기처럼
우리를 먹이 삼아 살찌는 뉘우침을

우리 질식시킬 수 있으랴. 이 악착스런 뉘우침을.

― 보들레르 / 고쳐 못할 일

밤마다 네 하루를 검토하라.
그것이 하느님 뜻에 합한 것이었는지 어떤지를
행위와 성실이란 점에서 기뻐했을 만한 일이었는지 어떤지를
불안과 회한(悔恨)에 의한 기력 없는 짓이었는지 아닌지를
네 사랑하는 자의 이름을 입으로 부르라.
증오와 부정을 고요히 고백하라.
모든 악한 것을 중심에서 부끄러워하고
어떤 그림자도 침상에 가져가는 일 없이
모든 근심을 마음에서 제거해 버리고
영혼이 오래 안연하도록 하라.

― 헤르만 헤세 / 밤마다

깊은 잠을 한잠 자고 깨면 슬쩍 머릿속으로 들어오는 비수와 같은
회한. 낮에도 분주한 시간이 지나고 혼자 있을 시간이면 이 무서운
회오는 김한주 씨의 심장을 갈기갈기 찢어 놓는 날카로운 발톱처럼
신경의 가닥 가닥에서 살아난다. ― 김말봉 / 生命

【중국의 고사】
■ **복수불반분**(覆水不返盆) : 한번 엎지른 물은 다시 동이에 담을 수

없다는 말이다. 우리 속담에 『엎질러진 물』이란 말은 바로 여기에서 나온 말이다. 민간 설화로 우리나라에도 상당히 보급되어 있는 강태공(姜太公)의 이야기에 있는 말이다. 강태공에 대한 설화는 우리의 일상용어에 상당한 영향을 미치고 있다. 낚시꾼을 『강태공』이니 『태공망』이니 하는 것도 강태공이 출세하기 전 매일 위수(渭水)에서 고기만 잡고 있었다는 전설에서 생긴 말이다.

이 밖에도 『전팔십 후팔십』이란 말이, 나이 늙도록 뜻을 이루지 못한 정치인들의 자신을 위로하는 뜻으로 쓰이고 있고, 『강태공의 곧은 낚시』란 말이 옛날 우리 노래 속에 자주 나오곤 한다. 아무튼 늙도록 고생만 하던 끝에 벼락출세로 천하를 뒤흔들게 된 강태공의 이야기들이, 가난과 천대 속에 일생을 보내고 있는 많은 사람들의 한 가닥 위로의 끄나풀이 될 수 있었는지도 모를 일이다. 《습유기(拾遺記)》는 강태공의 출세 전후에 관한 이야기들을 싣고 있다.

태공의 첫 아내 마씨(馬氏)는 태공이 공부만 하고 살림을 전연 돌보지 않는 터라 남편을 버리고 친정으로 가버린다. 그 뒤 태공이 제나라 임금이 되어 돌아가자, 마씨는 다시 만나 살았으면 하고 태공 앞에 나타난다. 태공은 동이에 물을 한가득 길어오라 해서 그것을 땅에 들어붓게 한 다음 마씨를 바라보며 그 물을 다시 동이에 담으라고 했다. 마씨는 열심히 엎질러진 물을 동이에 담으려 했으나 진흙만이 손에 잡힐 뿐이었다. 그것을 보고 태공은 말했다.

「그대는 떨어졌다 다시 합칠 수 있다고 생각하겠지만, 이미 엎지른 물이라 담을 수는 없는 것이다(若能離更合 覆水定難收).」

『복수불반분』이란 말은 원래는 한번 헤어진 부부가 다시 만나 살수 없다는 것을 말한 것이었지만, 그 뒤로 무엇이고 일단 해버린 것은 다시 원상복구를 한다거나 다시 시작해 볼 수 없다는 뜻으로 쓰이게 되었다. 지금 우리가 쓰고 있는 『엎질러진 물』이란 뜻으로 쓰이고 있다. 우리 속담에도 『깨진 그릇 맞추기』란 것이 있고, 영어에도, "It is no use crying over spilt milk. (우유를 엎질러 놓고 울어 봤자 소용없다)"라는 속담이 있다.

— 《습유기(拾遺記)

■ **서제막급(噬臍莫及)** : 배꼽을 물려고 해도 입이 미치지 못한다는 뜻으로, 일이 지난 후에는 후회해도 아무 소용이 없음을 비유하는 말이다. 주(周)나라 장왕(莊王) 때의 일이다.

초(楚)나라 문왕(文王)이 신(申)나라를 치기 위하여 신나라와 가까이 있는 등(鄧)나라를 지나가게 되었다. 등나라 임금 기후(祁侯)는 조카인 문왕을 반갑게 맞이하고 환대했다. 그 때 추생·담생·양생 세 현인이 기후에게 말했다. 「지금 문왕은 약소국 신나라를 치기 위해 가는 길입니다. 우리 역시 약소국인데 저들이 신나라를 친 다음에는 우리나라를 그냥 둘 리가 없지 않습니까? 무슨 대비를 하지 않으면 나중에 아무리 후회해도 때는 늦을 것입니다(噬臍莫及).」

그러나 기후는 펄쩍 뛰면서 귀담아 듣지 않았다. 문왕은 기후의 도움으로 무사히 신나라를 정벌하고 귀국하였다. 그러고 나서 10년이 지난 뒤 초나라는 다시 군사를 일으켜 등나라를 쳐들어왔다. 전혀 대비가 없던 등나라는 순식간에 초나라의 군대에 점령되고 말았다. 일설에는, 사람에게 붙잡힌 궁노루가 자기의 배꼽 향내 때문에 잡힌 줄 알고 제 배꼽을 물어뜯으려고 해도 때는 이미 늦었다는 데서 생긴 말이라고도 한다. 『후회막급(後悔莫及)』과 의미가 비슷하다.　　　　　　　　　　 ─《좌전》장공(莊公)

■ **망양보뢰**(亡羊補牢) : 양 잃고 우리를 고친다는 뜻으로, 이미 일을 그르친 뒤에는 뉘우쳐도 소용이 없음을 이르는 말이다.

전국시대 초(楚)나라에 장신(莊辛)이라는 대신이 있었다. 하루는 초 양왕(襄王)에게 사치하고 음탕하여 국고를 낭비하는 신하들을 멀리하고, 왕 또한 사치한 생활을 그만두고 국사에 전념할 것을 충언하였다. 그러나 왕은 오히려 욕설을 퍼붓고 장신의 말을 듣지 않았다. 장신은 결국 조(趙)나라로 갔는데, 5개월 뒤 진나라가 초나라를 침공해, 양왕은 성양으로 망명하는 처지에 놓이게 되었다. 양왕은 이 때야 비로소 장신의 말이 옳았음을 깨닫고 조나라에 사람을 보내 그를 불러들였다. 양왕이 이제 어찌해야 하는지를 묻자 장신은 다음과 같이 대답하였다.

「『토끼를 보고 나서 사냥개를 불러도 늦지 않고, 양이 달아난 뒤에 우리를 고쳐도 늦지 않다(見兎而顧犬 未爲晩也 亡羊而補牢

未爲遲也).」고 하였습니다. 옛날 탕왕과 무왕은 백 리 땅에서 나라를 일으켰고, 걸왕과 주왕은 천하가 너무 넓어 끝내 멸망했습니다. 이제 초나라가 비록 작지만 긴 것을 잘라 짧은 것을 기우면 수천 리나 되니, 탕왕과 무왕의 백 리 땅과 견줄 바가 아닙니다.」

여기서 『망양보뢰』는 이미 양을 잃은 뒤에 우리를 고쳐도 늦지 않다는 뜻으로 쓰였다. 다시 말해 실패 또는 실수를 해도 빨리 뉘우치고 수습하면 늦지 않다는 말이다. 따라서 부정적인 뜻보다는 긍정적인 뜻이 강하다. 하지만 뒤로 가면서 원래의 뜻과 달리, 일을 그르친 뒤에는 뉘우쳐도 이미 소용이 없다는 부정적인 의미로 바뀌었다. 우리나라에서도 전자보다는 후자의 뜻으로 쓰인다.

― 《전국책》 초책(楚策)

■ **항룡유회**(亢龍有悔) : 적정한 선에서 만족할 줄 모르고 무작정 밀고 나가다가 도리어 실패해서 후회하게 되는 것을 비유해서 하는 말이다. 『항룡』은 하늘 끝까지 올라간 용이란 뜻이다. 너무 자꾸만 올라가다가 하늘 끝에 가 닿아서 후회를 하게 된다는 것이 『항룡유회』다. 《주역(周易)》 건괘(乾卦) 맨 위에 있는 육효(六爻)의 효사(爻辭)에 있는 말이다.

주역의 64괘(卦)는 각각 여섯 개의 효(爻)로 되어 있는데, 괘 전체에 대한 괘사(卦辭)가 있고, 각 효마다 『효사』가 있다. 맨 아래 있는 효는 지위가 가장 낮다든가, 일을 처음 시작한다든가 하는 뜻이고, 맨 위에 있는 효는 극도에까지 미친 것을 말한다. 그러므로 건괘 첫 효에는 효사가 『잠룡물용(潛龍勿用)』이라고 나와 있다. 땅 속 깊숙이 들어 있는 용이니 꼼짝하지 말고 가만히 있으라는 뜻이다.

『항룡유회』는 『잠룡물용』과는 달리 도에 지나친 감이 있으니, 더 이상 전진하지 말고 겸손 자중하라는 뜻이다. 예를 들어 국장쯤으로 만족하지 못하고 굳이 차관이나 장관이 되려고 하면, 설사 된다 해도 해임되는 그 날로 영영 벼슬길이 막히고 마는 그런 것이다. ─《주역》건괘

【우리나라 고사】

■ **사후약방문**(死後藥方文) : 사람이 죽은 뒤에 약을 짓는다는 뜻으로, 일을 그르친 뒤에 아무리 뉘우쳐야 이미 늦었다는 말. 조선 인조(仁祖) 때의 학자 홍만종(洪萬宗)이 지은 문학평론집 《순오지》에 나온다. 사후약방문 말고도 때를 놓쳐 후회하지 말고, 장차 어려울 때를 대비해 준비를 철저히 하라는 뜻의 격언이나 속담은 많다.

중국 전한(前漢) 시대 유향(劉向)이 편찬한 《전국책》에 나오는 고사로 『망양보뢰(亡羊補牢)』가 있다. 양을 잃고 나서야 우리를 고친다는 뜻이다. 양도 없는데 우리를 고쳐 봐야 헛수고일 뿐이다. 그밖에 사후청심환(死後淸心丸 : 죽은 뒤에 청심환을 찾는다), 실마치구(失馬治廏 : 말 잃고 마구간 고친다), 실우치구(失牛

治廏 : 소 잃고 외양간 고친다) 등도 같은 뜻이다.

　우리말 속담 「늦은 밥 먹고 파장(罷場) 간다」, 「단솥에 물 붓
기」도 비슷한 뜻을 가지고 있다. 장이 끝난 뒤에 가보았자 소용없
고, 벌겋게 달아 있는 솥에 몇 방울의 물을 떨어뜨려 보았자 솥이
식을 리 없다는 말이다. 　　　　　　　　　　 ―《순오지(旬五志)》

【成句】

■ 사이무회(死而無悔) : 죽어도 후회하지 않는다는 뜻으로, 무모함
　의 비유. 분별없음. 무턱대고 덤비는 것의 비유. /《논어》

■ 사이지차(事已至此) : 일이 이미 이와 같이 되어버렸다는 뜻으로,
　후회해도 이제는 소용이 없음을 비유하는 말.

■ 한불조지(恨不早知) : 일의 기틀을 일찍 모른 것을 후회함.

■ 조지약차(早知若此) : 일찍이 이와 같은 것을 알았더라면 하고 후
　회함.

■ 증이파의(甑已破矣) : 시루가 깨졌으니 다시 본디대로 만들 수는
　없는 일이요, 일하다 잘못하여 아무리 후회해도 소용없다는 뜻.
　/《송남잡식(松南雜識)》

■ 서제지환(噬臍之患) : 후회막급(後悔莫及)이라는 뜻. /《삼국사
　기》

대화 communication 對話

(소통)

【어록】

■ 사람과 만나 이야기할 때는 내 마음의 3할 정도만 보여줄 것이지, 내 마음 전부를 내던져 보일 것은 아니다(逢人且說三分話 未可全拋一片心).　　　　　　　　—《경세통언(警世通言)》

■ 공교로운 것이 없다면 이야기가 되지 않는다(無巧不在話).
　　　　　　　　　　　　　　　　—《성세항언(醒世恒言)》

■ 친척들과 정담을 나누며 즐거워하고, 거문고를 타고 책을 읽으며 시름을 달래련다(悅親戚之情話 樂琴書以消憂).
　　　　　　　　　　　　　— 도연명 / 귀거래사(歸去來辭)

■ 이야기는 통속적이어야 멀리 전해질 수 있고, 언어는 세상물정에 관계되어야 사람의 심금을 움직일 수 있다(話須通欲方傳遠 語必關風始動人).　　　　—《경본통속소설(京本通俗小說)》

■ 대화는 감미로운 정신의 잔치다.　　　　　　— 호메로스

■ 서투른 의사소통은 훌륭한 예절을 망쳐버린다.　— 메난드로스

▣ 다른 사람의 속마음으로 들어가라, 그리고 다른 사람으로 하여금
　당신의 속마음으로 들어오도록 하라. ― 마르쿠스 아우렐리우스

▣ 좋은 책들을 읽는 것은 과거 위대한 인물들과 대화를 나누는 것
　이다. ― 르네 데카르트

▣ 대화의 주된 목적은, 가르치는 것·배우는 것·즐기게 하는 것
　등이니까, 사람을 불유쾌하게 하거나 반발을 일으키거나 해서는
　본래의 목적을 없이 해주고 만다. ― 벤저민 프랭클린

▣ 부부생활은 긴 대화이다. ― 프리드리히 니체

▣ 논쟁은 남성적이고 대화는 여성적이다. ― 에이머스 올컷

▣ 미치광이가 우리를 가장 두렵게 하는 것은 그의 논리적 대화다.
　― 아나톨 프랑스

▣ 생각한다는 것은 자기 자신과 대화하는 것이다. ― 우나무노

▣ 사람들 사이에서 대화가 없이는 생활을 영위해 나갈 수 없다.
　― 알베르 카뮈

▣ 집이 화염에 싸여 있지 않는 한, 서로가 큰 소리로 이야기하지
　마라. ― 프랜시스 톰프슨

▣ 인간은 언어에 의해 의사소통을 하지만 언어는 군중의 머리로 만
　들어내므로, 불완전하고 부적합한 언어로부터는 정신에 대한 놀
　라운 장애가 생긴다. ― 프랜시스 베이컨

▣ 편지는 종이에 적은 대화이다. ― 그라시안이모랄레스

▣ 인간관계에 있어서 상대방은 그 상대방의 고독의 핵심 속으로 뚫
　고 들어가 거기서 대화를 나누어야 하는 것이다.

— 버트런드 러셀

■ 보통 앉은자리에서 주고받는 이야기는 익살이 교묘한 슬기보다
도 낫고, 또 원만한 것이 지식보다도 낫다.　— 윌리엄 템플

■ 대화는 수상여행(水上旅行)과 비슷하다. 거의 깨닫지 못하는 사
이에 육지에서 차차 멀어진다. 그리하여 아주 멀어지고 난 다음
에야 비로소 그가 해안에서 떠나 있다는 것을 알게 된다.

— S. 샹포르

■ 현명한 자와 책상을 마주보고 하는 1대 1의 회화는 10년간에 걸
친 독서보다 낫다.　— 헨리 롱펠로

■ 회화는 상호의 이해를 깊게 하지만, 고독은 천재의 학교다.

— 에드워드 기번

■ 침묵은 회화의 위대한 화술이다. 자기의 입을 닫을 때를 아는 자
는 바보가 아니다.　— 윌리엄 해즐릿

■ 회화는 명상 이상의 것을 가르친다.　— 헨리 본

■ 말하는 것은 지식의 영역이며, 듣는 것은 지혜의 특권이다.

— 올리버 홈스

■ 사람은 그녀의 회화 때문에 그녀를 사랑하는 것이 아니다. 그녀
를 사랑하기 위하여, 그 회화를 즐기는 것이다.

— 앙드레 모루아

■ 부부간의 대화는 외과수술과 같이 신중히 하지 않으면 안 된다.
모종의 부부는 정직이 지나쳐 건강한 애정에까지 수술을 하여,
그로 인하여 죽어버리는 수가 있다.　— 앙드레 모루아

▣ 벗들 틈에는 적도 섞여 있다. 그러나 내가 말을 걸 수만 있다면 그 누구든 얼마나 사랑하겠는가! …… 내가 그대들을 양치기의 피리로 다시 불러들일 수만 있다면! 나의 암사자인 지혜가 다정하게 울부짖을 수만 있다면! 우리는 이미 많은 것을 함께 배웠다.
— 프리드리히 니체

▣ 친구와의 자유스런 회화는 어떤 위안보다도 나를 기쁘게 한다.
— 토머스 흄

▣ 많은 불행은 난처한 일과 말하지 않은 채로 남겨진 일 때문에 생긴다.
— 도스토예프스키

▣ 훌륭한 의사소통은 블랙커피처럼 자극적이며 잠들기도 어렵다.
— A. M. 린드버그

▣ 조직 내에서의 업무를 중심으로 한 여러 관계에 있어서 업적을 올릴 수 없다면, 아무리 따뜻한 마음으로 서로 보살펴 주고 유쾌한 대화를 교환한들 하등의 의미가 없을 뿐더러 그러한 상호관계는 도리어 대개의 경우 겉치레의 속임수에 지나지 않는다고 할 수 있겠다. 반면에 어쩌다 무례한 언사가 있더라도 관계자 모두에게 성과를 갖다 주는 관계에서였다면 조금도 파괴적이 되지는 않는다.
— 피터 드러커

▣ 상호간의 이해를 낳게 해주는 것은 밑에서부터 위로 보내지는 대화이다. 그러기 위해서는 상사가 기꺼이 귀를 기울일 필요도 있지만, 특히 낮은 계층에 있는 감독의 의견이나 견해가 정확하게 자기에게 전달이 되도록 특별한 대책을 강구할 필요가 있다.

                                    ― 피터 드러커

■ 우리는 사람들을 위하여 창조하고 소통하는 도구를 만듭니다. 지금 우리가 사는 시대에 이런 도구는 놀라운 존재입니다. 이것이 제가 일을 사랑하는 이유입니다.   ― 스티브 잡스

■ 기능화 혜택, 램, 그리고 차트와 비교 분석으로 만들어진 광고는 승산의 기회가 없습니다. 우리가 추구하는 소비자와 의사소통할 수 있는 기회는 느낌입니다.   ― 스티브 잡스

■ 오늘날 대화의 문제는 언어학자들의 관심을 더욱더 끌고 있다. 경우에 따라선 언어학적 관심의 중심이 될지도 모른다.

                                      ― 바흐찐

■ 윗사람은 아랫사람에게 직언(直言)을 구하고 아랫사람은 윗사람에게 글을 바칠 수 있으면, 막힌 것이 트이고 가려진 것이 걷히어 상하의 정이 통하게 될 것이니, 무슨 선행이 빠지며 무슨 원통이 풀리지 않겠는가?   ― 정도전

■ 모든 대화의 배경에는 침묵이 있다. 침묵을 배경으로 하지 않는 대화는 그 깊이를 상실한 언어의 나열이 되고 말 것이다.

                                      ― 김관석

■ 대화는 정(情)의 표시다. 사랑하는 사람에 대한 최초의 충동은 말을 걸고 싶은 욕망이고, 반면에 미운 사람에 대한 최대의 복수는 말을 하지 않는 것이다.   ― 이창배

■ 독백은 자음(自淫)이요, 대화는 사랑이다.   ― 최인훈

■ 사랑의 대화에서는 남자가 얼간이고 여자가 재치 있게 마련이다.

남자가 성실하고 여자가 교활하다는 말일까, 남자는 계산하고 여자는 믿는다는 의미일까?　　　　　　　　　— 최인훈

■ 대화란 나와 너 사이에 교통되는 이야기이다. 내가 없으면 너도 있을 수 없다. 우선 내가 나이었을 때 너와 이야기를 할 수 있는 것이다. 그리하여 그 대화를 통하여 두 사람 사이에 하나의 관계가 만들어지고 이 관계 속에서 그들은 고독의 종지부를 찍을 수 있게 되는 것이다.　　　　　　　　　— 이어령

■ 양철 지붕을 이해하려면 오래 빗소리를 들을 줄 알아야 한다.
　　　　　　　　　— 안도현

■ 소통의 가장 큰 장애물은 권위주의이다　　　　— 한근태

■ 최고의 소통 방법은 웃음이다.　　　　　　　— 김영식

【속담 · 격언】

■ 대화는 명상보다 더 많은 것을 가르친다.　　　— 서양격언

【시 · 문장】

왜냐하면 모든 우리의 회화란
우리의 공통적인 지수표(指數表)이기 때문에
　　　　　　　— R. P. 위렌 / 季節의 종언

여러분, 친구간의 친근한 이야기 중에서 나온 말이나 식탁에서 한 말, 자기의 방에서 한 말, 병상에서 한 말, 그리고 추리를 통해 그

자신의 판단을 더욱 명확히 하기 위해서 한 말, 이러한 말들이 그 사람을 반역으로 몰 수 있는 증거가 된다면, 이는 인간사회의 위안을 박탈하는 것이다. 이것은 우리 자신이 더욱더 현명하고 더욱더 선량하게 되기 위해 현명하고 선량한 사람과의 대화—이는 인생의 주요한 즐거움이요, 위안이다—를 금지당하는 것을 의미한다. 이와 같이 하여 생명, 명예 및 바람직한 모든 것이 무리하게 탈취되어 버린다면 이 세상은 침묵의 세계가 되고 말리라. 도시는 은자의 거처가 될 것이요, 양 떼는 밀집한 군중 가운데서 발견되리라. 그 누가 그 자신의 고독한 생각이나 견해를 감히 그의 친구나 이웃에게 알리려고 하겠는가? ― 스트래 / 포드 백작

【중국의 고사】

■ **청담**(淸談) : 세속적인 명리(名利)를 달관한 맑고 고상한 이야기. 『청담』은 위진(魏晉)시대에 유행한 청정무위(淸淨無爲)의 공리공담(公理空談)을 말한다. 《안씨가훈(顔氏家訓)》 등에 나오는 말이다. 이 말이 나오게 된 것은 중국이 한창 격동기에 접어들어 연일 전쟁과 살육으로 하루도 바람 잘 날이 없었던 위진남북조시대에 형성된 일군의 선비 집단인 죽림칠현(竹林七賢)과 밀접한 관련이 있다.

자고 나면 왕조가 바뀌고 그럴 때마다 숙청과 살육이 자행되던 시기에 이런 현실에 염증을 느낀 뜻있는 사람들이 모였다. 그들은 세간의 이런 정황을 깨끗이 잊어버리고 보다 고상하고 운치

있는 대화만 나누며 술에 취해 세상의 시름을 잊고자 노력하였다. 특히 그 가운데 일곱 사람이 당시 크게 알려졌다.

산도(山濤, 자는 巨源)·완적(阮籍, 자는 嗣宗)·혜강(嵇康, 자는 叔夜)·완함(阮咸, 자는 仲容)·유영(劉伶, 자는 伯倫)·상수(向秀, 자는 子期)·왕융(王戎, 자는 濬中) 7명이다.

이들이 술을 마시면서 시를 짓고 노닐 때 나누었던 이야기를 일러 후세 사람들이 『청담』이라고 한 것이다. 이들에게 있어서 술은 그 무엇과도 바꿀 수 없는 친근한 벗이라 할 수 있다. 그래서 유영과 같은 사람은 술을 찬양하는 『주덕송(酒德頌)』이라는 글까지 남겼을 정도였다.

시속(時俗)의 득실에 빠져 그들을 비방하던 세속지사(世俗之士)를 한낱 잠자리나 나나니벌로 격하시킨 풍류와 호방함은 가히 이들 칠현들의 정신세계를 한 마디로 대신한 것이라고 하겠다.

― 《안씨가훈(顔氏家訓)》

■ **교천어심**(交淺言深) : 사귄 지 얼마 안 되는 사람에게 함부로 깊은 이야기나 충고를 한다는 뜻으로, 감정을 감추지 않고 드러내어 생각하는 바를 숨김없이 말함을 비유하는 말. 《전국책》 조책(趙策)에 있는 이야기다.

유세객 풍기(馮忌)가 조(趙)나라 효성왕(孝成王)을 뵙기를 청해서 성사되자 풍기는 왕 앞에서 두 손을 모아 쥐고 머리를 숙인 채 말을 하고 싶어 하면서도 감히 입을 열지 않았다. 조왕이 그 연유를 묻자 풍기가 대답했다.

「빈객으로 있는 저의 친구가 복자(服子: 공자의 제자 자천)에게 사람을 소개한 적이 있었습니다. 얼마 후 복자에게 소식을 묻던 중 그 자가 복자의 기분을 상하게 한 사실을 알게 되었습니다. 복자가 말하기를, 『그대가 소개한 사람에게 세 가지 죄가 있소. 나를 바라보면서 웃었소. 이는 사람이 가볍다는 증거입니다. 나에게 가르침을 청하면서도 선생님이라 부르지도 않았소. 이는 장차 배신할 것이라는 증거입니다. 얼마 사귀지 않았는데도 깊은 말을 했소. 이는 난심(亂心)을 품고 있다는 증거입니다.』라고 했습니다. 그러자 저의 친구가 반박하기를,『옳지 않은 말입니다. 사람을 보고 웃는 것은 온화한 기분을 표현한 것이었고, 가르침을 청하면서도 선생님이라 부르지 않았던 것은 선생님이라는 말이 일반적인 호칭으로서 반드시 스승님을 가리키지 않았기 때문이었으며, 만난 지 얼마 되지 않아 깊은 말을 꺼낸 것은 충성의 표현이었습니다. 옛날 요임금은 거친 들에서 땅 위에 거적을 깔고 뽕나무 그늘에서 숨어 있는 순임금을 보고도 시간이 흐르자 천하를 선양한 바 있소. 이윤(伊尹)은 솥과 도마를 등에 지고 가 탕왕을 섬기면서 그 이름이 아직 서책(書冊)에 기록되기도 전에 이미 삼공이 되었소. 무릇 얼마 사귀지 않은 자는 깊은 말을 해서는 안 된다고 하면(使夫交淺者 不可以深談) 곧 천하는 전해지지 않고 삼공의 자리 또한 적임자를 찾지 못했을 것이오.』라고 했습니다.」

이에 조왕이 「참으로 좋은 말이오.」 했다. 그러자 풍기는 이렇게 물었다.

「지금 외신(外臣)인 제가 처음으로 배견하는 자리에서 깊은 얘기를 해도 되겠습니까(令外臣交淺而欲深談可)?」

조왕이 「가르침을 받고자 하오.」

이에 풍기는 조왕과 깊은 얘기를 나누기 시작했다.

— 《전국책》 조책(趙策)

【에피소드】

▣ 조지 버나드 쇼와 미국의 발레리나 이사도라 덩컨과의 대화이다.

「저와 같이 아름다운 육체를 가지고 당신처럼 두뇌가 뛰어난 아기가 태어나면 얼마나 멋있겠어요!」 덩컨의 이런 제의를 받은 버나드 쇼는, 「저와 같이 빈약한 육체와 당신같이 우매한 두뇌를 가진 아이가 태어날 것을 생각하면 그것이 얼마나 불행한 결과인가를 생각할 수 있지 않겠습니까?」 라고 말했다.

【成句】

▣ 선대문자여당종(善待問者如撞鐘) : 사람의 질문을 받는 데 있어서 재치 있는 사람은 마치 종치는 사람의 힘의 크기에 따라서 종소리의 크기에 차이가 생기는 것처럼, 묻는 말에 적당하게 대답한다는 것. /《예기》 악기편.

존경 respect 尊敬

【어록】

■ 예(禮)는 스스로를 낮추어 사람을 존경한다.　　　—《예기》

■ 어버이를 사랑하는 사람은 남을 미워하지 않고, 어버이를 존경하
는 사람은 남에게 오만하지 않는다.　　　　　　—《효경》

■ 오랜 시간이 흘러도 공경하는 마음 있어야 한다(久而敬之).
　　　　　　　　　　　　　　　　　—《논어》 공야장

■ 천리마는 그 힘으로 칭송되는 것이 아니고, 그 선량한 덕성으로
칭송되는 것이다(驥不稱其力 稱其德也 : 사람도 재주만 있어서는
안되고, 그에 따르는 덕이 있어야 남의 존경을 받을 수 있다).
　　　　　　　　　　　　　　　　　　—《논어》 헌문

　■ 요즈음은 부모에게 물질로써 봉양함을 효도라 한다. 그러나 개
나 말도 집에 두고 먹이지 않는가. 공경하는 마음이 여기에 따르
지 않는다면 무엇으로써 구별하랴.　　　　　　—《논어》

■ 천명(天命)을 두려워하고, 대인(大人)을 두려워하고, 성인(聖人)

의 말씀을 두려워한다(畏天命 畏大人 畏聖人之言).

— 《논어》계씨

■ 군자는 어진 사람을 존경하지만 일반 사람들도 포용하며, 선한 사람을 칭찬하지만 능하지 못한 사람도 동정한다(尊賢而容衆 嘉善而矜不能). — 《논어》자장

■ 군자는 모든 일을 공경하지 않아서는 안 되는데, 몸을 공경하는 것이 가장 큰 일이다. 몸이란 어버이 몸에 붙은 가지이니 감히 공경하지 않겠는가? 그 몸을 잘 공경하지 않으면 이는 그 어머니를 상하는 것이고, 그 어버이를 상하며 그 근본 뿌리를 상하는 것이고, 그 근본인 뿌리를 상하면 그 가지는 따라 없어지는 것이다.

— 《논어》

■ 옷을 존경해서 사람을 존경하는 것은 아니다. — 《장자》

■ 남을 사랑하는 자는 다른 사람도 또한 그를 사랑하고, 남을 존경하는 자는 다른 사람 또한 그를 존경한다(愛人者人恒愛之 敬人者人恒敬之). — 《맹자》

■ 남편이란 우러러보면서 평생을 살아야 한다(良人者所仰望而終身也). — 《맹자》

■ 공손하고, 공경하고, 충직하고, 미덥게 행동할(恭敬忠信) 따름이다. 공손하면 근심스러운 일에서 멀어지고, 공경하면 남이 사랑하고, 충직하면 여러 사람에게 화합하고, 미더우면 남들이 신임하게 된다. — 《설원(說苑)》

■ 군자는 움직이지 않아도 존경받고, 말하지 않아도 믿는다. 성(誠)

을 지니고 있기 때문이다(不動而敬 不言而信).　　—《중용》

▣ 사람은 스스로 자기를 사랑한 다음에야 남도 그를 사랑하며, 스스로 자기를 존경한 다음에야 남들도 그를 존경한다(人必其自愛也 然後人愛諸 人必其自敬也 然後人敬諸).　　—《법언(法言)》

▣ 신에게 영광을, 부모에게 존경을.　　— 솔론

▣ 친구의 기세가 당당할 때 그를 질투하지 않고 자연스러운 마음으로 존경하는 사람은 거의 없다.　　— 아이스킬로스

▣ 신을 공경하는 마음은 인간의 죽음과 함께 멸하지 않는다. 인간의 생사(生死)에 아랑곳없이 그것은 불멸이다.　　— 소포클레스

▣ 사람이란 진심으로 사랑하고 아끼는 사람과 마찬가지로 두려운 사람도 역시 받들어 모신다. 왜냐하면 사람들은 미워서 이를 갈면서도 마지못해서 존경을 표시하는 일이 있기 때문이다.

　　— 플루타르코스

▣ 본성(本性)에 의한 모든 것은 존경의 가치가 있다.

　　— M. T. 키케로

▣ 꿀벌이 다른 동물보다 존경을 받는 것은 근면하기 때문이 아니라, 다른 것들을 위해 일하기 때문이다.　　— 크리소스토무스

▣ 신(神)이나 자기 자신을 존경하지 않는 사람은 살아 있다고 할 수 없다.　　—《마누법전》

▣ 사람이 오만하면 낮아질 것이고, 마음이 겸손하면 영예를 얻을 것이다.　　— 잠언

▣ 예언자는 자기 고향과 자기 집 밖에서는 존경을 받지 않는 법이

없다.   — 마태복음

▣ 그대가 얼마나 많은 사람들에게 존경받는가 하는 것보다도 어떠한 사람들한테서 존경을 받는가 하는 것이 중요한 문제다. 못된 사람들한테 호의를 얻지 못하는 사람이야말로 칭찬할 만한 사람이라 할 것이다.   — 랑클로

▣ 숨겨진 고결한 행위는 가장 존경할 만한 행위다.   — 파스칼

▣ 인간은 자신이 존중하는 만큼 남으로부터 존중을 받는다.
       — 랠프 에머슨

▣ 여성을 존경하라. 여성들은 하늘나라의 장미를 지상의 인생에 엮어 넣는다.   — 프리드리히 실러

▣ 연애는 존경과 감동의 결과이므로, 품성을 숭고 정화시키는 힘이 있다. 또 사람으로 하여금 자아의 염(念)을 몰각시킨다.
       — 새뮤얼 스마일스

▣ 인간은 불쌍히 여길 존재가 아니라 존경해야 할 존재이다.
       — 막심 고리키

▣ 여자를 보고 자연(自然)은 말한다. 아름다우면 돼, 현명한 것도 좋아, 그러나 다만 존경받는 것이 소중하다고.
       — 피에르 드 보마르셰

▣ 우리가 남들로부터 존경받을 가치가 있다고 하는 자신이 보다 더 있었더라면, 남의 존경을 받으려고 하는 야심을 그렇게 안 가질 것이다.   — 보브나르그

▣ 용기 있는 사람은 적이라 할지라도 나는 그를 존경한다.

— 나폴레옹 1세

■ 우리들이 타인을 인정하는 것은 그들과 우리들 사이에 유사한 데를 느끼기 때문이다. 누군가를 존경한다는 것은, 그를 자기와 동등하게 본다는 것 같다.   — 라브뤼예르

■ 이성(理性)에 대한 존경이 있는 곳에 자유에 대한 존경이 있다. 자유에 대한 존경이 있음으로써 인생은 참으로 아름다운 것으로 생각할 수 있다.   — 해럴드 래스키

■ 타인에 대한 존경은 처세법의 제1조건이다. — 헨리 F. 아미엘

■ 존경을 받으려 하지 말고 존경의 값을 하라.   — 윌리엄 채닝

■ 존경받을 가치 없는 부모에 대해 억지존경을 강요하는 것보다 더한 아이의 성격을 그르치는 것은 없다.   — 앙드레 지드

■ 존경의 어원(respicere : 바라보다)에 따른다면, 사람을 있는 그대로 보며, 그의 고유의 개성에 유의하는 능력을 말한다. 존경이란 상대방이 그 자신 그대로 성장하여 발전하여야 한다는 관심을 말한다. 존경이란 이와 같이 착취가 없음을 뜻한다.

— 에리히 프롬

■ 참으로 존경하여야 할 것은 그 명성이 아니라, 그에 필적하는 진가이다.   — 쇼펜하우어

■ 존경이 없으면 참다운 사랑은 성립되지 않는다.

— J. G. 피히테

■ 흔히 언론인들처럼 남을 존경하려 하지 않는 중환자도 드물다. 그들의 직업이 그들을 그렇게 변질시켜 놓는다. 좀처럼 감동을

하지 않는다. 충격도 받지 않는다. 아무도 존경하려 하지 않는다.
그들에겐 그저 『그 사람』이 있을 뿐이다.   ― 유주현
▣ 존경은 사랑에 대한 대가다.   ― 이항녕
▣ 명예는 많은 재산보다 소중하고, 존경은 금은(金銀)보다 낫다.
                                                       ― 미상

【속담 · 격언】

▣ 존대하고 뺨 맞지 않는다. (남에게 공손하면 욕이 돌아오지 않는
  다)   ― 한국
▣ 사람은 부자를 존경하고, 개는 누더기 걸친 사람을 문다.
                                                       ― 중국
▣ 자기와 동등한 자가 존경해 주면 그와 같이 그 사람을 존경하고,
  경멸을 하는 자가 있으면 이쪽에서도 경멸하여 그 자의 곁에 가
  까이 가지 말라.   ― 몽고
▣ 부(富)는 존경을 만든다.   ― 영국
▣ 하인들에게 존경받는 주인은 드물다.   ― 영국

【시 · 문장】

뽕나무 가래나무 초목이라도
모두가 공경함엔 뜻이 있다오
우러러보는 분은 아버지시고
의지할 분은 바로 어머니라오
어느 하나 부모 발부(髮膚)에 속하지 않을까

어느 하나 부모 혈육에 생겨나지 않았을까.

—《시경》 소아편

형은 날 사랑하고 나는 형 공경하니

형우제공(兄友弟恭)이니 이 아니 오륜(五倫)인가

진실로 동기지정(同氣之情)은 한없는가 하노라.

— 무명씨

【중국의 고사】

■ 태두(泰斗) : 태산과 북두성이란 말로, 세상 사람들로부터 가장 존경을 받는 사람을 일컫는 말이다.『태두』는 『태산북두(泰山北斗)』의 준말이다. 태산은 중국 문화의 중심지인 황하 유역에서 멀리 동쪽으로 어디서나 우러러보게 되는 높은 산이다. 북두는 북두칠성(北斗七星)으로 가장 알기 쉬운 북쪽 하늘에 위치하여 모든 사람들이 누구나 우러러보는 별이다.『태산북두』란 말은, 태산처럼 북두칠성처럼 사람들이 우러러보는 그런 존재란 뜻이다. 지금은 어떤 계통의 권위자를 가리켜 『태두』라는 말을 쓴다.

한유(韓愈)는 당송(唐宋) 8대 문장가 가운데 첫손 꼽히는 사람이기도 하지만, 그는 도교와 불교를 배척하고 유교를 높이 떠받든 것으로도 유명하다. 이 한유에 대해《당서》한유전의 찬(贊)은, 그가 육경(六經 : 易・詩・書・春秋・禮記・樂記)의 문장으로 모든 학자들의 스승이 되어, 노장의 도와 불교를 배척하고 유

교를 높이 앙양시킨 점을 말하고 나서, 「한유가 죽은 뒤로, 그의
학설이 크게 세상에 행해지고 있어, 학자들이 그를 우러러보기를
태산북두처럼 했다고 한다(自愈沒 其言大行 學者仰之 如泰山北
斗云).」고 했다. 『태두』란 말은 위를 우러러본다는 뜻과 벗들에
게 존경받고 숭앙받는 사람이란 뜻으로 굳어지게 된 것이다.

—《당서(唐書)》

■ **감당지애**(甘棠之愛) : 관인(官人)을 사모함이 애절함을 이르는
말이다. 정치를 잘한 자를 흠모하여 간절한 정을 나타냈으며, 감
당지애라고도 한다. 《사기》 연소공세가(燕召公世家)의 내용에
의하면, 주나라 초기의 재상 소공석(召公奭)은 성왕(成王)이 즉위
하자 태보(太保 : 정승 벼슬)로 임명되어 산시(陝西) 지방으로 부
임하였다. 그는 산시 지역을 다스릴 때 선정을 베풀어 백성들의
사랑과 존경을 받았다. 그는 마을을 두루 돌아가면서 감당나무
(팥배나무) 아래에서 송사(訟事)를 판결하거나 정사(政事)를 처
리하였다. 귀족에서부터 서민에 이르기까지 적절하게 삶의 터전
을 마련해 주는 등 직업을 잃은 사람이 없었다.

소공석이 세상을 떠나자 백성들은 그의 선정을 흠모하여 송사
와 정사를 처리하던 감당나무를 소중히 여기고 돌보았으며, 『감
당』이라는 제목으로 시를 지어서 그의 공덕을 노래하는데 《시
경》 소남(召南) 감당(甘棠)편에 다음과 같이 실려 있다. 「우거진
감당나무 자르지도 베지도 마소. 소백님이 깨닫게 해주신 곳 / 우

거진 감당나무를 자르지도 꺾지도 마소. 소백님이 쉬신 곳 / 우거진 감당나무 자르지도 휘지도 마소. 소백님이 이르신 곳」 치자(治者)는 국민의 소리를 듣지 못하거나, 국민의 마음을 알지 못하거나, 국민의 아픔을 알지 못하거나 하면 정사를 그르치고 말 것이며 민심도 떠난다. 역사상의 성군(聖君)·명군(名君)은 백성과 더불어 통치하여 선정의 치적을 올리고 있다.

― 《사기》 연소공세가

■ **거안제미**(擧案齊眉) : 밥상을 눈썹과 가지런하도록 공손히 들어 남편 앞에 가지고 간다는 뜻으로, 곧 남편을 깍듯이 공경함을 이르는 말이다. 《후한서》 양홍전에 있는 이야기다.

동한(東漢)의 양홍(梁鴻)은 젊어서 집안 살림이 몹시 궁색했지만 열심히 학문에 매진해 나중에 유명한 학자가 되었다. 그러나 그는 벼슬에는 뜻이 없고 아내와 함께 손수 밭일과 집안일을 하며 검소한 생활을 영위하는 것을 낙으로 삼았다.

그의 아내 맹광(孟光)은 피부가 검고 살이 쪄 몸이 뚱뚱했으며, 처녀시절 그녀의 부모는 딸의 혼사로 골머리를 앓았다고 한다. 그것은 사윗감들이 맹광을 못생겼다고 나무라서가 아니라, 오히려 제 주제에 선을 본 신랑감들을 못마땅하게 생각했기 때문이었다.

그리하여 나이 서른이 되었는데도 양홍 같은 사람이 아니면 시집을 가지 않겠다고 완강하게 버티는 것이었다. 이에 맹광의 부모는 하는 수 없이 되지도 않을 줄 알면서도 혹시나 하고 양홍에게 청혼을 해보았다. 그런데 맹광의 성격을 잘 알고 있는 양홍은 두말 않고 선선히 응낙을 하는 것이었다, 그리하여 마침내 맹광과 양홍은 결혼식을 올리게 되었다.

두 사람이 결혼식을 올리는 날 맹광은 결혼 예복을 곱게 차려 입었다. 그런데 양홍은 도리어 그것을 못마땅하게 여겨 한 주일 동안이나 신부의 얼굴을 거들떠보지도 않았다고 한다. 여드레째 되는 날 신부가 예복을 벗고 무명옷으로 갈아입었다 그제야 양홍은 기뻐하면서,「이제야말로 양홍의 아내답구려.」하고 말했다는 것이다.

이로부터 그들은 서로 돕고 아끼며 살았는데, 양홍이 일을 마치고 돌아오면 아내는 밥과 반찬을 차린 「밥상을 눈썹 높이까지 치켜들고 남편에게 바쳤다(擧案齊眉).」고 한다.

―《후한서》양홍전

【成句】

▣ 국궁(鞠躬) : 윗사람이나 위패 앞에서 존경의 뜻을 표하며 몸을 굽힘.

▣ 불승영모(不勝永慕) : 길이 사모하는 마음이 북받쳐 참지 못함. 흔히 돌아가신 부모를 생각할 때나 제사 때에 축문 같은 데에 씀.

▣ 경대여빈(敬待如賓) : 공경함이 마치 손님을 대하듯 함.

▣ 경이직내(敬以直內) : 공경하는 생각으로 속마음을 바로잡음. /

《주역》문언.

■ 만부지망(萬夫之望) : 천하 만민이 우러러 사모함. 또 그 사람. /《주역》계사하.

■ 사종헌견(私豵獻豜) : 종(豵)은 새끼돼지, 견(豜)은 큰 돼지. 작은 짐승은 사유(私有)하고 큰 짐승은 군주에게 바친다는 뜻으로, 곧 윗사람을 공경하는 마음을 이름. /《시경》유풍.

■ 존경욕구(尊敬欲求, self-esteem needs) : 인간의 기본욕구 가운데 하나로, 남으로부터 인정받고 존경을 받고 싶어 하는 욕구를 말한다. 여기에는 자신에 대한 믿음, 즉 자신감이 포함된다. 머슬로(A. H. Maslow)는 인간의 기본욕구를 생리적 욕구·안전욕구·소속욕구·존경욕구·자아실현 욕구의 다섯 가지로 나누고, 이들 욕구는 충족 여부에 따라 아래위로 움직이는 계층을 이루고 있다고 가정한다.

■ 오마주(hommage) : 영화에서 존경의 표시로 다른 작품의 주요 장면이나 대사를 인용하는 것을 이르는 용어. 프랑스어로 존경, 경의를 뜻하는 말이다. 영화에서는 보통 후배 영화인이 선배 영화인의 기술적 재능이나 그 업적에 대한 공덕을 칭찬하여 기리면서 감명 깊은 주요 대사나 장면을 본떠 표현하는 행위를 가리킨다.

편지 letter 安否

(안부)

【어록】

■ 봉홧불은 삼 개월이나 계속 피고 있고, 집에서 온 편지는 만금에 해당하는구나(烽火連三月 家書抵萬金).　　　— 두보(杜甫)

■ 낙양 친우 만나서 안부 묻거든, 빙설 같은 그 마음 옥호(玉壺)에 있다 하오(洛陽親友如相問 一片氷心在玉壺).　— 옥창령(王昌齡)

■ 한 줄의 편지에 천 방울 눈물, 겨울옷 추위 먼저 그대 찾아갔나요 (一行書信千行淚 寒到君邊衣到無).　　　— 진옥란(陳玉蘭)

■ 머나먼 곳에서 오신 손님 나한테 편지 한 통 주셨네. 첫마디는 사랑한다 쓰셨고, 다음 말은 이별이라 썼다오(客從遠方來 遺我一書箚上言長相思 下言久離別).　　　　　　— 무명씨(漢)

■ 편지에서는 사람들은 부끄러워하지 않는다.　— M. T. 키케로

■ 연애편지—청년은 급히 읽고, 중년은 천천히 읽고, 노인은 다시 읽는다.　　　　　　　　　　　　　　　　— 아베 프레보

■ 편지는 받아 들었을 땐 희망, 읽었을 땐 실망.　— 아베 프레보

■ 연애에 있어서는 불행의 9할은 서신으로부터 생긴다. 그것은 마

치 음료수로부터 장티푸스에 걸리는 것과 같다.

— 샤를 모리스 도네

■ 편지는 종이에 적은 대화다.　　　　— 그라시안이모랄레스

■ 소식과 지식의 전달자, 상업과 산업의 매개자, 상호 면식의 추진력, 사람들 사이의, 그리고 국가 간의 평화와 친선의 것. 동정과 사랑의 연락자, 멀리 떨어진 친구들의 하인, 외로운 사람의 위로자, 흩어진 가족의 이음새, 공통된 생활의 확산자.

— 찰스 엘리엇

■ 여자는 편지의 추신 외에는 본심을 쓰지 않는다.

— 리처드 스틸

■ 어떤 특정한 때와 장소에서 친구에게 편안한 마음으로 형식에 구애받지 않고 적어 보내는 편지만큼 많은 것을 드러내 보이는 것은 없다.　　　　— 칼로스 베이커

■ 사람은 최후의 편지에 진실한 것과 진실이라고 믿는 것만 말한다.　　　　— J. 반네스

■ 편지를 쓰는 데에 허영을 부리는 것은 칭찬할 만한 감정이 못 됩니다! 화려한 문체로 쓰지 않아도 친구라면 소식을 듣는 것이 반갑지요.　　　　— 버트런드 러셀

■ 편지란 으레 고약한 법, 그보다도 편지엔 진실이 있어야 하오.

— 버트런드 러셀

■ 무릇 문장이라는 것이 도학(道學)에 있어서 끝이요, 편지는 또 그 끝이지만, 그러나 그 끝이 무성함으로 말미암아 그 근본이 깊음

을 보겠다.   ─ 김인후

■ 무소식이 희소식이란 말도 있으나, 사람은 내 남 할 것 없이 오고 가는 정이 뜸하면 멀어지기 마련이다. 그 정을 이어 주는 역할을 해주는 것이 편지쓰기이다.   ─ 여석기

■ 편지를 쓴다는 것은 저 자신의 몽롱한 감정세계를 『고독한 자리』에서 깊이 반성하고 재확인하며 확충시키고 세련시키는 일이다. 그러므로 말로써만 주고받거나 분위기로써만 맺어진 우정이나 사랑과, 편지를 통하여 성숙시킨 것과는 질적으로 다른 것이라 할 수 있다. 후자가 한결 질기고 정련(精鍊)된 것임은 물론이다.   ─ 박목월

■ 일기를 일인칭의 글이라 한다면, 편지는 이인칭의 글입니다. 그리고 일기가 『고백의 글』이라 한다면 편지는 어떤 대상을 자기에게로 『부르는 글』이라 할 수 있습니다.   ─ 이어령

【속담 · 격언】

■ 만리장성을 써 보낸다.   ─ 한국

■ 행사하는 것은 엿보아도 편지 쓰는 것은 엿보지 않는다.

                                             ─ 한국

■ 편지에 문안. (늘 빠지지 않는 것을 이름)   ─ 한국

■ 기쁠 때에는 아무하고도 약속하지 말라. 격분했을 때는 어떤 편지에도 답장을 써서는 안 된다.   ─ 중국

■ 무소식이 희소식이다.   ─ 영국

■ 여자가 남자에게서 받기를 원하는 유일한 연애편지는 남자가 쓸
　리가 없는 그러한 편지다.　　　　　　　　　　　— 영국

【시 · 문장】

나라는 망가졌어도 산하는 여전한데
성은 봄이 되니 초목이 무성하구나.
시절을 느끼니 꽃에도 눈물을 뿌리고
이별을 서러워하여 새소리에도 마음 놀랜다.
봉화는 석 달을 이어가는데
집의 편지는 만금 값에 달하네.
흰머리 긁으니 더욱 짧아져
비녀도 전혀 지탱하지 못할 듯이 되었네

國破山河在 城春草木深　　국파산하재 성춘초목심
感時花濺淚 恨別鳥驚心　　감시화천루 한별조경심
烽火連三月 家書抵萬金　　봉화연삼월 가서저만금
白頭搔更短 渾欲不勝簪　　백두소경단 혼욕불승잠

　　　　　　　　　　　　　— 두보 / 춘망(春望)

오겠다 하시더니 소식 끊이고
다락에 달 기울어 오경(五更) 종소리
꿈에야 울면서 부르지도 못하는 것
재촉 받아 편지 써도 먹물 녹아야(墨未濃)*……

촛불은 비취(翡翠) 장막 반쯤 비치고
사향 내음 풍기니 홀로 덮는 부용금(芙蓉衾)
봉래(蓬萊)처럼 먼 우리라 하시더니
만 개 봉래나 겹친 듯싶구려.
(*墨未濃 : 먹물이 얼어붙어서 아직 녹지 않았음을 일컬음. 새벽 종소리와
함께 떠나는 사람이 있어서 그 편에 보내려고 편지를 쓰고자 하는 것)

                                   ─ 이상은 / 홀로 새우는 밤

강이 풀리면 배가 오겠지
배가 오면은 님도 탔겠지
님은 안 타도 편지야 탔겠지
오늘도 강가서 기다리다 가노라
님이 오시면 이 설움도 풀리지
동지섣달에 얼었던 강물도
제멋에 녹는데 왜 아니 풀릴까
오늘도 강가서 기다리다 가노라

                                   ─ 김동환 / 江이 풀리면

당신이 보내 준 편지를
나는 그다지 마음에 두지 않으렵니다.
당신은 쓰셨어요,
「나는 이제 당신을 사랑하지 않아요」라고.
하지만 그 편지는 너무 길었지요.

열두 페이지가 넘을 정도로
정성스레 깨끗이 쓴 글씨.
진정 당신이 나에게 싫증이 났다면
이토록 세심하게 쓸 리가 없잖아요.

　　　　　　　　　　　　― 하인리히 하이네 / 편지

주여, 때가 왔습니다
지난여름은 참으로 위대했습니다
당신의 그림자를 해시계 위에 얹으시고
들녘엔 바람을 풀어 놓아 주소서
마지막 과일들이 무르익도록 명하소서
이틀만 더 남국의 날을 베푸시어
과일들의 완성을 재촉하시고, 독한 포도주에는
마지막 단맛이 스미게 하소서
지금 집이 없는 사람은 이제 집을 짓지 않습니다.
지금 혼자인 사람은 그렇게 오래 남아
깨어서 책을 읽고, 긴 편지를 쓸 것이며
낙엽이 흩날리는 날에는 가로수들 사이로
이리저리 불안스레 헤맬 것입니다.

　　　　　　　　　　　　― 라이너 마리아 릴케 / 가을날

한 줄기 바람이 서쪽에서 불어온다

보리수가 신음한다
달이 가지에서
내 방을 비죽이 들여다본다
나는 나를 떠난
내 사랑에게
긴 편지를 썼다
달빛이 종이 위로 내렸다.
글줄 너머로 가는
그 고요한 빛 곁에서
내 마음은 울음으로
잠을, 달을, 밤 기도를 잊는다.

— 헤르만 헤세 / 편지

이 편지를 받자마자 새 봉투에 넣고, 하녀를 시켜 주소를 쓰시오. 몹쓸 중풍 때문에 왼 손으로 글을 쓰는 일이 어설플 테니까. 어쨌든 나는 곧 파리로 돌아가오. 돈이 좀 생길 텐데, 그것으로 당신을 즐겁게 해주리다. 만약 앙셀 씨가 이 편지 내용을 모두 읽게 되는 것이 불쾌하다면, 편지를 상하로 절단해 밑의 영수증만 남겨도 괜찮소. 그리고 길이 몹시 미끄러우니 부축해 주는 사람 없이는 외출하지 마시오.
— 보들레르 / 잔느에게

조심스럽게 미숙한 솜씨로 쓰인 겉봉의 자기 이름을 보면 그는 정숙하고 사랑에 찬 심장의 고동에서 그 절묘한 음악을 끌어내는 들리지 않는 심포니를 듣는 것 같은 느낌이었다.

— R. 타고르 / 비노디니

당신의 편지가 왔다기에 꽃밭 매던 호미를 놓고 뜯어보았습니다. 그 편지는 글씨는 가늘고 글줄은 많으나 사연은 간단합니다. 만일 님이 쓰신 편지이면 글은 짧을지라도 사연은 길 터인데. 당신의 편지가 왔다기에 바느질 그릇을 치워 놓고 떼어 보았습니다. 그 편지는 나에게 잘 있느냐고만 묻고 언제 오신다는 말은 조금도 없습니다. 만일 님이 쓰신 편지이면 나의 일은 묻지 않더라도 언제 오신다는 말을 먼저 썼을 터인데.

— 한용운 / 당신의 편지

【중국의 고사】

■ 가서만금(家書萬金) : 고독한 여행지 이국(異國)에서의 생활에서, 가족으로부터 온 편지는 정말로 만금의 가치에 상당할 정도로 반갑다고 하는 것. 유명한 당나라 시인 두보는 안녹산의 난으로 붙잡혀서 이듬해(757년) 탈주했다. 수도 장안에 구속된 몸이 되었을 때, 전란(戰亂)으로 심하게 황폐해진 장안의 봄을 아파해서 만든 저 유명한 시 가운데 한 구절로서, 가서(家書)는 아내 혹은 가족으로부터의 편지.

두보『춘망시(春望詩)』에 나오는 말이다. 나라는 망했어도 산과 물은 그대로 있다는 흔히 하는 말이기는 하지만, 이 같은 말을 남기지 않을 수 없었던 두보의 처지를 이해함으로써 한결 이 말의 무게를 느끼게 된다.

당 현종(玄宗) 천보(天寶) 15년(756년) 6월에 안녹산의 반란으로 현종황제는 멀리 파촉으로 난을 피해 떠나고 수도 장안은 반란군의 수중에 떨어졌다. 두보(712~770년)는 그 전 달 장안에서 고향인 봉선현(奉先縣)으로 돌아가서 가족들을 데리고 서북쪽에 있는 부주(鄜州)로 피난을 갔다. 그리고 거기서 태자 형(亨)이 7월에 영무(靈武 : 영하성)에서 즉위했다는 소식을 듣자, 혼자 새 황제 밑으로 달려가려 했다. 그때까지 10년 동안이나 벼슬길에 오르려 해도 뜻을 이루지 못했던 그가 벼슬도 지위도 없는 몸으로, 만리장성이 눈앞에 보이는 변방에까지 새 황제를 찾아가려 했던 것은 무슨 뜻에서였을까.

그는 자신과 처자를 포함한 겨레가 오랑캐의 말발굽에 짓밟히고 있는 민족문화의 앞날을, 새 천자가 있는 그곳에밖에 의탁할 곳이 없었기 때문이었을 것이다. 그러나 두보는 도중 반란군에게 잡혀 다시 장안에 갇힌 몸이 되었다. 여기서 두보가 앞에 말한 시를 읊게 된 것은 이듬해 봄의 일이었다. 포로 신세를 한탄한 그의 심정이 뼈에 사무치게 잘 묘사되어 있다.

「나라는 깨어지고 산과 물만 남아 있구나. / 성안은 봄이 되어 초목만 무성하고 / 때를 생각하니 꽃에도 눈물을 뿌리고 / 이별을 한하니 새도 마음을 놀래준다. / 봉화가 석 달을 계속하니 / 집 편지가 만금에 해당한다(家書萬金). / 흰 머리를 긁으니 다시 짧아져서 / 온통 비녀를 이겨내지 못할 것 같다.」

　두보는 이 시를 읊고 나서 얼마 안된 4월에 장안을 탈출하여 봉상(鳳翔)까지 와 있는 숙종(肅宗)의 행궁으로 가게 되었고, 다음 달 5월에는 좌습유라는 간관(諫官)의 벼슬에 오르게 되었다. 두보로서는 그렇게 원하던 벼슬길에 처음 오르게 된 것이다.

― 두보 / 춘망시

■ **안서(雁書)** : 먼 곳에서 소식을 전하는 편지를 말한다. 우리가 가장 흔하게 볼 수 있는 철새에 기러기와 제비가 있다. 그런데 제비는 가을에 남쪽으로 갔다가 이듬해 봄에 돌아오고, 기러기는 가을에 왔다가 봄이면 돌아간다. 그래서 제비가 강남에서 박씨를 물어왔다는 《흥부전》 이야기가 생기고, 기러기가 흉노(匈奴) 땅에서 편지를 전해 왔다고 거짓말이 가능했던 것이다. 『안서(雁書)』는 기러기가 전해 준 편지란 뜻에서 먼 곳에서 전해 온 반가운 편지를 가리켜 말하게 되었고, 뒤에는 반가운 편지 내지는 단순한 편지의 뜻으로 쓰이게 되었다.

　소무(蘇武)는 한무제(漢武帝) 때 한나라 사신으로 흉노의 포로를 호송하고 갔다가 그 길로 흉노에게 붙들려 그들이 강요하는 항복에 응하지 않고 온갖 고초를 겪으면서 끝내 한나라 사신으로서의 지조를 지키고 살아남았었다. 그러는 동안 무제는 죽고 소제(昭帝)가 즉위했다. 소제가 즉위한 몇 해 뒤 한나라와 흉노는 다시 화친을 맺게 되었다. 이때 흉노로 갔던 한나라 사신이 소무를 돌려보내 줄 것을 요구했다.

흉노는, 소무는 이미 죽은 지 오래라고 거짓말을 했다. 그 뒤 다시 한나라 사신이 흉노로 갔을 때, 과거 소무와 함께 흉노로 가서 그곳에 그대로 머물러 있는 상혜(常惠)란 자가 밤에 찾아와 사신에게 지혜를 알려주었다. 그래서 사신은 상혜가 시킨 대로 흉노에게 이렇게 말했다. 「우리 천자께서 상림원(上林苑)에서 사냥을 하시다가 기러기를 쏘아 잡았습니다. 그런데 발목에 비단에 쓴 편지가 매어져 있었는데, 내용인 즉 소무 일행이 어느 늪 속에 있다는 것이었습니다.」

깜짝 놀란 흉노 왕은 사신들의 얼굴을 바라보더니 잘못을 사과하고 소무 일행이 살아 있다는 것을 솔직히 시인했다. 이리하여 소무는 19년 만에 고국으로 돌아올 수가 있었다. 그러나 40살에 떠난 당시의 씩씩하던 모습은 볼 수 없고 머리털이 하얗게 센 늙은이가 되어 있었다 한다. 이리하여 편지를 가리켜 안서·안찰(雁札)·안신(雁信)·안편(雁便) 등 문자로 말하게 된 것이다.

―《한서》 소무전

【에피소드】

■ 마크 트웨인은 일상생활에서의 통상적인 편지에는 별로 답장을 쓰지 않았다. 작가인 브레트 하트는 오랫동안 마크 트웨인의 답장을 기다리다 못해 편지지와 우표를 동봉해서 답장을 독촉했다. 얼마 후 엽서가 왔다. 「편지지와 우표는 잘 받았소. 봉투가 있어

　야 부칠 게 아니오?」

【成句】

■ 단간(斷簡) : 문서의 단편. 또는 토막토막 잘린 서면이나 편지.

■ 아경간문평안(俄頃間問平安) : 비록 잠시 동안 떨어져 있었다 하더라도 안부는 반드시 물어야 한다는 뜻.

■ 여불비례(餘不備禮) : 나머지는 예를 갖추지 못한다는 뜻으로, 편지의 본문 뒤에 쓰는 상투어. 여불비(餘不備).

■ 오부홍교(誤付洪喬) : 우편물을 남에게 잘못 맡겼다는 뜻으로, 편지 같은 것이 분실되었을 때 쓰는 말이다. / 《진서》

■ 이소(鯉素) : 잉어의 뱃속에서 흰 비단에 쓴 편지가 나왔다는 고사에서, 편지를 이름.

■ 척소(尺素) : 편지. 소(素)는 비단인데, 옛날에는 종이 대신 비단에 글을 쓰기도 했다. 편지를 뜻하는 또 다른 말로 척독(尺牘)이 있는데, 독은 네모난 판자로 긴 것은 간(簡)이라 하고, 짧은 것은 독이라 했다.

■ 청조(靑鳥) : 푸른 새가 온 것을 보고 한(漢)나라 무제(武帝) 때의 동방삭(東方朔)이 서왕모(西王母)의 사자라고 한 고사에서, 사자(使者)·서간(書簡)을 이르는 말.

■ 타운(朶雲) : 늘어진 구름이란 뜻으로, 전(轉)하여 남의 편지의 경칭(敬稱). / 《당서》

■ 가신(家信) : 여행 중 자기 집에서 온 편지.

■ 방찰(芳札) : 남의 편지를 높여 이름.

■ 고두사은(叩頭謝恩) : 땅에 닿도록 머리를 구부리고 은혜에 사례한 다는 뜻으로, 받은 은혜가 아주 클 때 쓰는 말이다. 머리가 땅에 닿 도록 거듭 절한다는 뜻의 돈수백배(頓首百拜), 머리가 땅에 닿도록 두 번 절한다는 뜻의 돈수재배(頓首再拜) 등도 비슷한 말이다. 이중 돈수백배나 돈수재배 등은 편지 끝에 경의를 표하는 뜻으로 쓰기도 한다.

용모 appearance 容貌

(외모)

【어록】

■ 용모와 행동거지에 있어서는 난폭하거나 교만한 티를 없애야 한다(動容貌 斯遠暴慢矣).　　　　　　　　　　—《논어》태백

■ 눈은 거울이 없이는 수염과 용모를 바로잡을 수 없고, 몸이 도를 잃으면 시비를 알 수 없다(目失鏡 則無以正鬚眉 身失道 則無以知迷惑).　　　　　　　　　　　　　　　　　　—《한비자(韓非子)》

■ 사람들의 마음이 서로 다름은, 마치 그들의 얼굴이 서로 다른 것과 같다(人心之不同 如其面焉).　　　　　　　　　　　　—《좌전》

■ 얼굴이 험상궂어도 마음을 바르게 먹으면 군자가 될 수 있지만, 생김새가 아무리 바르다 해도 마음을 비뚤게 먹으면 소인이 되고 만다(形相雖惡而心術善 無害爲君子也 形相雖善而心術惡 無害爲小人).　　　　　　　　　　　　　　　　　　　　—《순자》

■ 군자가 자녀를 대함에 있어서는, 사랑하되 얼굴에 나타내지 말아야 하고, 시키되 구체적으로 설명하지 말아야 하며, 정당한 도리

로 이끌되 강요하지 말아야 한다(君子之於子 愛之而勿面 使之而勿貌 導之以道而勿强).　　　　　　　　—《순자》

■ 군자는 물을 거울로 삼아 비쳐보는 것이 아니라, 사람을 거울로 삼아 비쳐본다. 물을 거울삼아 비춰보면 얼굴을 볼 수 있고, 사람을 거울로 삼아 비쳐보면 길흉을 알 수 있다(君子不鏡於水而鏡於人 鏡於水見面容 鏡於人則知吉與凶).　　　　—《묵자》

■ 어진 상인은 창고에 물건을 숨겨두고 있으면서도 겉으로는 아무것도 없는 것처럼 보이고, 군자는 덕이 있으면서도 용모는 어리석은 자와 같이 보인다(良賈深藏若虛 君子盛德容貌若愚).
　　　　　　　　—《사기》 노자한비열전

■ 자기 수양을 쌓지 않고 세상에 좋은 명성을 달라고 하는 것은, 얼굴이 추한 것이 거울이 고운 그림자를 비춰주지 않는다고 나무라는 것과 같다(不修身而求令名於世者 猶貌甚惡而責 姸影於鏡也).　　　　　　　—《안씨가훈(顏氏家訓)》

■ 말이 무거우면 법이 되고, 행동이 무거우면 덕이 되고, 용모가 단정하면 위엄이 되고, 무거운 것을 즐기면 볼만한 것이 있게 된다(言重則有法 行重則有德 貌重則有威 好重則有觀).
　　　　　　　　—《법언(法言)》

■ 각각이 모두 이루어진 마음을 본받으므로 그 서로 다름이 마치 사람들 얼굴 다른 것과 같다(各師成心 其異如面).
　　　　— 유협(劉勰) /《문심조룡(文心雕龍)》

■ 거울에 얼굴을 비추면 미와 추가 밖으로 드러나고, 지난 일에 마

음을 비추면 선과 악을 속으로 깨닫게 된다. ― 장구령(張九齡)

▣ 바닷물을 되로써 잴 수 없듯이, 사람은 생김새만 보아서 판단해서는 안된다(人不可貌相 海水不可斗量). ― 풍몽룡(馮夢龍)

▣ 책 속에는 옥 같은 얼굴이 있다(書中自有顔如玉).

― 조항(趙恒) / 권학문

▣ 일마다 남에게 말할 수 있어야만 쉽사리 응대가 서고, 얼굴에 부끄러운 기색이 없어야만 진퇴가 홀가분하다(事可語人酬對易 面無 慚色去留輕). ― 유과(劉過)

▣ 범은 가죽은 그릴 수 있어도 뼈는 그리기 어렵고, 사람은 얼굴은 알 수 있어도 마음은 헤아리기 힘들다(畫虎畫皮難畫骨 知人知面不知心). ― 맹한경(孟漢卿) / 《마합라(魔合羅)》

▣ 외면은 보살을 닮고, 내심은 야차(夜叉)와 같다. ―《화엄경》

▣ 용모가 수려함은 어떠한 추천서에 못잖은 효능이 있다.

― 아리스토텔레스

▣ 몸가짐에서 여신을 알아차릴 수 있다. ― 베르길리우스

▣ 소크라테스는 외모를 보면 괴물 같은 얼굴을 가진 바보요, 누구한테나 무뚝뚝하지만, 마음속에는 듣는 사람의 눈물을 자아내며 심금을 울리는 의미심장한 생각이 충만하였다. ― 플루타르코스

▣ 남성에게 있어서의 지적인 풍모는 가장 자만(自慢)이 강한 무리들의 열망하는 미의 형식이다. ― 라브뤼예르

▣ 너그럽고 상냥한 태도, 그리고 사랑을 지닌 마음! 사람의 외모를 아름답게 하는 이 힘은 말할 수 없이 큰 것이다. ― 파스칼

■ 꽃이 피는 들의 땅을 아무리 파도 황금 광맥은 숨겨져 있지 않지만, 황야에서는 가끔 발견된다. 이와 같이 인생 역시 그 외관만으로는 판단하기 어렵다. 비애와 우수가 비단옷을 입고 있는 일도 있으며, 불행한 검은 상복(喪服) 속에서 희망과 행복의 눈동자가 내다보는 수도 있다. ― 새뮤얼 존슨

■ 용모는 결코 거짓말을 하지 않는다. ― 발자크

■ 외모가 인간을 만들지는 못한다. 그러나 적어도 눈에 비치는 전부, 바로 그것으로 형성된다. ― 데일 카네기

■ 겉모양이 안의 사람을 나타낸다. 우리는 껍질을 벗기기 전에 과육(果肉)을 상상한다. ― 올리버 홈스

■ 인간은 대체로 그 내용보다 외모로 판단하기 쉽다. 눈은 누구나 다 갖고 있지만 통찰력을 가진 사람은 드물기 때문이다. ― 마키아벨리

■ 사람의 용모는 미운 것을 고쳐 고운 것으로 만들 수 없고, 힘은 약한 것을 고쳐 강하게 만들 수 없고, 신체는 짧은(작은) 것을 고쳐 길게(크게) 만들 수 없다. 이는 이미 정하여진 분수라 고칠 수가 없거니와, 오직 마음과 뜻만은 가히 어리석은 것을 고쳐 지혜롭게 만들고, 어질지 못한 것은 고쳐 어질게 만들 수 있다. 이는 마음의 성스러운 본성이 타고난 분수에 매이지 않는 까닭이다. ― 이이(李珥)

【문장】

■ 「외모로 사람을 판단하지 말라」 하였으나, 대개는 속마음이 외모에 나타난다. 아무도 쥐를 보고 후덕스럽다고 생각하지는 않을 것이고, 할미새를 보고 진중하다고 생각하지는 않을 것이요, 돼지를 소담한 친구라고 하지는 않을 것이다. 토끼를 보면 방정맞아는 보이지마는, 아무리 해도 고양이처럼 표독스럽게는 안 보이고, 수탉을 보면 걸걸은 하지만 지혜롭지는 않아 보이며, 뱀은 그림만 보아도 간특하고 독살스러워 구약작자(舊約作者)의 저주를 받은 것이 과연이다 싶어 보이고, 개는 얼른 보기에 험상스럽지만 간교한 모양은 조금도 없다. 그는 충직하게 생겼다. 말은 깨끗하고 날래지만 좀 믿음성이 적고, 당나귀나 노새는 아무리 보아도 경망꾸러기다. 족제비가 살랑살랑 지나갈 때, 아무라도 요망스러움을 느낄 것이요, 두꺼비가 입을 넙죽넙죽하고 쭈그리고 앉은 것을 보면 아무가 보아도 능청스럽다. 그리고 벼룩은 얄밉게 보이고, 모기는 도섭스럽게 보인다. ── 이광수 / 우덕송(牛德頌)

【속담 · 격언】

■ 뚝배기보다 장맛. ── 한국

■ 까마귀는 검어도 살은 희다. (사물을 겉만 보고 평할 것이 아니다) ── 한국

■ 외모는 거울로 보고 마음은 술로 본다. (겉으로 드러나지 않는 속마음은 술주정으로 엿볼 수 있다) ── 한국

■ 범은 그려도 뼈다귀는 못 그린다. (속은 모른다)　　　　— 한국

■ 센 말 볼기짝 같다. (얼굴이 희멀쑥하고 몸집이 큰 사람을 일컫는
　　말)　　　　　　　　　　　　　　　　　　　　　　　— 한국

■ 객줏집 칼도마 같다. (이마와 턱이 나오고 눈 아래가 움푹 들어간
　　사람을 이르는 말)　　　　　　　　　　　　　　　　　— 한국

■ 건 밭에 부룻대. (부룻대는 상치 줄거리 자란 것을 말함이니, 곧
　　키가 훌쩍 크고 곧다는 말)　　　　　　　　　　　　　— 한국

■ 깎은 밤 같다. (외양이 말쑥하다)　　　　　　　　　　— 한국

■ 보기 좋은 떡이 먹기도 좋다.　　　　　　　　　　　　— 한국

■ 물독에 빠진 생쥐 같다.　　　　　　　　　　　　　　— 한국

■ 빛 좋은 개살구.　　　　　　　　　　　　　　　　　— 한국

■ 가난한 상주(喪主) 방갓 대가리 같다. (차림새가 허술하여 우스꽝
　　스럽다. 어색하고 값없어 보인다.)　　　　　　　　　— 한국

■ 까마귀가 검기로 마음까지 검겠나.　　　　　　　　　— 한국

■ 마음씨가 고우면 옷 앞섶이 아문다. (외모에서도 그 사람의 인품
　　이 풍겨난다)　　　　　　　　　　　　　　　　　　— 한국

■ 아름다운 용모는 재산의 절반이다.　　　　　　　　　— 영국

■ 아름다운 아마포는 때때로 보기 싫은 피부를 감추어 준다.

　　　　　　　　　　　　　　　　　　　　　　　　　— 영국

■ 표지로 서적을 판단하지 마라.　　　　　　　　　　　— 영국

■ 고귀한 마음은 누더기 외투 속에 감추어져 있다.　　　— 영국

■ 번쩍이는 것이라고 다 금은 아니다.　　　　　　　　— 영국

■ 곧은 나무도 뿌리는 구부러진 것이 있다. (겉만 보아 모른다)

— 영국

■ 젖을 잘 내는 것은 큰 소리로 우는 암소가 아니다.

— 아일랜드

■ 나무는 껍질로 판단하지 못한다.　　　— 이탈리아

■ 환약(丸藥)이 맛이 좋다면 약제사가 그걸 금색으로 만들 필요가 없을 것이다.　　　　　　　　　　　— 스페인

■ 법의(法衣)가 중을 만들어 주지는 않는다.　　— 그리스

■ 악마는 조용한 호수에서 산다.　　　　　— 러시아

■ 담은 그릇으로 술을 판단하지 마라.　　　— 中世 라틴

【중국의 고사】

■ **경국지색**(傾國之色) : 「경국지색」은 글자 그대로 나라를 기울어지게 하는 미인이란 뜻이다. 여자의 미모에 반해 정치를 돌보지 않은 나머지 마침내 나라를 망하게 하거나 위태롭게 한 예는 너무도 많다.

　춘추시대의 오왕 부차(夫差)는 월왕 구천(句踐)이 구해 보낸 서시(西施)라는 미인에게 빠져 마침내 나라를 잃고 몸을 망치는 결과를 가져왔고, 당명황(唐明皇) 같은 영웅도 양귀비로 인해 하마터면 나라를 망칠 뻔했다.

　그러나 원래 경국이란 말을 처음 쓰게 된 것은 여자에 대한 표현이 아니었다. 《사기》 항우본기에 보면, 한왕 유방과 초패왕 항우가 서

로 천하를 놓고 다툴 때, 어느 한 기간 한왕의 부모처자들이 항우에게 사로잡혀 있었다. 이때 후공(侯公)이라는 변사가 항우를 설득시켜 한왕과의 화의를 성립시키고, 항우가 인질로 잡고 있던 한왕의 부모처자들을 돌려보냈다. 이 소문을 들은 세상 사람들은 후공을 이렇게 평했다.

「그는 참으로 천하의 변사다. 그가 있는 곳이면 그의 변설로 인해 나라를 기울어지게 만든다(此天下辯士 所居傾國).」

이 말을 들은 유방은 후공의 공로를 포상하여 경국의 반대인 평국이란 글자를 따서 그에게 평국군(平國君)이란 칭호를 주었다고 한다. 즉 항우의 입장에서 보자면 나라를 위태롭게 한 경국(傾國)이 되지만, 유방의 입장에서 보자면 나라를 태평하게 만든 평국(平國)이 되기 때문이다.

그런데 그 뒤 경국이니, 경성(傾城)이니, 절세(絕世)니 하는 형용사들이 아름다운 여자에게 쓰이게 된 것은 《한서》외척전에, 이연년(李延年)이 지은 다음의 시에서부터 시작된 것이라 한다.

북쪽에 어여쁜 사람이 있어
세상에 떨어져 홀로 서 있네.
한 번 돌아보면 남의 성을 기울이고
두 번 돌아보면 남의 나라를 기울인다.
어찌 경성과 경국을 모르리오
어여쁜 사람은 다시 얻기 어렵다.

北方有佳人 絶世而獨立　　　북방유가인 절세이독립
一顧傾人城 再顧傾人國　　　일고경인성 재고경인국
寧不知傾城與傾國　佳人難再得　영부지경성여경국 가인난재득

이연년은 한무제(漢武帝, BC 141~86) 때 협률도위(協律都尉 : 음악을 맡은 벼슬)로 있던 사람으로 음악적인 재능이 풍부한 사람이었다. 그에게 한 누이동생이 있었는데 그야말로 절세미인이었다. 앞의 노래는 바로 그의 누이동생의 아름다움을 칭찬하여 무제 앞에서 부른 것이었다. 무제는 이때 이미 50 고개를 넘어 있었고, 사랑하는 여인도 없는 쓸쓸한 생활을 보내고 있던 중이었으므로 당장 그녀를 불러들이게 했다.

무제는 그녀의 아리따운 자태와 날아갈 듯이 춤추는 솜씨에 그만 반해 버리고 말았다. 이 이연년의 누이야말로 무제의 만년의 총애를 한 몸에 독차지하고 있던 바로 이부인(李夫人) 그 사람이었다.

― 《한서(漢書)》 외척전(外戚傳)

■ **교언영색**(巧言令色) : 남의 환심을 사려 아첨하는 교묘한 말과 보기 좋게 꾸미는 얼굴빛.

《논어》 학이편과 양화편에 똑같은 공자의 말이 거듭 나온다.

「공교로운 말과 좋은 얼굴을 하는 사람은 착한 사람이 적다(巧言令色 鮮矣仁).」

쉽게 말해서, 말을 그럴 듯하게 잘 꾸며대거나 남의 비위를 잘 맞추는 사람 쳐놓고 마음씨가 착하고 진실 된 사람이 적다는 말이다.

여기에 나오는 인(仁)에 대해서는 한 마디 말로 설명하기 어렵다. 공자처럼 이 인에 대해 많은 말을 한 사람이 없지만, 공자의 설명도 때에 따라 각각 다르다. 그러나 여기에 말한 인은 우리가 흔히 말하는 어질다는 뜻으로 알면 될 것 같다. 어질다는 말은 거짓이 없고 참되며, 남을 해칠 생각이 없는 고운 마음씨 정도로 풀이한다.

말을 잘한다는 것과 교묘하게 한다는 것과는 상당한 차이가 있다. 교묘하다는 것은 꾸며서 그럴 듯하게 만든다는 뜻이 있으므로, 자연 그의 말과 속마음이 일치될 리 없다. 말과 마음이 일치하지 않는다는 것은 곧 진실되지 않음을 말한다.

좋은 얼굴과 좋게 보이는 얼굴과는 비슷하면서도 거리가 멀다. 좋게 보이는 얼굴은 곧 좋게 보이려는 생각에서 오는 얼굴로, 겉에 나타난 표정이 자연 그대로일 수는 없다.

인격과 수양과 마음씨에서 오는 얼굴이 아닌, 억지로 꾸민 얼굴이 좋은 얼굴일 수는 없다. 결국 「교언(巧言)」과 「영색(令色)」은 꾸민 말과 꾸민 얼굴을 말한 것이 된다. 꾸미기를 좋아하는 사람의 마음이 참되고 어질 수는 없다. 적다고 한 말은 차마 박절하게 없다고 할 수가 없어서 한 말일 것이다.

우리 다 같이 한번 반성해 보자. 우리들이 매일같이 하고 듣고 하는 말이 「교언」이 아닌 것이 과연 얼마나 될는지? 우리들이 매일 남을 대할 때 서로 짓는 얼굴이 「영색」 아닌 것이 있을지? 그리고 우리의 일거일동이 어느 정도로 참되고 어진지를 돌이켜 보는 것이 어떨까?

《논어》 자로편에는 이를 반대편에서 한 말이 있다. 역시 공자의 말이다.

「강과 의와 목과 눌은 인에 가깝다(剛毅木訥近仁).」

「강(剛)」은 강직, 「의(毅)」는 과감, 「목(木)」은 순박, 「눌(訥)」은 어둔(語鈍)을 말한다. 강직하고 과감하고 순박하고 어둔한 사람은 자기 본심 그대로를 지니고 있는 사람이다. 꾸미거나 다듬거나 하는 것이 비위에 맞지 않는 안팎이 없는 사람이다. 그런 사람이 남을 속이거나 하는 일은 없다. 있어도 그것은 자기 본심에서가 아니다. 그러므로 그 자체가 「인(仁)」일 수는 없지만, 역시 「인(仁)」에 가깝다고 볼 수 있다.　　　　— 《논어》 학이편, 양화편(陽貨篇)

■ **무안**(無顔) : 볼 낯이 없음. 면목이 없음.

상대를 대할 면목이 없다는 말이다. 무면목(無面目)이란 말은 항우가 마지막 싸움에서 패한 뒤 고향으로 돌아갈 면목이 없다고 한 데서 비롯된 말이었고, 이 무안이란 말은 백낙천의 유명한 「장한가(長恨歌)」에서 비롯된 말이다.

「장한가」는 백낙천이 36세 때 지은 작품으로 안녹산의 난으로 당 현종이 양귀비를 잃고 만 극적인 사건을 소재로 한 낙천의 대표적 작품이다. 당시(唐詩) 가운데 걸작의 하나로 손꼽히는 이 작품은 120구(句), 840자로 된 장편인데, 양귀비의 아리따운 모습 앞에 궁녀들이 얼굴값을 못하는 대목만을 소개한다.

한황(漢皇)이 여색을 중히 여겨 경국(傾國)의 미인을 사모했으나 천자로 있는 여러 해 동안 구해도 얻지 못했다.
양씨 집에 딸이 있어 이제 겨우 장성했으나
깊은 안방에 들어 있어 아는 사람이 없었다.
하늘이 고운 바탕을 낳았으니, 스스로 버리기 어려운지라
하루아침에 뽑혀 임금의 곁에 있게 되었다.
눈동자를 돌려 한 번 웃으면 백 가지 사랑스러움이 생겨서
육궁의 분 바르고 눈썹 그린 궁녀들이 얼굴빛이 없다.

漢皇重色思傾國 御宇多年求不得   한황중색사경국 어자다년구부득
楊家有女初長成 養在深閨人未識   양가유녀초장성 양재심규인미식
天生麗質難自棄 一朝選在郡王側   천생려질난자기 일조선재군왕측
廻眸一笑百媚生 六宮粉黛無顔色   회모일소백미생 육궁분대무안색

　육궁(六宮)은 여섯 궁전이란 말이고, 분대(粉黛)는 분 바르고 눈
썹 그린 것을 말해서, 곱게 화장한 얼굴이란 뜻이다.
　여기에 나오는 얼굴빛이 없다는 것은, 양귀비 앞에서는 궁녀들의
고운 얼굴이 무색하게 된다는 뜻으로, 그녀들이 얼굴을 감히 들 생
각을 못한다는 심리적인 뜻을 가지고 있는 것은 아니다.
　현재도 무색하다는 의미로 무안색(無顔色)이란 말은 쓸 수 있다.
그러나 심리적인 경우는 「무안(無顔)」을, 객관적인 판단에서 오는
경우는 「무색(無色)」을 각각 분리해 쓰고 있다.
　무안과 무색이 백낙천의 이 시에서 비롯했다고 하는 것은 너무
기록에만 치우친 생각일지도 모른다. 기록 이전부터 이미 말은 있
었던 법이니까.　　　　　— 백낙천(白樂天) / 「장한가(長恨歌)」

■ **서시빈목**(西施嚬目) : 공연히 남의 흉내를 내어 세상 사람의 웃음 거리가 됨을 이름.

「서시빈목」은 서시가 눈살을 찌푸린다는 말이다. 서시라는 미녀를 무조건 흉내 내었던 마을 여자들의 이야기에서 생겨난 말로서, 공연히 남의 흉내만 내는 일을 풍자한 것이다.

춘추시대 말 오(吳)·월(越) 양국의 다툼이 한창일 무렵, 월왕 구천이 오왕 부차의 방심을 유발하기 위해 헌상한 미희 50명 중에서 제일가는 서시(西施)라는 절색(絶色)이 있었다.

이 이야기는 그 서시에 관해서 주변에 나돌았던 이야기로 되어 있으나, 말하는 사람이 우화의 명수인 장자이므로 그 주인공이 서시가 아니라도 좋을 것이다.

《장자》 천운편에 있는 이야기다.

서시가 어느 때 가슴앓이가 도져 고향으로 돌아갔다. 아픈 가슴을 한손으로 누르며 눈살을 찌푸리고 걸어도 역시 절세의 미인인지라, 다시 보기 드문 풍정(風情)으로 보는 사람들을 황홀케 했다.

그것을 본 것이 마을에서도 추녀로 으뜸가는 여자인데, 자기도 한손으로는 가슴을 누르고 눈살을 찌푸리며 마을길을 흔들흔들 걸어보았으나 마을 사람들은 멋있게 보아주기는커녕 그렇지 않아도 추한 여자의 징글맞은 광경을 보고 진저리가 나서 대문을 쾅 닫아 버리고 밖으로 나오려는 사람도 없었다.

그런데 이 이야기로 장자는 공자의 제자인 안연(顔淵 : 안회)과 도가적(道家的) 현자로서 등장시킨 사금(師金)이란 인물과의 대화

속에서 사금이 말하는 공자 비평의 말에 관련시키고 있다.

요컨대 춘추의 난세에 태어나서 노(魯)나 위(衛)나라에 일찍이 찬란했던 주(周)왕조의 이상정치를 재현시키려는 것은 마치 자기 분수도 모르고 서시의 찡그림을 흉내 내는 추녀 같은 것으로, 남들로부터 놀림 받는 황당한 이야기라는 것이다.

「효빈(效嚬)」이라고도 한다.　　　　─ 《장자》 천운편(天運篇)

■ **상가지구**(喪家之狗) : 뜻을 얻지 못하고 이리저리 떠도는 정치인이나 사업가들의 실의에 찬 모습을 비유한 말이다. 우리말에 『초상집 개』란 말이 있다. 그것이 바로 『상가지구』다. 초상집 개는 주인이 슬픔에 잠겨 미처 개를 돌볼 정신이 없어 배가 고파도 먹지를 못한 채 주인의 얼굴을 찾아 기웃거리기만 한다. 그래서 뜻을 얻지 못하고 이리저리 떠돌아다니는 정치인이나 사업가들의 실의에 찬 모습을 가리켜 『상가지구』, 즉 『초상집 개』 같다는 말을 하게 된다.

이것은 공자를 보고 어떤 은사(隱士)가 한 말이었는데, 뒤에 그 이야기를 전해들은 공자가 웃으며,「내 외모를 봐선 올바로 본 표현이로구나.」했다는 데서 시작된 말이다.

공자가 정나라로 갔을 때, 제자들과 서로 길이 어긋나고 말았다. 공자는 제자들이 오기를 기다리며 동쪽 성문 밖에 혼자 서 있었다. 공자를 찾아다니는 자공(子貢)을 보고 한 노인이 이렇게 말했다.「글쎄, 당신 스승이 누구인지는 알 수 없으나 이런 사람이

동문 밖에 서 있는 것을 보았소. 이마는 요(堯)임금 같고, 목은 고요(皐陶) 같고, 어깨는 자산(子産) 같고, 허리의 아래는 우(禹)임금보다 세 치가 모자라는데, 두리번거리는 모양이 흡사 초상난 집 개 같습디다.」

결국 공자가 위대한 성인의 덕과 정치인의 자질을 가지고는 있지만, 때를 얻지 못해 처량한 신세를 면치 못한다는 것을 진담 반 농담 반 한 말일 것이다. 자공이 사실대로 공자에게 이 말을 전하자, 공자는 흔연히 웃으며 이렇게 말했다는 것이다. 「형상은 그렇지 못하지만, 초상집 개 같다는 것은 과연 그렇다(形狀未也 而似喪家之狗 然哉然哉).」 　　　　　　　　　─《사기》공자세가

■ **융준용안**(隆準龍顔) : 우뚝한 코와 용의 얼굴로서, 한고조 유방의 얼굴을 일컫는 말이다. 보통 융준(隆準)은 콧대가 우뚝 솟은 것을 말하고, 용안(龍顔)은 얼굴 생김새가 용처럼 생겼다는 뜻으로 풀이하고 있다. 한고조 유방의 태생전설(胎生傳說)을 말한 것이다. 고조본기의 첫머리를 소개하면 다음과 같다.

「고조는 패풍읍(沛豊邑) 중양리(中陽里) 사람으로 성은 유씨(劉氏)고 자(字)는 계(季)다. 아버지는 태공(太公)이라 불렀고, 어머니는 유온(劉媼)이라 했다. 유온이 언젠가 큰 못 가 언덕에서 자고 있는데, 꿈에 귀신과 같이 만나게 되었다. 그때 천둥 번개가 요란하고 천지가 캄캄했다. 태공이 가서 자세히 보니 그 위에 교룡(蛟龍)이 나타나 있었다. 그런 다음 태기가 있어 드디어 고조를

낳았다. 고조는 사람 된 것이 융준에 용안이었고, 수염이 아름다우며 왼쪽 다리에 72개의 검은 점이 있었다.」

　지금도 관상가들은 용안의 안(顔)을 얼굴이 아닌 이마로 보고 있고 용의 특색은 이마가 높은 데 있다는 것이다. 즉 코도 높고 이마도 높은 것이 『융준용안』이라는 것이다. 그런데 지금은 이 말이 얼굴이 남자답게 잘 생겼다는 뜻으로 쓰이기도 한다. 또 용의 눈(龍眼)으로 풀이하는 사람도 있다.　　　—《사기》고조본기

【成句】

■ 봉두구면(蓬頭垢面) : 쑥처럼 더부룩한 머리에 때가 낀 얼굴이란 뜻으로, 외양을 꾸미지 않아 주제꼴이 사나운 모양. 또는 성질이 털털하여 외양에 개의치 않음을 이르는 말. /《위서(魏書)》

■ 이모상마(以毛相馬) : 털빛으로 말의 좋고 나쁨을 판단한다는 뜻으로, 외모만 보고 사물을 판단하는 것은 잘못이라는 말. /《염철론》

■ 이모취인(以貌取人) : 얼굴만 보고 사람을 가리거나 쓴다는 뜻으로, 사람이 어질고 어질지 않은 것을 보는 데 그 사람의 덕(德)의 여하는 고려치 않고 단지 용모의 미추(美醜)만 보고 정한다는 말.

■ 토목형해(土木形骸) : 흙이나 나무처럼 있는 그대로의 모습으로 있다는 뜻으로, 겉치레에 개의치 않고 꾸미지 않고 내버려둔다는 뜻. /《진서》

■ 창안백발(蒼顔白髮) : 쇠한 얼굴과 센 머리털. 곧 늙은이의 용모를

이르는 말.

■ 폐포파립(弊袍破笠) : 해진 옷과 부서진 갓. 곧 너절하고 구차한 차림새를 형용하는 말.

■ 색장(色莊) : 안색이 장엄하다는 뜻으로, 외모만이 장엄한 사람을 이름. /《논어》선진편.

이해 understanding 理解

(오해)

【어록】

▣ 상대의 말을 이해하지 못하면 그 사람됨을 알 수가 없다(不知言 無以知人). ──《논어》요왈

▣ 쉰 살에는 하늘의 명을 깨달아 이해하게 되었다{五十而知天命 : 사람이 조우하는 길흉화복──그것은 피할 수 없다는 것을 나(공자)는 쉰 살에 깨달았다. 따라서 나는 이 세상을 구제할 사명을 하늘에서 받은 것을 깨닫게 되었다. 지명(知命)은 50세. 사실 공자는 50세를 고비로 수양의 시기에서 실질적인 사회활동을 하게 된다}. ──《논어》위정

▣ 군자는 정의에 밝고 소인은 이익에 밝다(君子 喩於義 小人 喩於 利). ──《논어》이인

▣ 남이 자기를 모르는 것을 탓하지 말고, 자기가 남 모르는 것을 탓하라. ──《논어》이인

▣ 의심은 암귀(暗鬼)를 낳는다(疑心生暗鬼 : 의심을 하면 마음도

따라 어두워진다. 마음이 어두워지면 결과적으로 판단력이 흐려
진다).　　　　　　　　　　　　　　　　　　—《열자》

▣ 사사건건 오해와 충돌만 있고, 서로를 이해하려 들지 않을 때는,
입으로는 협력을 외치지만 은밀한 따돌림만이 횡행할 뿐이다.
　　　　　　　　　　　　　　　　　— 귀곡자(鬼谷子)

▣ 글자로써 말의 뜻을 해쳐서도 안 되고, 말로써 사람의 뜻을 해쳐
서도 안 된다. 읽는 자의 마음으로 시의 뜻을 안다면 시를 얻게
된다(不以文害辭 不以辭害志 以意逆志 是爲得之).　　—《맹자》

▣ 사람은 날 때부터 이를(道를 가리킴) 아는 것이 아니다. 누가 능
히 의혹이 없으랴, 의혹한 채 스승을 좇지 않으면 그 의혹은 끝내
풀리지 않는다.　　　　　　　　　　　　　　　— 한유

▣ 외밭에서 신을 고쳐 신지 않고, 오얏나무 밑에서 갓을 고쳐 쓰지
않는다(瓜田不納履 李下不整冠).　　　　　—《문선(文選)》

▣ 아무 말이 없으면서 스스로 깨달아 아는 것이 곧 자득이다{不言
而自得者乃自得 : 말로써는 표현하지 않으나 마음속으로는 스스
로 이해한다. 이것이 진정한 자득(自得)인 것이다}.
　　　　　　　　　　　　　　　　—《근사록(近思錄)》

▣ 공부하는 자는 우선 의문을 품는 것이 필요하다(學者先要會疑 :
학문이라는 것은 의심을 해명하는 것이다. 학문을 하는 자는 먼
저 의심을 품는 것으로 시작한다).　　　　　　—《근사록》

▣ 책을 정독하는 자는 무지한 자보다 낫고, 그것을 기억하는 자는
정독하는 자보다 낫다. 뜻을 이해하는 자는 단순히 기억하는 자

보다 낫고, 배운 것을 행하는 자는 단순히 이해하는 자보다 낫다.
— 《마누법전》

▣ 우리들의 삶은 우리들이 삶의 문제를 이해하기 시작한 순간에 닫힌다. — 테오프라스토스

▣ 나는 이해하기 위해서 믿는다. — 아우구스티누스

▣ 카이사르의 아내는 의심을 받는 것조차 용서되지 않는다. {카이사르(시저)가 아내 폰페이아와 이혼할 때 정당화하기 위해서 했다고 전해지는 말} — 율리우스 카이사르

▣ 어떤 것이든 그것에 대해 잘 이해하지 않고서는 사랑하거나 미워할 수 없다. — 레오나르도 다빈치

▣ 시는 이해하기보다도 짓기가 더 쉽다. — 몽테뉴

▣ 나는 사람의 행동을 비웃지도, 한탄하지도, 싫어하지도 않으며 오직 이해하려고만 했다. — 스피노자

▣ 모든 존재하는 것은 신 안에 있고, 신 없이는 아무것도 존재하지 않으며 또 이해되지도 않는다. — 스피노자

▣ 의아심은 배반자다. 모험을 두려워하는 마음은 우리가 손에 넣을 지도 모르는 무한한 부(富)를 잃게 만든다. — 셰익스피어

▣ 편하지 않은 마음에는 의구(疑懼)가 따르기 쉽다.
— 셰익스피어

▣ 인생의 본질은 남을 이해한다는 점에 있다. — 괴테

▣ 사람들은 이해되지 않는 일은 쉽게 평가한다. — 괴테

▣ 오해는 뜨개질하는 양말의 한 코를 빠뜨린 것과 같아서 시초에

고치면 단지 한 바늘로 해결된다.   ― 괴테

■ 자기가 얼마나 자주 타인을 오해하는지를 자각하고 있다면 누구
도 남들 앞에서 함부로 말하지는 않을 것이다.   ― 괴테

■ 인간은 자기가 이해하지 못하는 사물은 언제나 부정하고 싶어 한
다.   ― 파스칼

■ 너무 빨리 읽거나 너무 천천히 읽을 때는 아무것도 이해할 수 없
다.   ― 파스칼

■ 죄를 이해하는 사람들은 덕과 기독교를 이해하고, 자기 자신과
세계를 이해한다.   ― 노발리스

■ 이해와 재능만이 양식적(良識的)이며 명석한 조언자이다.
     ― 발자크

■ 사랑에는 신뢰받을 필요가 있고, 우정에는 이해받을 필요가 있다.
     ― 피에르 보나르

■ 조금이라도 의심스러운 점이 있다고 생각되는 것은 모두 절대로
허위의 것으로 물리치고 나면 결국 의심할 수 없는 것이 확신 속
에 남을 것인지, 이것을 최후까지 확인해 볼 필요가 있다.
     ― 르네 데카르트

■ 진리를 검토하기 위해서 일생에 한 번 모든 사물을 될 수 있는
대로 의심해 보는 것이 필요하다.   ― 르네 데카르트

■ 위대해진다는 것은 오해를 받는다는 뜻이다.   ― 랠프 에머슨

■ 모든 인간은 남성이든 여성이든 말씨나 행동 속에 드러나는 각
인물을 판단하는 열쇠를 발견할 수 있는 최종단계에 이르기까지

는 수수께끼가 된다. 그러나 그 열쇠가 발견만 되면 그 뒤의 예전 말씨나 행동이 우리들의 눈앞에 밝게 드러나는 것이다.

— 랠프 에머슨

■ 의심은 원인과 결과에 대한 불신이다.　　　— 랠프 에머슨

■ 모든 사람이 서로 어울리는 것은 보편적인 오해에 의해서이다. 그것은 만약에 불행하게도 사람들이 서로 이해한다면 결코 서로 어울리지 못할 테니까.　　　— 보들레르

■ 슬픔은 오해된 즐거움인지도 모른다.　　　— 로버트 브라우닝

■ 우리가 친구에게 구하는 것은 우리의 행동에 대한 찬성이 아니라 이해다.　　　— 하인리히 하이네

■ 그대를 이해하는 벗은 그대를 창조한다.　　　— 로맹 롤랑

■ 이해가 부족한 사람이 오해가 많은 사람보다 낫다.

— 아나톨 프랑스

■ 인간을 잘 이해하는 방법은 단 한 가지밖에 없다. 그것은 그들을 결코 급하게 판단하지 말아야 한다는 것이다. — 샤를 생트뵈브

■ 가장 간단하고 가장 명확한 사상이야말로 가장 이해하기 어려운 사상이다.　　　— 도스토예프스키

■ 빠른 이해는, 이해되는 대상이 평범하다는 증거다.

— 도스토예프스키

■ 의심은 신사의 사이에 있을 회화의 방법은 아니다.

— 새뮤얼 존슨

■ 우리는 스스로 이해하지도 못하고 이해할 수도 없는 것, 이를테

면 인과율(因果律), 공리(公利), 신(神)의 성격들에 사물을 환원했을 때에야 비로소 이것을 진실로 이해했다고 믿는다.

— 게오르크 지멜

■ 젊은이들은 읽고, 어른들은 이해하고, 노인들은 칭찬한다.

— 세르반테스

■ 이해하지 못한 것은 소유하지 못한다.　　— 프리드리히 니체

■ 의심 많은 사람은 스스로 배반당하는 꼴이다.　　— 볼테르

■ 도대체 나는 왜 그처럼 생명에 애착심이 강하였는지 알 수가 없다. 아아, 틀림없이 이 세상의 생활에서 나에게 이해할 수 없었던 것, 아니 아직도 이해할 수 없는 그 무언가가 있었다.

— 레프 톨스토이

■ 한쪽의 의혹은 다른 한쪽의 기만을 정당화한다. — 라로슈푸코

■ 인생은 세월이 흘러야만 이해할 수 있는 것이다. 그러나 우리는 미래 중심적으로 살아야 한다.　　— 키르케고르

■ 인생 속에 있는 것은 무엇이건 간에 겁낼 필요가 없다. 왜냐하면 그것은 오직 이해되도록 기다리고 있을 뿐이기 때문이다.

— 퀴리 부인

■ 로댕은 명성을 얻기 전에 고독했었다. 그리고 그가 얻은 명성이 그를 한층 더 고독하게 했다. 명성이라고 하는 것이 결국은 새로운 이름 주위에 모이는 온갖 오해의 엑기스에 지나지 않기 때문이다.　　— 라이너 마리아 릴케

■ 우리가 거짓을 믿어서는 안 되는 것과 같이, 의심스런 것은 의심

해야 한다고 명령적으로 요구하는 것이 진리라고 생각하네.

— 버트런드 러셀

▣ 모든 전통이 한때는 오해를 면치 못했다. 마찬가지로 모든 아이디어는 한때는 비웃음을 면치 못했다. — 홀브룩 잭슨

▣ 우리가 어떤 대상에 마주칠 때 할 수 있는 최소한도의 것, 그것은 이해한다는 것이 아닐까? 그리고 자신에 대해서 성실한 사람이라면 경험을 겪지 않고 이해할 수 있다고 믿을 수 있을까? 이런 의미에서 철학은 사랑에 대한 전반적 학문이라는 것이 나의 신념이다. — 호세 오르테가이가세트

▣ 세 가지 일이 강하게 여자를 움직인다. 이해와 쾌락과 허영심이다. — 드니 디드로

▣ 여자는 남자보다 영리하다. 그것은 여자는 아는 것이 적고 이해하는 것이 보다 더 많으므로 그렇다. — 조셉 스테펀스

▣ 사물을 이해한다는 것은 우선 그 속으로 뛰어 들어갔다가 나중에 다시 거기서 탈출하는 것을 의미한다. 그리하여 포로가 되었다가 나중에 석방되고, 매혹되었다가 각성하고, 정신없이 골몰했다가 나중에 냉정해짐이 필요한 것이다. — 에이브리

▣ 「나는 여태껏 신을 믿어 본 적이 없다.」 이 말은 이해가 간다. 그러나 「나는 지금껏 진심으로 그분을 믿은 적이 없다.」라는 말은 이해할 수가 없다. — 비트겐슈타인

▣ 감정은 인생항로의 반주자, 마찬가지로 감정은 작품 이해의 반주자. — 비트겐슈타인

■ 젊었을 때 우리는 배우고, 나이 먹어 우리들은 이해한다.

— M. E. 에센바흐

■ 모든 사람이 서로 어울리는 것은 보편적인 오해에 의해서이다. 왜냐하면 만약에 불행하게도 사람들이 서로 이해한다면 결코 서로 어울리지 못할 테니까. — 보들레르

■ 훌륭하게 완수한 일에서 얻는 만족은 크며 칭찬의 말도 듣기에 즐겁다. 그러나 자기를 이해해 주는 사람을 만난 기쁨에 비길 만한 것은 없다. — 조안 로빈슨

■ 책을 많이 읽었음에도 불구하고 이해력이 전연 없는 사람이 많다. 그러한 사람은 지혜로운 잠언은 읽었지만, 잠언의 지혜는 이해하지 못한 것이다. — 보덴슈테트

■ 결혼이 행복되기 위해서는 욕정 이외의 많은 요소를 필요로 하지만, 두 사람의 젊은이가 만약 출발점에 있어 서로가 육체적인 매력을 느낀다면 공동생활을 쌓기 위해 서로 양해할 수 있는 기회를 더욱 많이 갖게 된다. — 앙드레 모루아

■ 인간이란 인생을 이해하기 위해서가 아니라 살기 위해서 만들어졌다. — 조지 산타야나

■ 남의 입장에 자기를 놓을 줄 알고 타인의 마음의 기미를 이해할 수 있는 사람은 장래를 걱정할 필요가 없다. — 오언 영

■ 성공의 비결이라는 것이 있다면 그것은 타인의 입장을 이해하고 자기의 입장과 동시에 타인의 입장에서도 사물을 볼 줄 아는 능력일 것이다. — 헨리 포드

▣ 여성을 이해하려고 해서는 안 된다. 만일 여성이 하는 말의 진정한 의미를 알고자 한다면 들어서는 안 된다. 그 여성을 바라보는 것이다.   — 오스카 와일드

▣ 결혼에 적응하는 기초는 상호간의 오해에 있다. (인간관계에서 오해는 뜻밖에 유용한 작용을 한다)   — 오스카 와일드

▣ 만약 그대가 자신을 알고자 한다면 다른 사람들이 하는 방식을 보라. 만약 그대가 사람들을 이해하고자 한다면 그대 자신의 마음을 들여다보라.   — 프리드리히 실러

▣ 진리의 탐구는 개인과 사회집단의 이해관계와 그 요구에 근거하고 있다. 만일 그와 같은 이해관계가 없다면 진리를 추구하려는 자극은 없어질 것이다. 진리에 의해서 보다 더 이익이 촉진되는 집단이 언제나 존재하는데, 그들의 대표자는 바로 인류사상의 개척자들이다.   — 에리히 프롬

▣ 하나를 충분히 이해하기 위해서는 모든 것을 이해하지 않으면 안 된다.   — 허버트 리드

▣ 어버이가 자식을 사랑하는 일이야말로 전혀 이해를 초월한 유일한 정서이다.   — 서머셋 몸

▣ 그대를 이해하지 못한다는 바로 그 이유로 인해서 많은 사람들을 숭배했고 많은 이념들을 섬겼다.   — 오쇼 라즈니쉬

▣ 딱지를 붙이는 것은 교활한 농간이다. 사람들은 어떠한 것에다 딱지를 붙여 놓고는 그것을 이해했다고 느낀다.

     — 오쇼 라즈니쉬

▣ 사람들은 자기들이 이해할 수 없는 것을 경멸한다.

— 코넌 도일

▣ 당신의 고통은 당신이 오해의 껍질을 벗고 이해하는 사람이 되도록 만드는 것이다. — 칼릴 지브란

▣ 그들이 파악할 수 없는 것을 사람들이 혐오한다면 그들은 열병으로 몸이 펄펄 끓어서 가장 맛좋은 음식도 입맛이 없어 못 먹는 그런 격이다. — 칼릴 지브란

▣ 칭찬은 이해를 뜻한다. — 칼릴 지브란

▣ 나라끼리는 이해관계로 결합되어 있는 것이 아니다. 때로는 그 때문에 반목한다. 그러나 우호와 이해는 나라와 나라를 굳게 결합한다. — 우드로 윌슨

▣ 이해는 모든 우정의 과일을 낳고 기르는 토양임에 틀림없다.

— 우드로 윌슨

▣ 내일의 성취에 대한 유일한 방해는 오늘의 의심입니다. 우리는 강하고 적극적인 신념을 가지고 전진합시다.

— 프랭클린 루스벨트

▣ 나는 남의 마음을 이해하고 나를 양보하기를 좋아한다.

— 찰스 램

▣ 때로는 이해하지 않음이 최고의 이해이다.

— 그라시안이모랄레스

▣ 용기의 의미는 정치적 동기와 마찬가지로 때때로 오해를 받는다.

— 존 F. 케네디

▣ 아주 사소한 것을 이해하는 데에도 의외로 오랜 시간이 걸린다.
— 에드워드 달버그

▣ 자신을 깨달았을 때 비로소 남의 마음도 이해하게 된다.
— 에릭 호퍼

▣ 우리들 각자가 타인을 정말로 이해할 수 있는 것은 우리들 자신이 만들어 낼 수 있는 감정뿐이다.　　　　— 앙드레 지드

▣ 싸움은 오해를 더 크게 만든다.　　　　　— 앙드레 지드

▣ 사랑에 빠져 있다는 것은 감각적인 마취상태에 있는 것이다. 평범한 남자를 그리스의 신(神)이나 되는 것처럼 오해하거나, 평범한 여자를 여신(女神)으로 오해하는 것이다.　— 헨리 L. 멩컨

▣ 오해는 언쟁으로 막는 것이 아니고 기술과 외교와 절충과 다른 사람의 견해를 받아들이는 동정적인 노력으로만 막을 수 있다.
— 데일 카네기

▣ 누구나 미술작품을 이해하고자 한다. 그러나 어째서 새소리를 이해하려고 하지 않는가.　　　　　— 파블로 피카소

▣ 평화는 힘으로 유지될 수 없다. 그것은 이해에 의해서 달성될 수 있을 뿐이다.　　　　　　— 알베르트 아인슈타인

▣ 인간의 행복은 대부분 동물적인 행복이다. 이 생각은 극히 과학적이다. 오해 살 위험도 있지만 이 점을 좀더 분명하게 말해두고 싶다. 인간의 행복은 모두 관능적인 행복이다.　　　— 임어당

▣ 결혼이란 상대를 이해하는 극한점이다.　　　　— 팔만대장경

▣ 지나친 의심은 과오를 범한다.　　　　　— 팔만대장경

■ 지혜 없는 자 의심 끊일 날 없다.   — 팔만대장경

■ 사람이 나를 의심하면 그런 일이 없는 것을 반드시 밝혀야 될 것이다. 그러나 어떤 때는 반드시 그렇게 아니 할 것도 있으니, 대개 너무 급히 밝히려 하면 그 의심이 더욱 심하여지기 때문이다. 시간을 늦추어서 푼 다음에야 스스로 풀어낼 수 있는 이치가 있게 된다.   —《가정집(稼亭集)》

■ 사람이 사람을 이해한다는 경우, 그건 얼마나 큰 오만인가. 사람이 이해할 수 있는 건 자기뿐, 배반이다 하고 배신이다 할 때, 꾸어 주지도 않은 돈을 청산하라고 조르는 억지가 아닐까.   — 최인훈

■ 의식적인 애정관계란 진정으로 이해하는 가운데서 성립되는 것입니다. 혈육의 애정에서와 같이 무조건으로 맺어지는 것 이상의 뚜렷한 하나의 이해력이라는 힘으로 결합되는 까닭에 혈연적 애정보다 이지적이요, 더 높은 애정의 형태라고 봅니다.   — 박화성(朴花城)

■ 사색하여 나온 것이 이해인데, 이해는 이(理)로 해석했다는 말이다.   — 함석헌

■ 오해, 이것이 역사를 만들어 낸다. 때로는 성자를, 때로는 영웅을, 때로는 반역자와 죄인을……오해의 밑바닥에 있는 것, 그것은 인간의 고독이다.   — 이어령

■「나는 당신을 이해합니다」라는 말은 어디까지나 언론의 자유에 속한다. 남이 나를, 또한 내가 남을 어떻게 온전히 이해할 수 있단

말인가. 그저 이해하고 싶을 뿐이지. 그래서 우리는 모두가 타인
(他人).   — 법정

▣ 조직이 여러 가지 이유로 어려움을 겪을 때 가장 필요한 것은
조직에 함께 몸담고 있는 동료에 대한 존중과 배려다. 배려에는
여러 가지 형태가 있을 수 있지만, 가장 기본적인 것이 시간 지
키기와 인사하기라고 생각한다.   — 안철수

【속담 · 격언】

▣ 담벼락하고 말하는 꼴이다.   — 한국

▣ 너하고 말하느니 개하고 말하겠다.   — 한국

▣ 달기는 옛집 할머니 손가락이다. (좋아하면 나쁜 것은 안 보이고
좋은 것만 보인다)   — 한국

▣ 귓구멍에 마늘쪽 박았나.   — 한국

▣ 과붓집 수고양이 같다. (한밤 고요해야 할 과붓집에서 갓난아이
울음소리에 의심하게 된다는 말로, 근거 없는 일을 사실인 양 꾸
며서 말하는 사람을 일컫는 말)   — 한국

▣ 못 믿는 도둑개같이. (남을 곧잘 의심하는 사람을 두고 이르는
말)   — 한국

▣ 논 이기듯 신 이기듯 한다. (되풀이 말해 잘 알아듣도록 한다)
                                — 한국

▣ 삼밭에 한 번 똥 싼 개는 늘 싼 줄 안다.(한 번 잘못하면 늘 의심
을 받는다)   — 한국

- ■ 달걀 지고 성 밑으로 못 가겠다. (의심이 많고 필요 이상의 걱정을 하는 사람을 일컫는 말)　　　　　　　　　　― 한국
- ■ 고양이가 알을 낳을 노릇이다. (도무지 이해할 수 없는 일이다)
　　　　　　　　　　　　　　　　　　　　　　　　　― 한국
- ■ 말하는 남생이. (못 알아들을 소리를 한다)　　　　　― 한국
- ■ 대낮에 도깨비에 홀렸다. (도무지 이해가 안된다)　　― 한국
- ■ 내 배 부르면 종에게 밥 짓지 말라 한다. (이해와 동정심이 조금도 없다)　　　　　　　　　　　　　　　　　― 한국
- ■ 개 쇠 발괄 누가 알꼬? (조리 없이 지껄이는 말을 도무지 이해할 수 없다)　　　　　　　　　　　　　　　　　― 한국
- ■ 매를 꿩으로 보았다. (사나운 사람을 순한 사람으로 잘못 보다)
　　　　　　　　　　　　　　　　　　　　　　　　　― 한국
- ■ 까마귀 날자 배 떨어진다.　　　　　　　　　　　　― 한국
- ■ 도둑맞으면 어미 품도 들춰 본다.　　　　　　　　　― 한국
- ■ 내 것 잃고 죄짓는다. (물건을 잃어버리면 으레 애매한 사람까지 의심한다)　　　　　　　　　　　　　　　　　― 한국
- ■ 말에는 참과 거짓이 있고, 듣는 것은 (이해의) 높낮이가 있다.
　　　　　　　　　　　　　　　　　　　　　　　　　― 중국
- ■ 손님 앞에서는 개에게도 화풀이하지 말라. (오해를 살 만한 행동은 하지 말라)　　　　　　　　　　　　　　― 중국
- ■ 외밭에서 신을 고쳐 신지 않고, 오얏나무 밑에서 갓을 고쳐 쓰지 않는다. (불필요한 오해를 사지 않는다)　　　　　― 중국

▣ 사람을 의심하면 고용하지 말라. 고용했으면 의심하지 말라.

― 중국

▣ 의심하면 눈에 귀신도 보인다.　　　　　　― 일본

▣ 유령의 정체를 밝혀 보니 마른 억새.　　　― 일본

▣ 사내를 이해하고 싶으면 그 아내를 연구하라.　― 프랑스

▣ 우정이란 이해를 가진 사랑이다.　　　　　― 독일

▣ 연애하고 있을 때는 서로 아무 말이 없어도 이해한다.

― 스웨덴

▣ 배부른 자는 배고픈 자를 이해하지 못한다.　― 러시아

▣ 많은 것을 알고 있는 자는 많은 것을 오해하는 자이다.

― 알바니아

▣ 오해란 없다. 단지 소통이 없을 뿐이다.　― 세네갈

▣ 아무것도 모르는 자는 아무것도 의심하지 않는다. ― 로디지아

▣ 듣는 자는 이해한다.　　　　　　　　― 라이베리아

▣ 집을 따뜻하게 하는 것은 난로보다 부부간의 이해다.

― 마다가스카르

【시】

하고픈 이야기가 많았습니다.

나는 몹시도 오랫동안 타향에서 지냈습니다.

그래도 나를 가장 잘 이해해 주시는 이는

언제나 어머님 당신이었습니다.

― 헤르만 헤세 / 나의 어머니에게

【중국의 고사】

■ **이심전심**(以心傳心) : 말이나 글로가 아니고, 남이 보지도 듣지도 못하는 마음과 마음이 서로 통한다는 뜻이다. 즉 이쪽 마음으로써 상대방 마음에 전해 준다는 말이다. 말을 필요로 하지 않는 서로의 이해 같은 것도 이심전심일 수 있고, 이른바 눈치작전 같은 것도 일종의 이심전심이라 하겠다. 지금은 이 말이 아무렇게나 널리 쓰이고 있지만, 원래 이 말은 불교의 법통(法統) 계승에 쓰여 온 말이다.

《전등록》은 송(宋)나라 사문(沙門) 도언(道彦)이 석가세존 이래로 내려온 조사(祖師)들의 법맥(法脈)의 계통을 세우고, 많은 법어들을 기록한 책인데 거기에,「부처님이 가신 뒤 법을 가섭에게 붙였는데, 마음으로써 마음에 전했다(佛滅後 附法於迦葉 以心傳心).」라고 나와 있다. 즉 석가세존께서 가섭존자(迦葉尊者 : 마가 가섭)에게 불교의 진리를 전했는데, 그것은 이심전심으로 행해졌다는 것이다.

『이심전심』을 한 장소는 영산(靈山 : 영취산) 집회였는데, 이 집회에 대해 같은 송나라 사문 보제(普濟)가 지은 《오등회원(五燈會元)》에는 다음과 같이 기록되어 있다. 어느 날, 세존께서 영산에 제자들을 모아 놓고 설교를 했다. 그때 세존은 연꽃을 손에 들고 꽃을 비틀어 보였다. 제자들은 그 뜻을 알 수 없어 잠자코 있었는데, 가섭존자만이 그 뜻을 깨닫고 활짝 미소를 지어 보였다. 그러자 세존은 이렇게 말했다.

「나는 정법안장(正法眼藏), 열반묘심(涅槃妙心), 실상무상(實相無相), 미묘법문(微妙法門)을 글로 기록하지 않고 가르침 밖에 따로 전하는 것이 있다. 그것을 가섭존자에게 전한다.」고 했다. 글로 기록하지 않고, 가르침 밖에 따로 전하는 『교외별전(教外別傳)』 이것이 바로 이심전심인 것이다. 연꽃을 비틀어 보인 것은 역시 일종의 암시다. 완전한 이심전심은 아니라고도 볼 수 있다. 우리들의 이심전심도 역시 태도나 눈치 같은 것을 필요로 할 때가 많은 것은 『이심전심』의 한 보조 수단이라 하겠다.

— 《전등록(傳燈錄)》

■ **의심생암귀**(疑心生暗鬼) : 의심은 분별력을 흐리게 한다는 말이다. 「의심이 암귀를 낳는다」 는 말이다. 암귀(暗鬼)는 어둠을 지배하는 귀신이다. 여기서는 사람의 마음을 어둡게 만드는 마귀란 뜻이다. 즉 의심을 하면 마음도 따라 어두워진다는 것이 『의심생암귀』다. 마음이 어두워지면 결과적으로 판단력이 흐려진다. 《열자》 설부편에 이런 이야기가 있다.

어느 한 사람이 도끼를 잃어버렸다. 혹시 이웃집 아들이 훔쳐 간 것이 아닌가 하고 그를 유심히 살펴보았다. 그의 걸음걸이를 보아도 도끼를 훔칠 그런 인간으로 보였고, 그의 얼굴색을 보아도 어딘가 그런 것만 같고, 그의 말하는 것을 보아도 역시 수상한 데가 있었다. 그의 동작이며 태도며 어느 것 하나 도둑놈처럼 안 보이는 것이 없었다. 그러다가 며칠 후 우연히 골짜기를 파다가 잃어버렸던 도끼를 발견하게 되었다. 거기다 빠뜨리고 온 것이다.

그 뒤 다시 그 이웃집 아들을 보자, 그의 모든 동작과 태도가 어느 모로 보나 도끼를 훔칠 그런 사람으로는 보이지 않았다는 것이다. 이 이야기는 남을 의심하는 마음 자체가 곧 자기 마음을 어둡게 만든다는 뜻이다. 이것이 바로 「의심이 암귀를 낳는다」는 것인데, 이 말을 직접 쓴 것은 송(宋)나라 임희일(林希逸)이 지은 《열자구의(列子口義)》설부편에, 「속담에 말하기를 의심이 암귀를 낳는다고 했다(諺言 疑心生暗鬼)」가 처음이다.

—《열자》설부편(說符篇)

■ **배중사영**(杯中蛇影) : 쓸데없는 일을 의심하여 근심을 만듦을 비유하는 말이다. 「노루가 제 방귀에 놀란다.」는 속담이 있다. 말뚝에 제 옷자락이 박혀, 「이놈아 놓아라, 이놈아 놓아라.」하며 밤을 새웠다는 옛이야기도 있다. 마음이 약한 사람이 엉뚱한 것을 보고 귀신이나 괴물인 줄로 잘못 아는 것을 가리켜 『배중사영』이라고 한다. 『잔 속에 비친 뱀의 그림자』란 뜻이다. 벽에 걸린 활이 뱀의 그림자처럼 잔속에 비치는 바람에 그 술을 마시고 병이 들었다는 이야기에서 나온 말이다. 후한 말의 학자 응소(應邵)가 지은 《풍속통》에 이런 얘기가 있다.

「세상에는 이상한 것을 보고 놀라 스스로 병이 되는 사람이 많다. ……우리 할아버지 응빈(應彬)이 급현(汲縣) 원이 되었을 때 일이다. 하짓날 문안을 온 주부(主簿 : 수석 사무관) 두선(杜宣)에게 술을 대접했다. 마침 북쪽 벽에 빨간 칠을 한 활이 하나 걸려 있었는데, 그것이 잔에 든 술에 흡사 뱀처럼 비쳤다. 두선은 오싹 놀랐으나 상관의 앞이라서 그냥 아무 말도 못하고 억지로 마셨다. 그런데 그날로 가슴과 배가 몹시 아프기 시작, 음식을 먹지 못하고 설사만 계속했다. 그 후로도 아무리 해도 낫지 않았다. 그 뒤 할아버지께서 볼 일도 있고 해서 두선의 집으로 문병을 가서 병이 나게 된 까닭을 물었더니, 두선은 사실대로 이야기했다. 집으로 돌아온 할아버지는 두선에게서 들은 이야기를 놓고 여러 모로 생각한 끝에 벽에 걸린 활을 돌아보더니, 『저것이 틀림없다!』하고, 사람을 보내 두선을 가마에 태워 곱게 데려오게 했다. 그리고는 자리를 전과 똑같은 위치에 차리고 술을 따라 전과 같이 뱀의 그림자가 비치게 한 다음 그에게 말하기를, 『보게, 이건 벽에 걸린 활의 그림자가 술에 비친 걸세. 괴물이 무슨 괴물이란 말인가?』하고 일러주었다. 그러자 두선은 갑자기 새 정신이 들며 모든 아픈 증세가 다 없어졌다.」

이 응빈의 옛이야기에서 공연한 헛것을 보고 놀라 속을 썩이는 것을 가리켜 후세 사람들이 『배중사영』이라고 한다.

— 응소(應邵) / 《풍속통》

■ **과전불납리**(瓜田不納履) : 남에게 혹시라도 의심받을 만한 행동은 하지 않는 것이 좋다는 말이다. 《문선》 악부(樂府) 고사(古辭) 네 수 중의 『군자행』이라는 고시(古詩)에 나오는 시구에서 유래

한 말이다. 『군자행』은 군자가 세상을 살아가는 태도를 말한 노래다.

「군자는 미연에 막아(君子防未然) / 혐의 사이에 처하지 않는다(不處嫌疑間). / 외밭에서 신을 고쳐 신지 않고(瓜田不納履) / 오얏나무 밑에서 갓을 고쳐 쓰지 않는다(李下不整冠). / 형수와 시아주버니는 손수 주고받지 않고 / 어른과 아이는 어깨를 나란히 하지 않는다. / 공로에 겸손하여 그 바탕을 얻고 / 한데 어울리기는 심히 홀로 어렵다. / 주공은 천한 집 사람에게도 몸을 낮추고 / 입에 든 것을 토해 내며 제대로 밥을 먹지 못했다. / 한 번 머리 감을 때 세 번 머리를 감아쥐어 / 뒷세상이 성현이라 일컬었다.」

시의 앞부분 반은 남의 혐의를 받을 만한 일을 하지 말라는 것을 말했고, 뒤의 반은 공로를 자랑하지 말고 세상 사람들을 겸허하게 대하라는 것을 말하고 있어 시의 내용이 통일되어 있지 않다. 시의 내용을 순서에 따라 설명하면, 군자는 사건이 생기기 전에 미리 이를 막아야 한다. 남이 의심할 만한 그런 상태에 몸을 두어서는 안된다. 참외밭 가에서 신을 고쳐 신는 것은 참외를 따러 들어가려는 것으로 오인을 받기 쉽다. 또 오얏나무 밑에서 손을 올려 갓을 바로 쓰거나 하면 멀리서 보면 흡사 오얏을 따는 것으로 보이기 쉽다. 형수 제수와 시숙 사이에는 물건을 직접 주고받고 하는 일이 없어야 하고, 어른과 손아래 사람이 어깨를 나란히 하고 걸어가면 예의를 모른다는 평을 듣게 된다.

　　자기 수고한 것을 내세우지 말고, 항상 겸손한 태도를 취하는
것이 군자의 본바탕을 지키는 일이며, 가장 어려운 일은 자기의
지혜나 지식을 자랑하지 말고, 세속과 함께 하여 표 없이 지나는
일이다. 옛날 주공(周公)은 재상의 몸으로 아무 꾸밈이 없고 보잘
것없는 집에 사는 천한 사람에게도 몸을 낮추었고, 밥 먹을 때 손
님이 찾아오면 입에 든 밥을 얼른 뱉고 나가 맞았으며, 머리를 감
을 때는 손님이 찾아와서 세 번이나 미처 머리를 다 감지 못하고
머리를 손으로 감아 쥔 채 손님을 맞은 일이 있었다. 그러기에 후
세 사람들은 주공을 특히 성현으로 높이 우러러보게 된 것이다,
라는 뜻이 된다. 　　　　　　　　　　─《문선(文選)》 군자행(君子行)

■ **상궁지조**(傷弓之鳥) : 『화살에 맞아서 다친 새』라는 뜻으로, 예전
에 일어난 일에 놀라서 작고 하찮은 일에도 매우 두려워하여 경
계하는 것을 말한다. 전국시대 초(楚)·조(趙)·연(燕)·제(齊)·
한(韓)·위(魏) 등 여섯 나라는 합종책으로 초강국인 진(秦)나라
에 대항하려고 공수동맹을 맺었다. 조(趙)나라에서는 위가(魏加)
를 초나라에 보내 초나라 승상 춘신군(春申君)과 군사동맹에 대
하여 논의하게 하였다.
　　위가는 협상 중에 초나라의 임무군(臨武君)을 군대를 총지휘할
장군으로 정하였다는 춘신군의 말을 듣고 합당하지 않다고 여겼
다. 진나라와의 싸움에서 패한 적이 있는 임무군은 늘 진나라를
두려워한다는 이야기를 들었기 때문이다. 위가는 춘신군에게 이

렇게 말했다.

「위나라에 활을 잘 쏘는 사람이 왕과 함께 산책을 하고 있을 때 날아가는 기러기들을 보고 화살을 메기지 않고 시위만 당겼는데 맨 뒤에서 날던 기러기가 놀라서 땅에 떨어졌습니다. 왕이 그 까닭을 물었더니 명궁은 『이 기러기는 지난 날 제가 쏜 화살에 맞아 다친 적이 있는 기러기입니다(傷弓之鳥). 아직 상처가 아물지 않아 맨 뒤에서 겨우 날아가며 슬프게 우는 소리를 듣고 알아보았습니다. 활의 시위만 당겼는데 그 소리에 놀라 더 높이 날려고 하다가 땅에 떨어졌습니다.』라고 대답했습니다. 그래서 진나라와 싸워서 졌던 임무군을 장군으로 임명하는 일은 타당하지 않습니다.」

소리에 놀라 땅에 떨어진 기러기를 진나라에 패배한 임무군에 비유한 것이다. 화살에 맞아서 상처가 난 새는 구부러진 나무를 보기만 해도 놀란다는 뜻이다.　　　　—《전국책》 초책(楚策)

▣ **천도시비**(天道是非) : 하늘이 가진 공명정대함을, 한편으로 의심하면서 한편으로 확신하는 심정 사이의 갈등.

하늘의 뜻이 과연 옳은지, 그른지? 이는 곧 옳은 사람이 고난을 겪고, 그른 자가 벌을 받지 않는 것을 보면서 과연 하늘의 뜻이 옳은가, 그른가 하고 의심해 보는 말이다.

《노자》 제79장에, 「하늘의 도는 친함이 없어서 항상 선한 사람의 편을 든다(天道無親 常與善人).」는 말이 있다. 이 말은 아무리

악당과 악행이 판을 치는 세상이라 해도 진정한 승리는 하늘이 항상 선한 사람의 손을 들어 준다는 뜻이다. 물론 이것은 일정 정도 정당한 논리이지만, 현실 속에서는 그렇지 못한 것을 우리는 비일비재하게 보아 왔다.

《사기》를 쓴 사마천은 한나라 무제 때 인물이다. 그는 태사령으로 있던 당시 장수 이능(李陵)을 홀로 변호했다가 화를 입어 궁형(宮刑 : 거세당하는 형벌)에 처해졌다. 「이능의 화(禍)」라고 하는데, 전말은 이렇다.

이능은 용감한 장군으로, 5천 명의 병력을 이끌고 흉노족을 정벌하다가 중과부적(衆寡不敵)으로 부대는 전멸하고 자신은 포로가 되었다. 그러자 조정의 중신들은 황제를 위시해서 너나없이 이능을 배반자라며 비난했다. 그때 사마천은 이능의 억울함을 알고 분연히 일어나 그를 변호하였다. 이 일로 해서 사마천은 투옥되고 사내로서는 가장 치욕적인 형벌인 궁형을 당했던 것이다. 그러나 사마천은 여기에 좌절하지 않고 치욕을 씹어가며 스스로 올바른 역사서를 쓰리라고 결심하였다. 그리하여 마침내 완성한 130권에 달하는 방대한 역사서가 《사기》이다.

그는 《사기》 속에서, 옳은 일을 주장하다가 억울하게 형을 받게 된 자신의 울분을 호소해 놓았는데, 이것이 바로 백이숙제열전에 보이는 유명한 명제 곧 「천도는 과연 옳은가, 그른가(天道是耶非耶)」이다. 그는 이렇게 말한다.

「흔히 『하늘은 정실(情實)이 없으며 착한 사람의 편이다.』라고 말한다. 그러나 이는 인간이 부질없이 하늘에 기대를 거는 이야기에 지나지 않는다. 이 말대로 진정 하늘이 착한 사람의 편이라면 이 세상에서 선인은 항상 영화를 누려야 할 것이다. 그러나 실상은 그렇지가 않으니 어쩐 일인가?」

이렇게 말한 그는 다음과 같은 예를 들었다.

「백이 숙제가 어질며 곧은 행실을 했던 인물임은 세상이 다 아는 일이다. 그런데 그들은 수양산에 들어가 먹을 것이 없어 끝내는 굶어죽고 말았다. 공자의 70제자 중에서 공자가 가장 아꼈던 안연(顔淵)은 항상 가난에 쪼들려 쌀겨조차 배불리 먹지 못하다가 결국 젊은 나이에 죽고 말았다. 이런데도 하늘이 선인의 편이었다고 할 수 있는가. 한편 도척은 무고한 백성을 죽이고 온갖 잔인한 짓을 저질렀건만, 풍족하게 살면서 장수하고 편안하게 죽었다. 그가 무슨 덕을 쌓았기에 이런 복을 누린 것인가.」

이렇게 역사 속에서 억울하게 죽어간 사람들의 이야기를 하고 나서 사마천은 그 처절한 마지막 질문을 던진다.

「과연 천도(天道)는 시(是)인가, 비(非)인가?」

과연 인과응보(因果應報)란 있는 것인가? 사마천이 궁형을 당한 덕택에 결국 《사기》라는 대 저술을 남기게 됨으로써 역사에 이름을 남기게 되었으니, 그것이 하늘이 그에게 보답을 한 것이라고 말할 수 있을까?　　　　　　　　　 ― 《사기》 백이숙제(伯夷叔齊)열전

■ **호의미결**(狐疑未決) : 여우가 의심이 많아 결단을 내리지 못한다는

뜻으로, 어떤 일에 대하여 의심이 많아 결행(決行)하지 못함을 비유하는 말이다. 호의(狐疑)란 여우가 본래 귀가 밝고 의심이 많은 동물인 데서 비롯된 말이다.

진(晉)나라 때 곽연생(郭緣生)이 지은 《술정기(述征記)》에 있는 이야기다.

황하(黃河) 나루터 맹진(盟津)과 하진(河津)은 겨울에 강이 얼면 얼음의 두께가 몇 길이나 되어 수레가 안전하게 지나갈 수 있었다. 그러나 사람들은 얼음이 얼기 시작할 때는 섣불리 건너지 못하고 여우를 먼저 건너가게 하였다. 여우는 귀가 밝아서 얼음 밑에서 물소리가 나면 가다 말고 되돌아왔다. 여우가 무사히 강을 다 건너가면 사람들이 비로소 안심하고 수레를 출발하였다고 한다.

초(楚)나라의 굴원(屈原)은 『이소(離騷)』에서 「머뭇거리고 여우처럼 의심하는 내 마음이여, 스스로 가고파도 갈 수가 없네(心猶豫而狐疑兮 欲自適而不可)」라고 읊었다.

또 《후한서(後漢書)》 유표전(劉表傳)에는 이런 말이 있다.

원소(袁紹)가 조조(曹操)와 대치하고 있을 때 유표에게 도움을 청했다. 이때 유표는 여우처럼 의심하여 결단을 내리지 못하고 한숭(韓嵩)을 조조에게 보내 허와 실을 살피도록 하였다(表狐疑不斷 乃遣嵩詣操 觀望虛實).　　　　　— 《술정기(述征記)》

■ **물부충생**(物腐蟲生) : 「생물은 썩으면 벌레가 생긴다」라는 뜻으로, 사람을 의심하고 나서 헛소문을 믿는 것을 말한다. 내부에서 부

패하여 약점이 생기면 외부의 침입이 있다는 것을 비유하는 말이
다.

중국 북송(北宋) 의 시인 소식(蘇軾, 호는 동파)이 지은 《범증론》
에 있는 이야기다.

소동파는 초나라 항우(項羽)로부터 버림받은 범증을 이렇게 묘사
하였다.

「생물은 반드시 먼저 썩은 뒤에 벌레가 생기고(物必先腐也而後
蟲生之), 사람도 반드시 먼저 의심을 하게 된 뒤에 남의 모함을 듣
는다(人必先疑也而後 讒入之).」

진(秦)나라 말, 범증은 항우의 숙부 항량(項梁)의 모사(謀士)로
진나라의 포악한 정치에 항거한 항량이 죽은 뒤 진나라에 대항한
항우를 도왔다.

용감한 항우는 슬기로운 계략에는 뛰어나지 못하여 늘 범증이 세
우는 계책을 따랐다.

범증은 한나라 유방(劉邦)의 세력이 점점 강해지는 것을 보고 경
계하여 항우에게 유방을 제거해야 한다고 주장하였다.

범증은 홍문(鴻門)에서 열린 연회에 유방을 초대하여 죽이려고
계략을 꾸몄으나 뜻을 이루지 못하였다.

유방은 범증이 항우를 도와주는 동안은 항우와 마주 겨루기 어렵
다는 것을 알고 범증을 비방하는 소문을 퍼뜨려 범증과 항우를 이
간하였다.

유방의 계략에 말려들어간 항우는 범증의 헛소문을 믿고 범증을

의심하면서 멀리하자, 범증은 항우의 곁을 떠나가 죽고 항우도 유
방에게 패했다.   — 소식 / 「범증론(范增論)

【우리나라 고사】

■ 일전에 동봉(東峯) 김시습(金時習)이 내게 말하기를, 「예전에 선
승(禪僧)이 밤에 변소에 가려고 마루를 내려서다가 생물(生物)을
밟아 죽였는데 짹짹하는 소리가 났다. 중은 이내 생각하기를, 낮에
금두꺼비가 댓돌 밑에 엎드려 있었으니 아마도 밟아 죽인 것이 반
드시 두꺼비일 것이다. 반드시 지옥에 들어가서 두꺼비 죽인 과보
를 받을 것이다, 하고 벌벌 떨며 자지 못하다가 새벽녘에 어렴풋이
잠이 들었는데, 꿈에 두꺼비가 염라국에 소송장을 내어 우두(牛頭)
모양의 사자가 와서 중을 시왕(十王)의 앞에 매놓고 장차 단근질
(炮烙)하는 형을 가하려 하여 아비무간(阿鼻無間)의 옥에 가두었
다. 중은 놀라 깨어 더욱 믿고 그대로 앉아 아침을 기다려서 일어
나 댓돌 밑을 가 보니, 두꺼비는 없고 다만 오이씨(瓜子)가 댓돌 밑
의 밟은 곳에 부서져 있었다. 또한 유생(儒生)이 어둔 밤에 산속을
가다가 우는 소리가 들려오므로 소리를 밟아 찾아 들어가니, 우는
소리가 점점 가까우면서 점점 크게 들렸다. 그래서 한 동구(洞口)
에 당도하여 가만히 들어 보니, 소리가 시냇물들 사이에서 난다. 또
앞으로 나아가 자세히 보니, 갈잎이 시냇물을 막아서 소리가 나는
것이었다. 드디어 갈잎을 걷어치우고 들으니, 그 소리가 즉시 끊어
졌다. 갈잎을 다시 막아 놓고 들으니 소리가 다시 났다. 또 정신을

가라앉히고 가만히 들어 보니 물소리뿐이요, 우는 소리는 없었다. 물러가서 처음에 듣던 곳에 당도하니, 우는 소리가 여전하였다.」 하였다. 그렇다면 이 두 가지가 참으로 지옥(地獄)과 귀신울음이 있는 것이 아니고, 의심하고 두려워하는 마음이 절실하여 물건이 있게 된 것이다.   ― 남효온 /《추강집(秋江集)》

【에피소드】

■ 소설《걸리버 여행기》로 유명한 성직자이며 풍자 작가 조나단 스위프트는 한 연회석상에서 어떤 중년부인 옆자리에 앉게 되었다. 그 부인은 쉴 새 없이 질문을 던져 그를 괴롭혔다. 「선생님, 그런데 말씀이에요……」 부인은 계속해서 질문을 던졌다. 「제가 만약 매일 아침 거울을 보며 자신의 아름다움에 황홀해진다면 그것은 죄악일까요?」 「아니요!」 스위프트는 귀찮은 듯이 대답했다. 「부인, 그것은 죄악이 아니라 단순한 오해일 것입니다.」

【명연설】

■ ……국민은 항상 옳다고는 말할 수 없다. 잘못 판단하기도 하고 흑색선전에 현혹되기도 한다. 엉뚱한 오해를 하기도 하고 집단심리에 이끌려 이상적이지 않은 행동을 하기도 한다. 그럼에도 불구하고 우리에게는 국민 이외의 믿을 대상이 없다. 하늘을 따르는 자는 흥하고 하늘을 거역하는 자는 망한다고 했는데, 하늘이 바로 국민인 것이다.   ― 김대중(제15대 대통령)

【成句】

■ 지장(指掌) : 사물이 명쾌한 것, 간단히 이해할 수 있음의 비유. 손바닥을 들여다보듯이 누구나 알 수 있는 비근하고 손쉬운 일의 비유. /《논어》

■ 타인유심여촌탁지(他人有心予忖度之) : 다른 사람의 마음을 나는 짐작해서 안다는 뜻으로, 타인의 심정을 잘 짐작함을 이르는 말. /《시경》 소아.

■ 유리시시(惟利是視) : 의리의 유무(有無)는 묻지 않고 다만 이해 관계에만 관심을 갖는 것. /《좌씨전》

■ 동주상구(同舟相救) : 같은 배를 탄 사람은 서로 돕는다는 뜻으로, 한 배를 탔다가 난선(難船)하면 서로 아는 사이거나 모르는 사이거나 간에 자연히 서로 돕게 된다는 비유. /《손자》 구지편(九地篇).

■ 이하부정관(李下不整冠) : 오얏나무 아래에서 갓을 고쳐 쓰지 말라는 뜻으로, 남에게 의심받을 행동은 하지 말라는 것을 비유한 말.

■ 차신차의(且信且疑) : 믿음직하기도 하고 의심스럽기도 함.

■ 참정절철(斬釘截鐵) : 못과 쇠를 자르듯 일을 단행함. 의심하지 않고 딱 결단하여 처리하는 것을 가리키는 말. /《주자전서》

■ 운야산야(雲耶山耶) : 먼 곳을 바라보며 산인지 구름인지 분별 못하여 의심하는 것. / 소식.

■ 수사지적(需事之賊) : 일에 대해서 의심을 품고 머뭇거리는 것은

그 사업을 성취할 수 없게 한다는 뜻. 수(需)는 의(疑)의 뜻. /
《좌씨전》

■ 호매지이호골지(狐埋之而狐搰之) : 여우는 의심이 많아서 일단
묻었다가 다시 파 본다는 뜻으로, 지나치게 의심하기 때문에 성공
하지 못함을 비유함. /《국어》오어(吳語).

지조 constancy 志操

(정조)

【어록】

■ 큰 덕이 한계를 넘지 않는다면, 작은 덕은 들고나도 관계치 않는다{大德不踰閑 小德出入可也 : 작은 절조(節操)에 대해서는 다소의 출입이 있어도 그대로 보아 넘길 수 있으나, 큰 절조에 대해서는 그 범위를 벗어나는 것을 허락해서는 안된다}.

— 《논어》 자장

■ 시대가 위급하면 신하의 절조가 드러나고, 어지러운 세상에서는 충신 능력 알아보네(時危見臣節 世亂識忠良). — 포조(鮑照)

■ 인자(仁者)는 집안의 성쇠(盛衰)로 인해 절조를 고치지 않는다. 의자(義者)는 나라의 존망(存亡)으로 인해 마음을 바꾸지는 않는다. 성쇠존망에도 불구하고 자기가 해야 할 도리를 관철하는 것이 인의(仁義) 있는 사람이다(仁者不以 盛衰改節 義者不以 存亡易心). — 《소학》

■ 미모와 정절은 항상 싸움을 하고 있다. — 오비디우스

■ 자물쇠로 잠가 두라, 감금하라. 문지기를 두어 보라. 그러나 문지기는 누가 감시하지? 여자란 지혜롭다. 그녀들은 문지기부터 손을 댄다.   — 유베날리스

■ 「간음하지 말라」고 하신 말씀을 너희는 들었다. 그러나 나는 너희에게 이렇게 말한다. 누구든지 여자를 보고 음란한 생각을 품는 사람은 벌써 마음으로 그 여자를 범했다.   — 마태복음

■ 부정한 여자는 한가지로 부정한 남자든지, 사종도(邪宗徒)의 남자만을 남편으로 삼을지어다.   —《코란》

■ 온갖 여성이 항상 주장하듯이, 만인을 믿게 할 만큼 순결하다면 이 세상에 부정한 남성은 하나도 없을 것이다.   — 비베카난다

■ 유혹을 당해 보지 않은 여자는 자기의 정조를 뽐낼 수 없다.
      — 몽테뉴

■ 절조는 높은 인격의 심장이다.   — 플로트드

■ 우리들은 연애에 싫증을 느끼며, 상대가 부실한 행동을 하는 것을 기뻐한다. 저쪽에서도 절조로부터 해방되고 싶기 때문이다.
      — 라로슈푸코

■ 허영과 수치, 그리고 특히 체질이, 남자에게는 무용(武勇)을, 여자에게는 정조를 만든다.   — 라로슈푸코

■ 사랑하는 사람에게서 정조를 지키려고 몸부림치는 것은 배반이나 마찬가지다.   — 라로슈푸코

■ 모든 여성이 똑같은 얼굴, 같은 성질, 같은 마음씨를 가졌더라면 남성은 결코 부정을 범하지 않을 뿐 아니라, 사랑을 하는 일도 없

을 것이다. — 조반니 카사노바

■ 정절은 사랑의 망령이다. — 보브나르그

■ 결혼한 여자의 정조를 한층 공고히 하는 것은 한 가지 방법밖에 없다. 젊은 딸들에게 자유를 주고, 결혼한 부부에게는 이혼을 허락하는 것이다. — 스탕달

■ 3군의 총수를 빼앗아서 그것을 무너뜨릴 수는 있으나 필부의 지조는 빼앗을 수가 없다. — 헨리 소로

■ 나의 사랑하는 여자의 장래는, 나를 사랑하는 여자의 악마 같은 정조에 의해서만 상쇄된다. — 조지 버나드 쇼

■ 부녀자의 덕행이란 정조와 절개를 깨끗이 하여 분수를 지키고 몸가짐을 고루 갖추고 행동거지를 조심하는 데 있다.

— 《익지서(益智書)》

■ 사랑의 실제적 이익은 첫째로 정조(貞操)니, 남녀가 각각 한 개의 이성(異性)을 진심으로 사랑하는 동안 결코 다른 이성에 눈을 거는 법이 없나니 남녀간 정조 없음은 다 한 사람에 대한 사랑이 없는 까닭이다. — 이광수

■ 이런 경우—즉 「남편만 없었던들」, 「남편이 용서만 한다면」 하면서 지켜진 아내의 정조란 이미 간음이다. 정조는 금제(禁制)가 아니요 양심이다. 이 경우의 양심이란 도덕성에서 우러나오는 것을 가리키지 않고 『절대적 애정』 그것이다. — 이상

■ 지조 없는 생활은 줏대 없는 생활이요, 좀 더 극언한다면 정신적 매춘부의 상태에 지나지 않는다. — 이희승

■ 지조는 두말할 것 없이 양심의 명령에 철(徹)하고자 하는 인간의 숭고한 인격적 자세를 이름이다.   — 김동명

■ 지조와 정조는 다 같이 절개에 속한다. 지조는 정신적인 것이고 정조는 육체적인 것이라고들 하지만, 알고 보면 지조의 변절도 육체생활의 이욕(利慾)에 매수된 것이요, 정조의 부정도 정신의 쾌락에 대한 방종에서 비롯된다.   — 조지훈

■ 지조란 것은 순일(純一)한 정신을 지키기 위한 불타는 신념이요, 눈물겨운 정성이며 냉철한 확집(確執)이요, 고귀한 투쟁이기까지 하다.   — 조지훈

■ 종신불퇴(終身不退 : 옳다고 믿고 가야 할 길이라면 끝까지 물러서지 않고 최선을 다한다).   — 성철스님

【속담 · 격언】

■ 하룻밤을 자도 헌 각시다. (여자는 정조를 지켜야 한다)
       — 한국

■ 사정(私情)이 많으면 한 동리에 시아비가 아홉이라. (지나치게 남의 사정만 봐주다가는 도리어 자기 신세를 망치게 된다. 정조관념이 희박한 여자를 비웃는 말)   — 한국

■ 간에 붙고 쓸개에 붙고. (자기에게 조금이라도 이로울 듯하면 체면도 지조도 돌아보지 않는다)   — 한국

■ 돈으로 못 살 것은 지조. (지조 있는 사람은 재물에 팔리지 않는다)   — 한국

▣ 정조는 고드름과 같다. 한번 녹으면 그만.　　　　　　　— 영국

▣ 유리와 처녀는 깨지기 쉬운 것.　　　　　　　　　　　— 영국

▣ 나태는 정조도 타락시킨다.　　　　　　　　　　　— 중세 라틴

【시 · 문장】

이 몸이 죽고 죽어 일백 번 고쳐 죽어

백골(白骨)이 진토(塵土) 되어 넋이라도 있고 없고

임 향한 일편단심(一片丹心)이야 가실 줄이 있으랴.

　　　　　　　　　　　　　　　　　　　　— 정몽주

이 몸이 죽어 가서 무엇이 될꼬 하니

봉래산(蓬萊山) 제일봉에 낙락장송(落落長松) 되어 있어

백설(白雪)이 만건곤(滿乾坤)할 제 독야청청(獨也靑靑)하리라.

　　　　　　　　　　　　　　　　　　　　— 성삼문

대의는 당당히 해와 달처럼 밝아

말을 잡던 당년에 감히 잘못을 말했다.

풀과 나무도 또한 주나라 비와 이슬을 먹고 자란다.

당신들이 여전히 수양산 고사리를

먹은 것을 나는 부끄러워한다.

　　　　　　　　　　　— 성삼문 / 백이숙제의 묘 앞에서

그러나 사랑하려고는 생각지 않았다
여자를 강가로 데려갔을 때
어엿한 남편을 두고도
숫처녀라고 말했기 때문에.

　　　　　　　　— F. G. 로르카 / 不貞한 남의 아내

조선서는 정조라 하면 불경이부(不更二夫)를 의미합니다. 여자가 한 번 남자에게 몸을 허하면 일생에 다시 다른 남자를 접하지 못한다 함이외다. 그래서 한번 시집 간 뒤에는 과부가 되거나 버림이 되거나, 일생에 수절(守節)을 하여야 합니다. 심한 자는 약혼만 하였다가 그 남자가 죽어도 재혼을 불허합니다. 그 중에 혹 재혼하는 여자가 있으면 부정(不貞)이라고 수모하지요. 이리하여 개인으로는 부재래(不再來)할 꽃다운 청춘을 비루(悲淚) 속에 보내게 하고 종족으로는 건전한 자녀를 손실케 합니다.

　　　　　　　　— 이광수 / 혼인에 대한 관견(管見)

【중국의 고사】

■ **채미가**(采薇歌) : 고사리를 캐는 노래란 뜻으로 절의지사(節義之士)의 노래를 이르는 말이다. 백이(伯夷)와 숙제(叔齊) 두 형제가, 불의로 천하를 얻은 무왕의 주(周)나라 곡식을 먹을 수 없다 하여 수양산에 숨어 고사리를 캐먹다가 굶어 죽었다는 이야기는 너무도 유명하다. 《사기》 백이열전에서 사마천은 이렇게 쓰고 있다.

공자는 말하기를, 「백이와 숙제는 지나간 잘못을 염두에 두지 않았다(不念舊惡). 그래서 사람들이 그들을 원망하는 일이 적었다.」라고 하고, 또 말하기를, 「어진 것을 바라고 어진 일을 했으니(求仁得仁), 무슨 원망이 있었겠는가.」라고 했다. 그러나 나는 백이 숙제가 겪은 일들을 슬퍼하고 있으며, 기록에 없이 전해 오고 있는 그의 시를 읽어 보고 공자가 한 말에 의심을 품지 않을 수 없다. 그들의 전기에 보면 이렇게 말했다. 백이와 숙제는 고죽(孤竹) 임금의 두 아들이었다. 아버지는 숙제에게 나라를 물려주려 했다. 아버지가 죽자, 숙제는 형인 백이에게 뒤를 이으라고 했다. 백이는 아버지의 명령이라면서 피해 숨어버렸다. 숙제도 임금 자리에 앉기가 달갑지 않아 피해 숨었다. 그래서 신하들은 가운데 아들로 임금을 세웠다. 그러자 백이와 숙제는 서백(西伯 : 뒷날의 文王)이 늙은이를 잘 대우한다는 말을 듣고 주나라로 갔다.

그런데 서백이 죽자, 그의 아들 무왕이 주(紂)를 쳤다. 백이와 숙제는 무왕의 말고삐를 잡고 옳지 못하다는 것을 말했다. 좌우의 시신들이 그들을 죽이려고 했으나 총대장인 태공(太公)이, 「이들은 의로운 사람이다.」 하고 붙들어 돌려보냈다. 무왕이 주를 무찌르자, 온 천하가 주나라를 종주국으로 떠받들었다. 백이와 숙제는 반역과 살육으로 천하를 차지한 무왕의 지배 아래 사는 것이 부끄러운 생각이 들었다. 그래서 도의상 주나라의 곡식을 먹을 수 없다 하고, 수양산에 숨어 고사리를 캐먹었다.

그들이 굶주려 죽을 무렵 노래를 지었는데, 그 가사에 말하기

를,「저 서산에 올라 / 고사리를 캐도다. / 모진 것으로 모진 것
을 바꾸고도 / 그것이 잘못인 줄 모르도다. / 신농의 소박함과
우·하의 사람이 / 하루아침에 없어지고 말았으니 / 나는 어디로
돌아갈 거나? / 아아, 슬프다. 이젠 가리라. / 운명의 기박함이
여.」라고 했다. 그리고 마침내 수양산에서 굶어 죽었다. 이 시로
미루어 볼 때 과연 원망이 없었다고 볼 수 있겠는가. 혹은 또 말
하기를,「하늘은 항상 착한 사람의 편을 든다.」고 한다. 그렇다
면 백이 숙제는 과연 착한 사람일 수 있겠는가.

이상이 사마천의 백이 숙제에 대한 비평이다. 여기에는 사마천
자신의 세상에 대한 울분이 깃들어 있다. 우리나라에선 또 이런
시화(詩話)가 전해지고 있다. 성삼문(成三問)이 중국에 갔던 길에
백이 숙제의 무덤 앞에 찬양의 비문이 새겨진 비석에다 다음과
같은 시를 지어 불렀다.

「대의는 당당히 해와 달처럼 밝아 / 말을 잡던 당년에 감히 잘
못을 말했다. / 풀과 나무도 또한 주나라 비와 이슬을 먹고 자란
다. / 당신들이 여전히 수양산 고사리를 / 먹은 것을 나는 부끄러
워한다.」그랬더니 비석에서 땀이 비 오듯 흘렀다는 것이다. 따지
고 보면 곡식이나 고사리나 별 차이가 없는 물건이다. 형식에 불
과한 공연한 좁은 생각이요, 위선이기도 하다. 그래서 백이 숙제
의 영혼이 바로 죽지 못하고 고사리로 연명을 한 자신들의 소행
이 너무도 안타까워 땀을 흘렸다는 이야기가 되었다. 사육신(死
六臣)의 주동인물인 성삼문이니만큼 가히 있음직한 이야기다. 그

러나 청대(淸代)의 유명한 고증학자 고염무(顧炎武)의 고증에 의
하면, 무왕이 주를 치러 갔을 때는 백이 숙제는 이미 죽고 세상에
없었다 한다. 결국 후세 사람들이 만들어 붙인 이야기에 불과하다
고 주장했다.   ─《사기》백이열전(伯夷列傳)

■ **고정무파**(古井無波) : 말 그대로 오래 된 우물 속에는 물이 말라
물결이 일지 않는다는 표현으로, 수절(守節)하는 여인을 비유한
다. 당나라 때의 시인 맹교(孟郊)의 시 〈열녀조(烈女操)〉에 있는
말이다.

오동나무는 함께 늙기를 기다리고
원앙새는 모여 쌍쌍이 죽는다.
정결한 부인은 남편 따라 죽기를 소중히 여기니
목숨 버리기를 이와 같이 한다.
물결 일으키지 않을 것을 맹서하노니
제 마음 우물 안 고용한 물과 같아요.

梧桐相待老 鴛鴦會雙死　오동상대노 원앙회쌍사
貞婦貴殉夫 舍生亦如此　정부귀순부 사생역여차
波瀾誓不起 妾心井中水　파란서부기 첩심정중수

「물결 일으키지 않기를 맹서하노니, 여인의 마음 우물 안 고요한
물과 같구나(波瀾誓不起, 妾心井中水)」라는 시구에서 비롯되어,
「마음이 옛 우물과 같이 고요하다」라는 뜻인 『심여고정(心如古

井)』과 같은 의미로 사용된다.

그런데 이 말은 여인들이 정조를 지키는 데만 쓰인 것이 아니라 의지가 꺾이거나 흔들리지 않아 쉽사리 감정적 충동을 느끼지 않는 경우를 비유하는 데 쓰이기도 한다. 따라서 의기소침했던 사람이 다시 활기를 되찾았을 때 그것을 가리켜 『고정중파(古井重波 : 마른 우물에 물결이 다시 인다)』라고 한다.

— 맹교(孟郊) / 열녀조(烈女操)

■ **계찰계검**(季札繫劍) : 마음속으로 작정한 약속을 끝까지 지킴.

《사기》 오태백세가에 있는 이야기다.

계찰(季札)은 오(吳)나라 왕 수몽(壽夢)의 네 아들 가운데 막내아들로서, 형제들 가운데 가장 영리하고 재능이 있어서 왕은 계찰에게 왕위를 물려주려 하였고, 백성들 역시 같은 마음이었다. 그러나 계찰은 왕위는 장자가 이어야 한다며 대궐을 나가 산촌에 은둔하며 밭을 갈며 살았다.

계찰의 세 형들 역시 막냇동생의 곧은 성품과 굳은 절개를 칭찬하며 차례로 왕위를 계승하여 왕위가 그에게까지 이르도록 하려고 하였다. 그러나 계찰은 자신이 왕위에 오를 순서가 되었지만, 이때도 받지 않자 왕은 계찰을 연릉(延陵)의 후(侯)로 봉했다. 그 후로부터 계찰을 연릉의 계자(季子)라 불렀다.

연릉후 계찰이 처음 사신으로 오(吳)나라로 가는 도중에 서(徐)나라에 들러 서왕(徐王)을 알현하게 되었다. 서왕은 평소 계찰의 보검이

탐이 났으나 감히 말하지 않았다. 계찰 역시 속으로는 서왕이 자신의 보검을 원한다는 것을 알고 있었으나, 사신으로 여러 나라를 돌아다녀야 하였기 때문에 검을 바치지 않았다.

계찰이 여러 나라를 순방하고 돌아오는 길에 서(徐)나라를 다시 들르자 서왕은 이미 죽고 없었다. 이에 계찰은 보검을 끌러 서왕이 묻힌 무덤 옆 나무에 걸어놓고 떠났다(於是乃解其寶劍 繫之徐君塚樹而去).

그의 종자(從子)가 물었다.

「서왕은 이미 죽었는데 누구에게 주는 것입니까?」

그러자 계찰은 이렇게 대답했다.

「나는 처음부터 이미 마음속으로 이 칼을 그에게 주려고 결심하였는데, 그가 죽었다고 해서 어찌 나의 뜻을 바꿀 수 있겠는가?」

사마천(司馬遷)은 계찰의 인물됨을 평가하여, 「연릉계자(延陵季子)의 어질고 덕성스런 마음과 도의(道義)의 끝없는 경치를 앙모한다. 조그마한 흔적을 보면 곧 사물의 깨끗함과 혼탁함을 알 수 있는 것이다. 어찌 그를 견문이 넓고 학식이 풍부한 군자가 아니라고 하겠는가!」라고 했다.

훗날 계찰은 자신에게 맡겨진 왕위(王位)마저 사양하였다.

— 《사기》 오태백세가(吳太伯世家)

■ 구인득인(求仁得仁) : 「인을 구하여 인을 얻었다」는 뜻으로, 자신이 원하는 것을 얻었음을 이르는 말이다.

백이(伯夷)와 숙제(叔齊)는 고죽군(孤竹君)의 아들이었다. 고죽군은 세상을 떠나면서 큰아들 백이보다는 숙제가 더 통치능력이 있다고 여겨 왕위를 숙제에게 물려준다는 유언을 남기고 죽었다. 그러나 숙제는 형이 장남으로서 왕위를 물려받는 것이 당연하다고 하면서 이를 거절했고, 백이 역시 아버지의 유언을 어길 수 없다며 동생이 왕위를 계승할 것을 주장하였다.

끝내 해결이 안 되자 백이는 아무도 모르게 고죽군을 떠나 은둔하고 말았다. 동생인 숙제 역시 형이 자취를 감춘 것을 알고는 몸을 숨겨 나라를 떠나버렸다. 그러자 고죽군의 대신들은 할 수 없이 셋째를 왕으로 추대해서 임금으로 섬겼다.

이렇게 조국을 떠나 각자 생활하던 두 사람은 서백후 희창(姬昌 : 주나라 문왕)이 노인을 공경하는 덕망 있는 사람이라는 소문을 듣고 마치 약속이나 한 듯이 그를 찾아갔다. 그러나 그들이 도착했을 때는 문왕은 이미 세상을 떠나고 그의 아들인 무왕(武王)이 문왕의 뒤를 이어 왕위에 올라 있었다. 그는 선왕의 유언에 따라 상(商)나라의 주(紂)를 토벌하여 학정에 시달리는 백성들을 구하러 갈 참이었다.

이 소문을 들은 백이와 숙제는 부친이 돌아가신 뒤 아직 장례도 치르지 않은 채 무기를 들고 전쟁을 하러 나가는 것은 자식 된 도리가 아니라고 여겼다. 더구나 아직 주왕은 천자로서 그 권위가 있었는데, 천자를 공격한다는 것은 신하로서 마땅한 도리가 아니라고 판단하고 막 진군하려는 무왕의 말고삐를 잡고 만류하였다. 그러나 무왕은 오랜 동안 계획한 대업을 이제 와서 중단할 수 없다며 오히려 가로막는 그들을 죽이려고 하였다. 그러자 옆에 있던 강태공(姜太公)이 그들이 의로운 사람이라는 것을 알고 무왕을 막아서 간신히 목숨만은 건져 석방될 수 있었다.

무왕은 그 길로 출정해서 상나라를 멸망시켜 버렸다. 장기간 주왕의 폭정에 시달리던 백성들은 가뭄에 단비를 만난 듯 기뻐하며 주나라 무왕에게 귀의하였다.

그러나 백이와 숙제는 무왕의 행동이 옳지 못하다고 여겨 그를 섬기기를 거부하였고, 또 주나라 땅에서 나는 음식은 먹지 않겠다면서 수양산(首陽山)으로 들어가 고사리를 캐먹고 살았다. 그러자 어떤 사람들이 그들을 비웃으면서 말했다.

「주나라의 음식을 먹지 않겠다고 하면서 그들이 먹는 고사리는 주나라 영토에서 나는 것이 아니란 말인가?」

결국 이 두 사람은 수양산에서 굶어 죽었는데, 나중에 공자는 《논어》 술이편에서 이 두 사람을 이렇게 평가하였다.

「백이와 숙제는 다른 사람의 나쁜 점을 염두에 두지 않고 자기가 인을 구하고자 해서 인을 얻었으니 무슨 여한이 있겠는가?(求仁而得仁 又何怨).」

이 말에서 유래하여 공자가 말한 『구인득인』은 지조와 절개로 의리를 지키다 죽은 사람을 칭송하는 말로 쓰이게 되었다.

— 《논어》 술이편

【신화】

■ 자기 자신이 불륜의 사랑을 맺은 애욕의 여신 아프로디테는 많은

인간 여성을 사랑에 미치게 하는 광련(狂戀)의 비극을 빚어냈다. 그리스 신화에 나오는 몇 가지를 들면, 스미르나는 자기 친아버지에게 광련을 느껴 잠자리를 같이했고, 파이드라는 자기 남편의 아들을 비련(悲戀)했고, 유부녀 헬레네는 처음 보는 외국 남자 파리스에 반해 가정을 박차고 따라 나섰고, 크레타 섬의 왕비 파시파에는 황소에 반해서 사련을 즐겼으니, 이 모든 사랑은 여신 아프로디테의 수작이었다.

■ 유혈의 신 아레스와 애욕의 여신 아프로디테와의 불륜관계는 너무도 유명하다. 가장 아름다운 여신 아프로디테는 남신 중에서 제일 못나고 절름발이인 헤파이스토스(대장장이 神)와 결혼하였다. 아프로디테는 남편의 눈을 속여 아레스 신과 불륜의 사랑을 즐겼는데, 남편은 모르고 살았다.

【成句】

■ 질풍경초(疾風勁草) : 격심한 바람이 불고 나서야 비로소 강한 풀의 존재를 안다. 약한 초목은 모두 쓰러져 버리고 말기 때문이다. 따라서 뜻하지 않게 위급존망(危急存亡)의 비상사태를 만나면 그 인물의 절조(節操)의 굳기를 알 수 있다는 의미. 경(勁)은 강하다는 뜻. 경초(勁草)는 지조견고(志操堅固)한 인물의 비유로 쓰인다. /《후한서》

■ 만절필동(萬折必東) : 황하(黃河)는 아무리 곡절이 많아도 필경

에는 동쪽으로 돌아 들어간다는 뜻으로, 충신의 절개는 꺾을 수가 없음을 비유하는 말.

■ 관사시이불개가역엽(貫四時而不改柯易葉) : 연중 사시(四時)를 통하여 변함없이 가지와 잎이 모두 싱싱하다는 뜻으로, 변함없는 사람의 절조를 이름. /《예기》

■ 개우석(介于石) : 돌보다도 굳은 사람의 지조. /《역경》

■ 고상(高尙) : 지조가 높고 깨끗하여 속된 것에 굽히지 않음.

■ 세한송백(歲寒松柏) : 소나무와 측백나무는 엄동에도 변색되지 않는다는 말로, 군자는 역경에 처하여도 절의(節義)를 변치 않음을 비유하는 말. /《논어》 자한.

■ 악목지음불가잠식(惡木之陰不可暫息) : 나쁜 나무 그늘 밑에서 쉬게 되면 몸이 더러워지므로 쉬지 않는다는 뜻으로, 청렴결백한 지조를 이름. /《주서(周書)》

■ 아심비석불가전(我心匪石不可轉) : 돌은 굴려도 나의 마음은 움직일 수 없다는 뜻으로, 지조가 굳음의 비유. /《시경》

■ 경송창어세한(勁松彰於歲寒) : 굳센 소나무는 추운 날씨에서 빛난다. 찬바람이 불고 흰 눈이 날리는 추운 겨울철에 이르러 비로소 소나무의 절조(節操)가 나타남을 이름.

■ 경개(耿介) : 절조를 굳게 지켜 세속(世俗)과 구차하게 화합하지 아니함. / 송옥.

■ 설중송백(雪中松柏) : 절개와 지조가 굳음의 비유. 소나무와 잣나무는 모두 상록수로, 아무리 혹독한 추위 속에서도 결코 색이 변하

지 않는다. 역경에 처해서도 절개와 지조를 바꾸지 않음의 비유.

■ 소실산인색가고(少室山人索價高) : 지조가 굳어 호락호락하게 응하지 아니함을 이름. 당나라 이발(李渤)이 소실산에 은거하였으므로 그를 가리킨 말. / 한유.

■ 절의지사불가이형위협(節義之士不可以刑威脅) : 절개를 지키는 선비는 위력으로 굽히지 못함.

■ 정조(貞操)에 관한 죄(罪) : 개인의 인격적 자유 가운데 성적 자유를 침해하는 범죄를 말한다. 그러나 정조에 관한 죄가 성생활에 있어서의 자기결정을 포괄적으로 보호하는 구성요건은 아니다. 즉 그것은 성행위를 할 자유를 보호하는 것이 아니라 성행위로부터의 소극적 자유를 보장하는 데 지나지 않는다. 정조에 관한 죄의 기본적 구성요건은 강제추행죄이다. 성적 자기결정의 자유를 침해하는 고유한 형태의 범죄가 강제추행죄라고 할 수 있기 때문이다. 강간죄는 부녀를 간음함으로써 부녀의 성적 자유를 현저히 침해하였기 때문에 그 불법이 가중되는 가중적 구성요건이라고 보아야 한다.

망각 oblivion 忘却

【어록】

■ 편안하면서 위태로움을 잊지 않고, 존속해 있으면서 망함을 잊지 않고, 다스림에서 어지러움을 잊지 않는다(安而不忘危 存而不忘亡 治而不忘亂). 　　　　　　　　　　　— 《주역(周易)》

■ 끼니도 잊으며 학습에 정진하고, 걱정을 잊어가며 즐거워하니 늙어가는 것도 잊는다(發憤忘食 樂以忘憂 不知老之將至). 　　　　　　　　　　　　　　　　　　　　— 《논어》 술이

■ 앉은 채 모든 것을 잊는다{坐忘矣 : 도연자실(陶然自失), 심신 모두 탈락하여 무아의 상태가 된다. 이것이 인간의 최고 경지다}. 　　　　　　　　　　　　　　　　　　　　　　— 《장자》

■ 부모를 잊기는 쉽지만, 부모로 하여금 나를 잊게 하기는 어렵다(忘親易 使親忘我難). 　　　　　　　　　— 《장자》

■ 천하 사람들로 하여금 나를 모두 잊게 하기는 어렵다(使天下兼忘我難). 　　　　　　　　　　　　　　　— 《장자》

■ 고기를 잡고 나면 고기를 잡던 통발은 잊는다(得魚而忘筌).

　　　　　　　　　　　　　　　　　　　　　　　　—《장자》

■ 물고기는 서로 강이나 호수에 물이 있다는 것을 잊고 산다(魚相
忘乎江湖).　　　　　　　　　　　　　　　　　　—《장자》

■ 마음으로 잊지 말며, 조장하지도 말라{心勿忘 勿助長也 : 유의(留
意)하는 것을 잊어서는 안 된다. 그러나 때를 기다리지 않고 무리
하게 조장(助長)해서도 안 된다. 일을 하는 데 있어서 그 일에 집
중해야 하지만, 자연의 발달과정을 기다리지 않고 무리하게 성과
를 올리려 해서도 안된다}.　　　　　　　　　　　—《맹자》

■ 뜻이 있는 선비는 (그의 시체가) 도랑에 버려질 것을 잊지 않고,
용맹한 전사는 자기 목을 잃을 것을 잊지 않는다{志士不忘在溝壑
勇士不忘喪其元 : 지사(志士)나 선비는 항상 죽음을 각오하고 있
어야 된다}.　　　　　　　　　　　　　　　　　—《맹자》

■ 고기가 썩으면 구더기가 생기고, 생선이 마르면 좀이 생긴다. 태
만함으로써 자신을 망각한다면 재앙이 곧 닥칠 것이다.

　　　　　　　　　　　　　　　　　　　　　　　　—《순자》

■ 나랏일에 가정을 잊고 공적인 일에 사적인 일을 잊어야 한다(國
耳忘家 公耳忘私).　　　　　　　　　　　　　　　—《한서》

■ 가난하고 천했을 때의 친구는 잊어서는 안되고, 지게미와 쌀겨를
먹으며 고생한 아내는 집에서 내보내지 않는다(貧賤之交不可忘
糟糠之妻不下堂).　　　　　　　　　　　　　　　—《후한서》

■ 일에는 몰라야 할 것이 있고, 몰라서는 안될 것이 있으며, 잊어버

릴 것이 있고, 잊어서는 안될 것이 있다(事有不可知者 有不可不知
者 有不可忘者 有不可不忘者).　　　　　　　　 —《전국책》

■ 남이 나에게 덕을 베푼 것은 잊을 수 없으며, 내가 남에게 베푼
　것은 잊어야 한다(人之有德於我也 不可忘也 吾有德於人也 不可不
　忘也).　　　　　　　　　　　　　　　　　　 —《전국책》

■ 지난 일을 잊지 않으면 뒷일의 거울이 된다(前事之不忘 後事之
　師).　　　　　　　　　　　　　　　　 —《전국책(戰國策)》

■ 존재해 있으면서 멸망당할 수 있음을 잊지 말고, 안전하면서 위
　험할 걸 반드시 생각해야 한다(存不忘亡 安必慮危).
　　　　　　　　　　　　　　　　　 —《삼국지(三國志)》

■ 남이 베푼 선행은 잊지를 말고, 남이 범한 과실은 잊어야 한다(記
　人之善 忘人之過).　　　　　　　　　　　　 —《삼국지》

■ 도를 지키며 권세를 잊고, 의를 행하며 사리를 잊고, 덕을 닦으며
　명성을 잊는다(守道而忘勢 行義而忘利 修德而忘名).
　　　　　　　　　　　　　　　　　　　　 — 소식(蘇軾)

■ 내가 남에게 베푼 것은 새겨 두지 말고, 나의 잘못은 마음 깊이
　새겨두라. 남이 내게 베푼 것은 잊지 말고, 남에게 원망스러움이
　있거든 잊어버려라(人有恩於我不可忘 而怨則不可不忘 我有功於
　人不可念 而過則不可不念).　　　　　　　　 —《채근담》

■ 은혜를 베풀고는 그것을 결코 기억하지 말고, 은혜를 받으면 그
　것을 결코 잊지 말라.　　　　　　　　　　　　 — 킬론

■ 대개의 삶은 어떤 일이건 잊어버리지만, 배은망덕한 행동만큼은

잊지 못한다.   — 《코란》

■ 때로는 아는 일도 잊어버리는 게 좋다.

                                        — 푸블릴리우스 시루스

■ 명성의 뒤에는 망각이 있을 뿐이다.   — 마르쿠스 아우렐리우스

■ 의아심은 아흐레 밤만 지속될 뿐이다.   — 제프리 초서

■ 인생의 방방곡곡에서 스스로 손해 보는 것이 얻는 것이요, 자기
  자신을 잊는 것이 행복한 것이다.   — 로버트 스티븐슨

■ 좋은 기억력은 놀랍지만, 망각하는 능력은 더욱 위대하다.

                                        — 엘버트 허버드

■ 꽃이란, 신이 만들어 영혼 불어넣기를 잊은 가장 아름다운 것이
  다.   — 헨리 비처

■ 존재망각(存在忘却)이란 존재와 존재자의 차이에 대한 망각이다.
  존재사(存在史)는 존재망각과 같이 시작된다. (하이데거는, 희랍
  이래의 전 서양의 철학·사상·문화는 근원적 존재의 진리를 망
  각하고 존재자에게 혈안이 되었던 잘못된 역사라고 했다)

                                        — 마르틴 하이데거

■ 분노보다도 경멸을 감추는 것이 보다 더 필요하다. 전자는 결코
  잊히지 않지만 후자는 때로 잊힌다. 악의(惡意)는 때로 잊히지만
  경멸은 결코 잊히지 않는다.   — 필립 체스터필드

■ 망각의 방법을 알고 있다면 차라리 행복하다 할 것이다.

                                        — 그라시안이모랄레스

■ 사람은 불쾌한 기억을 잊음으로써 방위한다.

— 지그문트 프로이트

■ 잊으려고 원하는 것만큼 기억에 강하게 남는 것은 없다.

— 몽테뉴

■ 사랑이란 한없는 관용, 조그만 것에서부터 오는 법열(法悅), 무의식의 선의 완전한 자기 망각이다.　　　　— 자크 샤르돈느

■ 어느 날의 어리석은 행위는 다음날의 어리석은 행위에 자리를 비워 주기 위하여 잊혀야 한다.　　　　— 임마누엘 칸트

■ 받은 것을 잊어라. 그러나 결코 받은 친절은 잊지 말라.

— 에이브리

■ 나는 결코 거절하지 않으며 반대하지도 않는다. 그러나 때때로 잊어버릴 때는 있었다. (디즈레일리는 만년 빅토리아 여왕의 신임이 두터웠을 때, 「어떻게 여왕의 호감을 얻었는가」라는 질문에 이렇게 회답했다.)　　　　— 벤저민 디즈레일리

■ 시간은 위대한 의사다.　　　　— 벤저민 디즈레일리

■ 약속을 잘하는 사람은 잊어버리기도 잘한다.　　　　— T. 풀러

■ 노년은 소음을 피한다. 그리고 침묵과 망각에 봉사한다.

— 오귀스트 로댕

■ 자기만 알고 있는 죄는 쉽게 잊어버린다.　　　　— 라로슈푸코

■ 여자가 서른 살이 넘어 가장 잘 잊는 것은 자기 나이이며, 40이되면 나이 따위는 완전히 잊고 만다.　　　　— 랑그롱

■ 바쁘면 슬픔이 잊힌다.　　　　— 조지 바이런

■ 지나간 기쁨은 지금의 고뇌를 깊게 하고, 슬픔은 후회와 뒤엉킨

다. 후회도 그리움도 다 같이 보람이 없다면 내가 바라는 것은 다만 망각뿐.   ― 조지 바이런

▣ 용서함은 좋은 일이다. 그러나 잊어버려 주는 일은 더욱 좋은 일이다.   ― 로버트 브라우닝

▣ 사람은 무엇이나 다 잊을 수가 있으나, 자기 자신만은, 자기의 본질만은 결코 잊을 수가 없다.   ― 쇼펜하우어

▣ 많은 망각 없이는 인생은 살아갈 수 없다.   ― 발자크

▣ 아무것도 배우지 않은 사람들에게는 잊어야 할 것은 아무것도 없다.   ― 앙드레 말로

▣ 우리들이 망각해 버린 것이야말로, 어떤 존재를 가장 올바르게 우리들에게 상기시키는 것이다.   ― 마르셀 프루스트

▣ 인간은 망각하는 동물이다.   ― 프리드리히 니체

▣ 망각 없이 행복(幸福)은 있을 수 없다.   ― 앙드레 모루아

▣ 추억은 기억으로부터 망각으로 옮기는 도중에 잔존한 것이다.   ― 헨리 레니에

▣ 새로운 은혜를 베풀어서 그것으로 인하여 옛날의 원한을 잊어버리게 할 수 있다는 생각은 큰 착오이다.   ― 마키아벨리

▣ 잊혀진 사람은 누군가 청렴하고 조용하고 덕이 있는 가정적인 사람이다.   ― 윌리엄 섬너

▣ 인간에게는 증오와 불쾌를 잊어버리게 하는 성질이 있다.   ― 찰리 채플린

▣ 망각은 만사를 고쳐 주고, 그리고 노래는 망각을 위한 가장 아름

다운 방법이다. 사람들은 노래 속에서 오직 자기가 사랑하는 것만을 느끼기 때문이다.　　　　　　　　　　　　― 이보 안드리치

■ 「너는 무엇 때문에 술을 마시니?」 하고 꼬마왕자가 물었습니다. 이에 술꾼은 「잊기 위해서」라고 대답했습니다.　― 생텍쥐페리

■ 사람이 차를 마시는 것은 속계의 훤소(喧騷)를 잊기 위함이다. 차는 미의미식(美衣美食)하는 사람을 위한 물건은 아닌 것이다.

　　　　　　　　　　　　　　　　　　　　　　― 임어당

■ 세상 사람들은 당연히 잊을 것은 잊지 않고 꼭 잊지 않아야 할 것은 잊어버리니, 이를테면 원혐(怨嫌)은 크나 작으나 당연히 잊을 것인데 꼭꼭 잊지 않고, 은혜는 크나 작으나 잊지 말아야 할 것인데 영락없이 잊어버리니, 그것은 결국 자기를 잊은 것이다.

　　　　　　　　　　　　　　　　　　　　　　― 권상로

■ 사람마다 성격 나름이긴 하지만 생활의 바쁜 나날에서 무엇이든 잊어버리기를 곧잘 한다는 것은 분명 즐거움의 하나다.

　　　　　　　　　　　　　　　　　　　　　　― 송지영

■ 망각이야말로 삶 속의 죽음이며 생명의 배덕(背德)일 것이리라.

　　　　　　　　　　　　　　　　　　　　　　― 김남조

■ 망각은 미덕일 수도 있고 악덕일 수도 있다.　　　― 이건호

■ 결별(訣別)은 쉬운 일, 그러나 그 다음이 항상 문제인 것이다. 사고(思考)는 항상 사실적인 힘임을 믿고 있다. 끊겠다는 의지가 끊는 행위와 같은 것을 뜻하는 것이다. 그러나 사실은 얼마나 힘든 일인가, 한 미소나 한 눈동자, 한 목소리를 기억의 표면에서 말살

해 버리는 것은 많은 극기(克己)와 시간의 풍화작용의 도움이 필
요하다. 잊겠다는 의지만으로는 아직 완전치 못하다. 관념이 긍정
한 행위를 우리의 감성(感性)이 받아들이기에는 또 하나의 훈련이
필요하다.   ― 전혜린

▣ 정말로 좋아지면 잊는 데에도 시간이 걸린다.   ― 미상

▣ 레테 강이란 것이 있다. 그것은 현실의 강이 아니라 신화 속의
강이다. 누구나 이 강을 건너게 되면 과거의 기억을 잊어버리게
되는 망각의 강, ……슬프고 외롭고 억울하고 그래도 조금은 기쁘
고 조금은 행복했던 인간만사의 모든 사연들을 백지로 화하게 하
는 강, ……결국 레테 강은 죽음을 의미하는 것이다. ― 이어령

【속담 · 격언】

▣ 밤 잔 원수 없고 날 샌 은혜 없다. (은혜는 물론 원한 같은 것도
다 때가 지나면 잊혀진다)   ― 한국

▣ 병든 까마귀 어물전 돌 듯. (마음에 잊지 못하는 것이 있어 공연
히 그 주위를 빙빙 돌기만 한다)   ― 한국

▣ 까마귀 고기를 먹었나. (잘 잊어버리는 사람)   ― 한국

▣ 굴 껍질 한 조각만 먹어도 동정호(洞庭湖)를 잊지 않는다. (은혜
를 잊지 않음)   ― 한국

▣ 꼴을 베어 신을 삼겠다. (무슨 짓을 하더라도 입은 은혜는 결코
잊지 않고 갚겠다)   ― 한국

▣ 까마귀 떡 감추듯. (까마귀가 먹이를 물어다 이곳저곳에 감추어

두고 나중에는 그 곳을 잊어버리는 것을 빗대어, 제가 두어둔 곳을 잘 잊어버린다) ― 한국

▣ 머슴이 주인이 되면 과거도 장래도 다 같이 잊어버린다. ― 몽고

▣ 폭풍우 속에서의 맹세는 온화한 날씨에서 잊혀진다. (Vows made in storm are forgotten in calms.) ― 영국

▣ 세월은 모든 것을 치유한다. (Time is the healer of all.) ― 영국

▣ 오랜 부재(不在)는 곧 망각을 수반한다. (Long absent, soon forgotten.) ― 영국

▣ 위험이 지나가면 하나님을 잊는다. (The danger is past and God is forgotten.) ― 영국

▣ 자기의 과실을 기억하고 타인의 과실을 잊어버려라. ― 영국

▣ 요람 속에서 기억한 것은 무덤에까지도 잊지 않는다. ― 영국

▣ 죽은 사람은 곧 잊힌다. ― 영국

▣ 눈에서 멀어지면 마음에서도 멀어진다. (Out of sight, out of mind.) ― 영국

▣ 오랫동안 망각하였던 일만큼 새로운 것은 없다 . ― 독일

【시 · 문장】

못 잊어 생각이 나겠지요
그런 대로 한 세상 지내시구려

사노라면 잊힐 날 있으리다
못 잊어 생각이 나겠지요
그런대로 세월만 가라시구려
못 잊어도 더러는 잊히오리다
그러나 또 한껏 이렇지요
그리워 살뜰히 못 잊는데
어쩌면 생각이 떠지나요?

— 김소월 / 못 잊어

먼 훗날 당신이 찾으시면
그 때에 내 말이 잊었노라.
당신이 속으로 나무리면
무척 그리다가 잊었노라.
그래도 당신이 나무리면
믿기지 않아서 잊었노라.
오늘도 어제도 아니 잊고
먼 훗날 그 때에 잊었노라.

— 김소월 / 먼 훗날

사랑하는 사람 앞에서는
사랑한다는 말을 안 합니다.
아니하는 것이 아니라
못하는 것이 사랑의 진실입니다.

잊어버려야 하겠다는 말은
잊을 수 없다는 말입니다.
정말 잊고 싶을 때는 말이 없습니다.
헤어질 때 돌아보지 않는 것은
너무 헤어지기 싫기 때문입니다.
그것은 헤어지는 것이 아니라
같이 있다는 말입니다.
사랑하는 사람 앞에서 웃는 것은
그만큼 행복하다는 말입니다.
떠날 때 울면 잊지 못하는 증거요
뛰다가 가로등에 기대어 울면
오로지 당신만을 사랑한다는 증거입니다.
잠시라도 같이 있음을 기뻐하고
애처롭기까지 만한 사랑을 할 수 있음에 감사하고
주기만 하는 사랑이라 지치지 말고
더 많이 줄 수 없음을 아파하고
남과 함께 즐거워한다고 질투하지 않고
그의 기쁨이라 여겨 함께 기뻐할 줄 알고
깨끗한 사랑으로 오래 기억할 수 있는
나 당신을 그렇게 사랑합니다.
「나 그렇게 당신을 사랑합니다……」

　　　　　　　　　― 한용운 / 나 그렇게 당신을 사랑합니다

넓은 벌 동쪽 끝으로

옛이야기 지즐대는 실개천이 휘돌아 나가고

얼룩빼기 황소가

해설피 금빛 게으른 울음을 우는 곳

그 곳이 차마 꿈엔들 잊힐리야

질화로에 재가 식어지면

뷔인 밭에 밤바람 소리 말을 달리고

엷은 졸음에 겨운 늙으신 아버지가

짚베개를 돋아 고이시는 곳

그 곳이 차마 꿈엔들 잊힐리야.

— 정지용 / 鄕愁

내 입술이 누구의 입술을 어디서

어찌하여 입 대었는지 나는 잊었다.

아침이 되기까지 내 머리맡에

누구의 팔이 놓였는지도 잊었다.

하나 오늘밤 내리는 비는 망혼(亡魂)을

가득 안았고, 유리문을 두드리고

한숨 지며 대답을 기다린다.

— 에드나 밀레이 / 내 입술이 입댄 입술은

술을 취토록 먹고 취하거든 잠을 드세

잠든 듯 잊으리라 백 천만(百千萬) 온갖 세념(世念)
구태여 잊고자 하랴마는 할 일 없어 이름이라.

— 무명씨

권태로운 여인보다도
더 불쌍한 여인은
슬픔에 빠진 여인입니다.
슬픔에 빠진 여인 여인보다
더 불쌍한 여인은
불행을 겪고 있는 여인입니다.
불행을 겪고 있는 여인보다도
더 불쌍한 여인은
병을 앓고 있는 여인입니다.
병을 앓고 있는 여인보다도
더 불쌍한 여인은
버림받은 여인입니다.
버림받은 여인보다도
더 불쌍한 여인은
쫓겨난 여인입니다.
쫓겨난 여인보다도
더 불쌍한 여인은
죽은 여인입니다.

죽은 여인보다도
더 불쌍한 여인은
잊혀진 여인입니다.

— 마리 로랑생 / 잊혀진 여인

【중국의 고사】

■ **호사수구**(狐死首丘) : 여우가 평소에 구릉에다 굴을 파고 살기 때문에 죽을 때도 구릉을 쳐다봄은 근본을 잊지 않는다는 뜻으로, 근본을 잊음은 인자(仁者)의 마음이 아님을 이른 말. 은(殷)나라 말기 강태공의 이름은 여상(呂尙)이다. 그는 위수 가에 사냥 나왔던 창(昌)을 만나 함께 주왕을 몰아내고 주(周)나라를 세웠다. 그 공로로 영구(營丘)라는 곳에 봉해졌다가 그곳에서 죽었다. 하지만 그를 포함하여 5대손에 이르기까지 다 주나라 천자의 땅에 장사 지내졌다. 이를 두고 당시 사람들은 이렇게 말했다.

「옛사람이 말하기를, 여우가 죽을 때 머리를 자기가 살던 굴 쪽으로 향하는 것은 인이라고 하였다(古之人有言 曰狐死正丘首仁也).」

이 말에서 유래하여 고향을 그리워하는 마음, 또는 근본을 잊지 않는 마음을 일컫는다. — 《예기》 단궁상편(檀弓上篇)

■ **득어망전**(得魚忘筌) : 목적 달성을 위해 필요했던 남의 도움을 성공 뒤에는 잊어버린다는 말이다. 「도랑 건너고 지팡이 버린다」

는 말이 있다. 물살이 센 도랑을 지팡이 덕으로 간신히 건너가서는 그 지팡이의 고마움을 잊고 집어던지는 인간의 공통된 본성을 예로서 말한 것이다.

우리가 흔히 비 올 때 우산을 받고 나왔다가 날이 개면 우산을 놓고 가는 것을 경험한다. 『득어망전』도 인간의 그 같은 본성을 말한 것이다. 고기를 다 잡고 나면 고기를 잡는 데 절대 필요했던 통발(筌)은 잊고 그냥 돌아간다는 뜻이다. 어떤 목적을 달성하기 위해 남의 도움이 필요했노라고 말로도 하고 마음으로도 생각한다. 그러나 목적을 달성하고 성공을 거둔 뒤에는 내가 언제 그런 도움이 필요했더냐는 듯이 시치미를 떼거나 까맣게 잊고 만다.

배은망덕(背恩忘德)이란 말이 있다. 배은은 심한 경우이겠지만, 망덕은 누구나가 범하기 쉬운 인간 본연의 일면이 아닐까 싶다. 깊이 반성할 일이다. 이『득어망전』은《장자》외물편(外物篇)에 있는 말이다.

「가리는 고기를 잡기 위한 것이다. 그러나 고기를 잡으면 가리는 잊고 만다(筌者所以在魚 得魚而忘筌). 덫은 토끼를 잡기 위한 것이다. 그러나 토끼를 잡으면 덫은 잊고 만다. 말은 뜻을 나타내기 위한 것이다. 그러나 뜻을 나타낸 뒤에는 말은 잊고 만다. 나는 어떻게 하면 말을 잊는 사람을 만나 함께 이야기할 수 있을까.」하고 말을 잊은 사람과 이야기하기를 원하고 있다.

말을 잊는다는 것은, 말에 구애받지 않는다는 뜻이다. 시비와 선악 같은 것을 초월한 절대의 경지에 들어가 있는 사람을, 장자는 말을 잊은 사람으로 보는 것이다. 여기서는 『득어망전』이, 말을 잊은 것과 같은 자연스럽고 모든 것을 초월한 좋은 뜻으로 쓰이고 있다.

　장자와 같이 반대의 입장에서 세상을 바라보는 사람으로서는 인간의 그러한 일면이 당연하고도 자연스런 것이 될 수도 있다. 그러나 장자가 보는 그 당연한 일면을, 속된 우리들은 인간의 기회주의적인 모순성을 드러내는 것으로 보는 것이다. 하여간 좋든 나쁘든, 인간이 『득어망전』의 공통성을 지니고 있는 것만은 사실이다.　　　　　　　　　　　　　━《장자》 외물편(外物篇)

■ **거자일소(去者日疎)** : 한번 떠난 사람과는 시간이 지날수록 사이가 점점 멀어진다.

　《문선》 잡시(雜詩)에 있는 고시(古詩) 19수 중 제14수 첫머리에 나오는 구절이다. 「한번 떠난 사람과는 시간이 지날수록 사이가 멀어지며, 이미 죽은 사람에 대한 기억도 세월이 흐르면 점차 잊혀진다」는 뜻이다.

　떠나버린 사람과는 날로 뜨악해지고
　산 사람과는 날로 친해진다.
　곽문을 나서 바라보면
　오직 보이는 것은 언덕과 무덤
　옛 무덤은 갈아엎어져 논밭이 되고
　소나무와 잣나무는 잘리어 땔감이 된다.

백양나무에는 구슬픈 바람이 일고
소연하게 내 마음을 죽이는구나.
옛 고향으로 돌아가고 싶어도
돌아갈 길 막막하니 어찌할거나.

去者日以疎	生者日以親	거자일이소	생자일이친
出郭門直視	但見丘與墳	출곽문직시	단견구여분
古墓犁爲田	松柏摧爲薪	고묘리위전	송백최위신
白楊多悲風	蕭蕭愁殺人	백양다비풍	소소수살인
思還故里閭	欲歸道無因	사환고리려	욕귀도무인

죽은 사람은 잊혀 갈 뿐, 하지만 살아 있는 사람은 나날이 친해져 간다. 고을의 성문을 나서 교외로 눈을 돌리면 저편 언덕과 그 아래에는 옛 무덤이 보인다. 게다가 낡은 무덤은 경작되어 밭이 되고 무덤의 흔적도 남기지 않는다. 무덤 주위에 심어진 송백은 잘리어 땔나무가 되어 버렸겠지.

백양의 잎을 스쳐가는 구슬픈 바람소리는 옷깃을 여미게 하고 마음 속 깊이 파고든다. 그럴 때마다 고향으로 돌아가고 싶으나 정처 없이 떠돌아다니고 영락한 몸이라 돌아갈 수가 없다.

고시 19수 중 남녀 간의 정을 노래한 것으로 보이는 12수를 제외한 나머지 6수는 전부 이와 같은 인생의 고통과 무상을 노래한 것이다. 다시 말해서,

「인생천지간에 홀연히 멀리 떠나가는 나그네와 같다.」(제3수)

「인생 한 세상이란 홀연히 흩어지는 티끌과 같다.」(제4수)

「인생은 금석(金石)이 아니다. 어찌 장수할 것을 기대하겠는가.」(제11수)

「우주 천지간에 음양은 바뀌고 나이란 아침 이슬과 같다.」(제13수)

「인생 백을 살지 못하면서 천 년 살 것을 걱정한다.」(제15수) 등을 들 수 있다.

여기 보이는 것은 적구(摘句)에 지나지 않으나, 어느 것이나 감정의 발현(發現)이란 점에서 볼 때 다시없으리만큼 아름답다.

― 《문선(文選)》 잡시(雜詩)

■ **대도폐유인의**(大道廢有仁義) : 인위적인 도덕과 윤리에 얽매이면서부터 사람이 참된 진리를 잊었다.

큰 도가 무너지자 인의가 있다는 말로, 인위적인 도덕과 윤리에 얽매이면서부터 사람이 참된 진리를 잊었다는 뜻이다.

《노자》 18장에서 노자는 이렇게 말했다.

「무위자연(無爲自然)의 큰 도가 없어지자, 어질다느니 옳다느니 하는 인위적 분별이 생겼고, 거짓은 이른바 지혜라는 것이 나온 다음에 나타났다. 효도니 자애니 하는 것도 가족 사이에 자연스러운 화목이 깨진 다음에 생긴 것이고, 나라가 혼미한 후에야 충신이 나타난다(大道廢有仁義 智慧出有大僞 六親不和有孝慈 國家昏亂有忠臣).」

이것은 다시 말해 인간이 큰 도가 망했다고 생각하고 자신들의 관점에서 가치 기준을 만들어 세상을 재단하고자 하면서 인의라는 인위적 가치가 생긴 것이라는 말이다.

여기서의 큰 도는 자연의 원리나 자연 그대로를 가리키는 것이다. 인간도 자연 속의 한 현상에 지나지 않으므로 궁극적으로는 큰 도의 지배를 받고 있는 것이다. 가족이나 국가관계라는 것을 보아도 마찬가지다.

자연 상태에서는 애초에 육친이니 친척, 인척이라는 관계가 없는데, 효도니 우애니 자애니 하는 말이 있었을 리 없고, 좁게 보더라도, 나라가 평안해 국민생활이 안정된 사회에서는 충신이 따로 있을 리 없다.

노자는 이렇게 인의니 자애니 충효니 하는 제도를 만들고 받드는 것 자체가 바로 인간 스스로 본래의 모습을 파괴하는 데 불과하다고 한다.

따라서 인간사회에 어느 정도 인의(仁義)가 필요한 것은 사실이지만, 그런 도덕적 판단에 절대적인 가치를 부여하는 것은 인간이 자신을 스스로 파괴하는 것이므로, 큰 도로 돌아가 넓은 안목으로 절대 진리를 찾고 따라야 한다고 한다.

『대도폐언유인의』라는 말은 이런 배경 속에서 나온 것으로, 사회적 가치 기준을 지나치게 강조하여 자연스런 개인의 사고나 행동을 제약해서는 안 된다는 뜻이다.

오늘날에 와서는 이 말이 지나치게 형식과 원칙에 얽매여 사고나 행동이 유연하지 못한 경우를 빗대어 사용하기도 한다.

― 《노자(老子)》 18장

【에피소드】

▣ 페르시아의 다리우스 왕은 아테네인들로부터 받은 모욕을 잊지 않으려고 밥 먹을 때마다 세 번씩 「아테네놈들을 잊지 마시오.」 라고 말하게 하였다.

【신화】

▣ 레테(Lethe) : 그리스 신화 속의 강으로, 아케론, 코퀴토스, 플레게톤, 스틱스와 함께 망자(亡者)가 하데스가 지배하는 명계로 가면서 건너야 하는 저승에 있는 다섯 개의 강 가운데 하나로, 망각의 강이라고 불린다. 망자는 명계(冥界)로 가면서 레테의 강물을 한 모금씩 마시게 되는데, 강물을 마신 망자는 과거의 모든 기억을 깨끗이 지우고 전생의 번뇌를 잊게 된다. 보이오티아 지방의 트로포니오스 신전에 있는 샘물 이름도 레테인데, 여기서 신탁을 받는 사람은 이 샘물과 함께 기억의 샘물 므네모시네를 마셔야만 하였다고 한다.

【成句】

▣ 오매불망(寤寐不忘) : 자나 깨나 잊지 못한다는 뜻.

▣ 각골난망(刻骨難忘) : 은혜가 뼈에 새겨져 잊히지 아니함.

▣ 발분망식(發憤忘食) : 발분하여 끼니까지 잊고 노력함을 이름. / 《논어》 술이편.

▣ 영인부아무아부인(寧人負我無我負人) : 내가 남에게 베푼 은혜를 남이 잊더라도 나는 남에게서 입은 은혜를 잊으면 안 된다는 뜻.

▣ 수구초심(首丘初心) : 여우가 죽을 때에 머리를 자기가 살던 굴 쪽으로 바르게 하고 죽는다는 말로, 고향을 그리워하는 마음을 비유한 것. / 《예기》 단궁상편(檀弓上篇).

▣ 전사불망후사지사(前事不忘後事之師) : 전에 한 일을 잊지 않으면 훗일을 하는 데 도움이 된다는 것.

▣ 구수(丘首) : 근본을 잊지 않음을 비유. 여우는 평생 구릉(丘陵)에 살아 죽을 임시에 머리를 바르게 하여 언덕으로 향하는 것은 그 근본을 잊지 아니하는 까닭이요, 근본에 위반하고 처음을 잊는 것은 인자의 마음이 아님을 비유함. / 《후한서》

▣ 월조소남지(越鳥巢南枝) : 월나라 새가 남쪽 가지에 깃든다 함이니, 고향을 잊을 수 없음을 이르는 말.

▣ 전제(筌蹄) : 물고기를 잡는 통발과 토끼를 잡는 덫이란 뜻으로, 목적이 이루어지면 그에 도움이 되었던 것은 잊혀버림을 비유하는 말. 여기서 전(轉)하여, 말은 뜻을 파악하기 위한 것이다. 뜻을 알았으면 말은 버려도 된다는 뜻으로 쓴다. / 《장자》

▣ 차망우물(此忘憂物) : 이 시름을 잊는 물건이라는 뜻으로, 술을 이르는 말.

▣ 치지망역(置之忘域) : 잊어버리고 생각지 않는다는 말.

■ 취적비취어(取適非取魚) : 낚시질을 함은 고기잡이가 목적이 아니고 세상 생각을 잊자는 뜻으로, 어떠한 행동을 함에 있어서 목적이 거기에 있지 않고 다른 데 있음을 이르는 말.

■ 폐침망찬(廢寢忘餐) : 침식을 잊고 일에 몰두함.

■ 호중천(壺中天) : 별천지, 선경(仙境), 술을 마시고 속세를 잊는 즐거움. 한(漢)나라 때 선인(仙人) 호공(壺公)이 항아리를 집으로 삼고 술을 즐기며 세속을 잊었다는 고사에서 나온 말이다. /《한서》

■ 낙이망우(樂而忘憂) : 도를 즐겨 근심을 잊음. 도를 행하기를 즐거워하여 가난 따위의 근심을 잊음. (《논어》 술이편). 공자가 말했다. 「《시경》의 관저 시는 물론 사랑의 즐거움을 노래하고 있기는 하지만, 즐거움의 도를 지나쳐서 흐트러지는 법이 없다. 또 슬픔을 노래하더라도 슬픔이 지나쳐 마음의 평정을 잃는 법은 없다.」 /《논어》 팔일편.

아내 wife 婦

【어록】

■ 부인에게 본보기가 되어 형제에게 영향을 미치고 국가까지 다스
린다. ─《시경》

■ 아내와 잘 화목함이 비파와 거문고를 연주함과 같다(妻子好合 如
鼓瑟琴). ─《시경》

■ 군주로서 아내를 너무 믿으면 간신이 처를 이용하여 사욕을 이룬
다(爲人主而大信其妻 則奸臣乘於妻以成其私). ─《한비자》

■ 집이 가난하면 훌륭한 아내가 그리워지고, 나라가 어지러우면 좋
은 재상이 그리워진다(家貧思良妻 國亂思良相).
─《사기》위세가(魏世家)

■ 가난할 때 친하였던 친구는 잊어서는 안 되고, 지게미와 쌀겨를
먹으며 고생한 아내(조강지처)는 집에서 내보내지 않는다(貧賤之
交不可忘 糟糠之妻不下堂). ─《후한서》

■ 그 누가 장사꾼의 아내가 되랴, 물 근심 바람 근심에 내 못 살겠

네(那作商人婦 愁水複愁風).　　　　　　　　　— 이백(李白)

■ 가난한 선비의 아내와, 약한 나라의 신하는 각기 그 바른 도에 만족할 뿐이다(寒士之妻 弱國之臣 各安其正而已 : 가난한 선비의 아내와 약한 나라의 신하는 모두 믿음직스럽지 못한 생활이지만, 역시 지아비, 주군에 미혹되지 말고 바른 길을 지켜서 따라야 할 것이다).　　　　　　　　　　　　　　　　— 《근사록》

■ 넘어진 말은 수레를 파손하고, 악처는 가정을 파괴한다(躓馬破車 惡婦破家).　　　　　　　　　　　　— 《고시원(古詩源)》

■ 늙은 남편을 가진 젊은 아내는 밤에는 다른 항구를 찾아가는 배와 같다.　　　　　　　　　　　　　　— 테오그니스

■ 남자는 누구나 다들 그러는 줄은 깨닫지 못하고 마음속에서는 자신의 아내를 자랑하고 남의 아내는 흉본다.　　— 시모니데스

■ 이 세상에 못된 여자 이상으로 나쁜 것은 없다. 그리고 착한 여자에 의하여 행하여진 것만큼 훌륭한 것도 또한 일찍이 없었다. 남자에게 가장 좋은 재산은 인정이 많은 아내다. — 에우리피데스

■ 남자에게 있어 최고의 재산은 동정심 많은 아내이다.　　　　　　　　　　　　　　　　　　　— 에우리피데스

■ 어쨌든 결혼하라. 만일 그대가 착한 아내를 얻는다면 그대는 아주 행복할 것이며, 그대가 나쁜 아내를 얻는다면 그대는 철학자가 될 것이다.　　　　　　　　　　　　　　— 소크라테스

■ 아내에 대해서는 너무 음탕하게 애무하다가는 쾌감 때문에 이성의 테두리 밖에 벗어날 위험이 있으니 조심스레 엄숙하게 대해야

한다.　　　　　　　　　　　　　　　　　— 아리스토텔레스

▣ 본의 아닌 결혼을 한 남자에게 있어, 그 여자는 처(妻)가 아니고
　적(敵)이다.　　　　　　　　　　　　　　　— 플라우투스

▣ 내 아내 된 사람은 모든 점에서 의심을 받아서는 안 된다.
　　　　　　　　　　　　　　　　　　　　— 플루타르코스

▣ 정숙한 아내는 순종함으로써 남편을 뜻대로 움직인다.
　　　　　　　　　　　　　　　　— 푸블릴리우스 시루스

▣ 돈 많은 여자하고 결혼하면 아내가 아니라 폭군과 함께 살게 된
　다.　　　　　　　　　　　　　　　　　— 크리소스토무스

▣ 네 집 안방에 있는 네 아내는 결실한 포도나무 같으며, 네 식탁에
　둘러앉은 자식들은 어린 감람나무 같으리로다.　　— 시편

▣ 다투는 여인과 함께 큰 집에 사는 것보다 움막에서 사는 것이 나
　으니라.　　　　　　　　　　　　　　　　　　— 잠언

▣ 누가 현숙한 여인을 찾아 얻겠느냐. 그의 값은 진주보다 더하니
　라.　　　　　　　　　　　　　　　　　　　　— 잠언

▣ 너희들의 아내는 너희들의 밭이다.　　　　　　—《코란》

▣ 친구를 고르려면 한 계단 올라가라, 아내를 고르려면 한 계단 내
　려가라.　　　　　　　　　　　　　　　　—《탈무드》

▣ 아내의 키가 작으면 남편 쪽에서 키를 줄여라.　—《탈무드》

▣ 세 가지가 남자로 하여금 집을 뛰쳐나가게 한다. 연기와 비와 싸
　움 잘하는 여편네.　　　　　　　　　　— 이노선트 3세

▣ 꽤 많은 적을 대해 왔지만, 아내여 그대와 같은 인물은 처음일세.

— 조지 바이런

▣ 엉덩이가 가벼운 아내에게는 엉덩이가 무거운 남편.

— 셰익스피어

▣ 아름다운 아내를 갖고 있는 것은 지옥과 같은 것이다.

— 셰익스피어

▣ 민첩한 아내는 남편을 느림보로 만든다.　　— 셰익스피어

▣ 남의 아내는 백조처럼 보이고, 자기 아내는 맛이 변한 술처럼 보인다.　　— 레프 톨스토이

▣ 아내란 다루기 힘들다. 그러나 아내가 아닌 여자는 더 다루기 나쁘다.　　— 레프 톨스토이

▣ 세 사람의 신뢰할 만한 벗이 있다. 늙은 아내, 늙은 개, 거기다 저금.　　— 벤저민 프랭클린

▣ 사람은 그의 아내, 그의 가족, 게다가 그의 부하에 대한 행위로 알 수 있다.　　— 나폴레옹 1세

▣ 연인은 밀크, 신부는 버터, 아내는 치즈.　— 루트비히 뵈르네

▣ 아내와 자식이 없는 남자는 서적과 세상에서 가정의 신비를 천년 동안 연구하려고 해도 그 신비에 대해서 아무것도 모를 것이다.

— 쥘 미슐레

▣ 많은 재산을 갖고 있는 독신 남자가 아내를 필요로 하고 있다는 것은 널리 알려져 있는 진리다.　　— 제인 오스틴

▣ 아내의 의무는 행복한 체하는 일이다.　　— 피에르 라쇼세

▣ 아내와 난로는 집으로부터 옮겨서는 안 된다.

─ 게오르크 리히텐베르크

▣ 여자는 세 번 이상 집을 떠나지 말 것이다. 세례 받을 때와 결혼할 때와 죽을 때이다.　　　　　　　　　　　　　─ T. 풀러

▣ 아내가 없는 것 다음으로는, 착한 아내가 최고다.　─ T. 풀러

▣ 너희는 혼자 가는 것이 아니고 남편과 함께 간다. 너희는 그에게 따르게 되어 있다. 그가 멈추는 곳을 고향이라 생각하라.

─ 존 밀턴

▣ 그 여성이 만약 남자였다면, 꼭 친구로 골랐을 것이라고 생각되는 여자가 아니면 아내로 골라서는 안 된다.　─ 조제프 주베르

▣ 아내의 인내만큼 그녀의 명예가 되는 것은 없고, 남편의 인내만큼 아내의 명예가 되지 않는 것은 없다.　　　─ 조제프 주베르

▣ 왜 소경의 아내가 화장을 할까?　　　　─ 벤저민 프랭클린

▣ 아내는 젊은이에게는 연인이고, 중년에게는 반려자이며, 노인에게는 간호사다. 그러니 남자는 연령에 관계없이 결혼하는 구실이 있다.　　　　　　　　　　　　　　　─ 프랜시스 베이컨

▣ 남자는 자기가 알고 있는 오직 한 사람인 그의 아내를 통해서 여자의 세계 전체를 멋대로 판단하고 있다.　　　　　　─ 펄 벅

▣ 만일 내세(來世)가 있다면 단 한 사람, 내가 예전부터 지금까지 함께 지낸 아내 이외에는 그 어떤 사람과도 만나고 싶지 않습니다. 그것은 그녀가 나 자신의 가장 중요한 본질의 일부를 이루고 있다는 것, 그리고 그녀와 헤어진다는 것은 결코 완전하지 않다는 증거입니다.　　　　　　　　　　　　　　　─ 카를 힐티

■ 아내에게 사랑받는 기술이라는 것은 발명되지 않을 것인가.

— 라브뤼예르

■ 아내가 남편에게 반해 있을 때에는 만사가 잘 돼간다.

— 존 레이

■ 만족한 작은 집, 잘 경작된 작은 난, 그리고 마음씨 좋고 욕심 없는 아내는 큰 재산이다.　　　— 존 레이

■ 아내는 끊임없이 남편에게 복종함으로써 그를 지배한다.

— 플로어

■ 내가 아내를 얻은 데는 악마에게 도전해 보고자 하는 심사도 있었다.　　　— 마르틴 루터

■ 독신의 남자를 제외하고 아내를 어떻게 다루어야 하는지를 아무도 모른다는 것은 얼마나 비참한 일인가.　　　— G. 콜먼

■ 이 세상을 살아가는 데 가장 중요한 것은 적나라한 육체와 정신을 가지고서 완전히 그리고 맹목적으로 당신의 아내를 사랑하는 것입니다.　　　— D. H. 로렌스

■ 나에게 있어 이 죽음은 자연스러운 것이다. 마음에 걸리는 것이 있다면 그것은 홀로 남는 그대다.　　　— 모리스 메테를링크

■ 서로의 본성을 알 때까지는 당신의 지참금이 당신보다 값어치가 있었지만, 지금에 와서는 당신이 지참금보다 더욱 값어치가 있다.

— 피에르 드 마리보

■ 선량한 아내는 선량한 남편을 만든다.　　　— 존 헤이우드

■ 그의 아내는 그의 작품뿐만 아니라 그 사람 자신까지도 편집했

다.   — 밴 브룩스

▣ 좋은 아내란 남편이 비밀로 해두고 싶어 하는 사소한 일을 언제나 모른 체한다. 그것이 결혼생활의 예의의 기본이다.

                                  — 서머셋 몸

▣ 많은 선량한 학생들은 어버이를 위해, 단 미래의 아내를 위해 공부하고 있다.   — 임어당

▣ 아내는 남편의 영원한 누나다.   — 팔만대장경

▣ 어진 아내는 마음을 기쁘게 하고, 예쁜 아내는 눈을 즐겁게 한다.

                                  — 팔만대장경

▣ 자기 아내는 회상의 벗이다.   — 팔만대장경

▣ 예나 지금이나 천하에서 절제하기 어려운 것이 색(色)을 좋아하는 것이고, 제어하기 힘든 것이 부인이라 하겠다. 가까이하면 공손하지 않고, 멀리하면 원망을 하므로, 국가에서는 정치에 참여시킬 수 없고, 가정에서는 살림을 주관시킬 수 없다.— 김시습

▣ 아버지 마음을 근심스럽지 않게 함은 아들의 효성 때문이고, 번뇌가 없는 것은 곧 아내가 어진 때문이다.   — 김명관

▣ 아내라 함은 「같이 오래 사는 사람」이요, 애인이라 함은 「잠깐 함께 지내는 사람」이다.   — 이광수

▣ 아내의 마음이란 남편이 암고양이를 가까이해도 샘이 난다.

                                  — 이광수

▣ 아내, 이 세상에 아내라는 말같이 정답고 마음이 놓이고 아늑하고 평화로운 이름이 또 있겠는가. 천 년 전 영국에서는 아내를 피

스 위버(peace weaver)라고 불렀다. 평화를 짜 나가는 사람이란
말이다.   — 피천득

■ 아내란 함께 있으면 악마요, 떨어져 있으면 천사인가 합니다.
             — 이동주

■ 정이 철철 넘치는 아내를 가진 남자는 늘 행복감에 젖어 있을 수
있다.   — 유주현

■ 다변(多辯)도 무언(無言)도 슬기로운 아내는 피한다. — 유주현

■ 나도 남자지만 대부분의 남자는 아내에게 두 가지를 함께 요구한
다. 창부의 기질과 순결성이다.   — 강원룡

【속담·격언】

■ 여편네 팔자는 뒤웅박 팔자라. (뒤웅박 끈이 떨어지면 어쩔 수 없
듯이, 남편에게 매인 것이 여자의 팔자다)   — 한국

■ 여편네 벌이는 쥐 벌이. (여자가 버는 돈은 집안 살림에 별 도움
이 되지 않는다)   — 한국

■ 아내가 예쁘면 처갓집 말뚝 보고도 절을 한다.   — 한국

■ 암탉이 울면 집안이 망한다.   — 한국

■ 아내 못된 것은 백년 원수, 된장 신 것은 일 년 원수. (아내 잘못
맞으면 평생을 그르친다)   — 한국

■ 계집 때린 날 장모 온다. (일이 공교롭게 잘 안 풀려 낭패를 본다)
             — 한국

■ 아내 없는 처갓집 가나 마나. (목적하는 것이 없는 데는 갈 필요

가 없다)　　　　　　　　　　　　　　　　　　　　　— 한국

▣ 밤 쌀 보기, 남의 계집 보기. (밤에 보는 쌀이 좋아 보이듯, 남의
　아내가 자기 아내보다 더 예뻐 보인다)　　　　　　　— 한국

▣ 더러운 아내와 악한 첩이라도 빈 방보다는 낫다.　　　— 한국

▣ 효자가 불여악처(不如惡妻)라.　　　　　　　　　　　— 한국

▣ 물과 불과 악처는 3대 재액.　　　　　　　　　　　　— 한국

▣ 길 아래 돌부처도 돌아앉는다. (남편이 첩을 얻으면 아무리 양순
　한 아내라도 골을 낸다)　　　　　　　　　　　　　　— 중국

▣ 집이 가난하면 어진 아내를 생각한다(家貧思良妻).　　— 중국

▣ 어진 아내가 있으면 남편에게 오는 재앙이 없고, 멀리 내다보면
　가까운 근심이 없다.　　　　　　　　　　　　　　　　— 중국

▣ (가난한) 집의 세 가지 보물은 못생긴 아내, 척박한 밭 한 뙈기,
　해진 솜두루마기.　　　　　　　　　　　　　　　　　— 중국

▣ 집에서도 먹고 들에서도 먹으려 한다. (아내 말고 다른 여자를 탐
　낸다)　　　　　　　　　　　　　　　　　　　　　　— 중국

▣ 집의 닭은 싫고, 들꿩을 좋아하다(家鷄野雉 : 제 아내는 싫고 다
　른 여자를 좋아하다)　　　　　　　　　　　　　　　　— 중국

▣ 집안에 핀 꽃(아내)은 들꽃(창녀)만큼 향기롭지 않다. 들꽃은 집
　안에 핀 꽃만큼 오래가지 않는다.　　　　　　　　　　— 중국

▣ 남자에게 아내가 없으면 재물이 모이지 않고, 여자에게 남편이
　없다면 그 몸의 주인이 없는 것이다.　　　　　　　　　— 중국

▣ 아들은 남이 보는 데서 가르치고, 아내는 남이 안 보는 데서 가르

    쳐라.   — 중국

■ 집을 살 때는 대들보를 보고, 아내를 맞을 때는 그 어머니를 보라.   — 중국

■ 자식은 대청에서 가르치고, 아내는 잠자리에서 훈계한다.
                                         — 중국

■ 아내는 베갯머리의 사람이다. (잠자리에서 아내가 열 가지 일을 상의하면 아홉 개는 이루어진다)   — 중국

■ 빨리 재산을 모으고 늦게 아내를 얻어라.   — 중국

■ 저녁 무렵에 아내를 때리지 마라. 밤새 외롭고 처량하다.
                                         — 중국

■ 가난뱅이 아내보다는 돈 있는 노예 여자가 낫다.   — 인도

■ 아내는 족쇄, 자식은 고삐.   — 인도

■ 아내가 없는 남자는 지붕 없는 집이다.   — 영국

■ 아내는 남편의 최선 또는 최악의 가재(家財)이다.   — 영국

■ 좋은 말은 결코 발길질을 하지 않는다. (어진 아내는 불평이 없다)   — 영국

■ 정숙한 부인은 남편의 관(冠)이다.   — 영국

■ 나를 사랑한다면 나의 개도 사랑하라. (아내가 귀여우면 처갓집 말뚝보고 절을 한다)   — 영국

■ 좋은 아내를 갖는 것은 제이(第二)의 어머니를 갖는 것과 같다.
                                       — 영국

■ 여행할 때 아내를 동반하는 것은 마치 연회에 도시락을 지참하는

것과 같다.   ― 영국

■ 사랑은 아내에게 바쳐라. 그러나 숨길 일은 어머니나 누나한테 고백하라.   ― 아일랜드

■ 비록 그 애비가 악마라도 그 어머니가 착한 여인의 딸을 선택하라.   ― 스코틀랜드

■ 아내의 충고는 쓸데없는 것이지만, 그것을 받아들이지 않는 남편에게는 재앙이 온다.   ― 스코틀랜드

■ 새로 맞은 아내에다 새로 빚은 술.   ― 프랑스

■ 눈보다는 귀를 가지고 아내를 고르라.   ― 프랑스

■ 죽은 아내의 슬픔은 대문간까지다.   ― 프랑스

■ 유능한 주부는 감자로 온갖 요리를 만든다.   ― 독일

■ 아내는 언제나 이웃 남편을 오랑캐꽃이라고 생각한다. ― 독일

■ 울며 시집간 딸은 웃는 아내, 웃으며 시집간 딸은 우는 아내가 된다.   ― 독일

■ 하느님은 남자에게 아내를 내리면서 인내심도 함께 내리신다.   ― 독일

■ 젊은 아내는 늙은 남편을 무덤으로 끌고 가는 우편마차의 말이다.   ― 독일

■ 아내의 눈은 방을 깨끗이 한다.   ― 네덜란드

■ 아내는 세 가지의 눈물을 가지고 있다. 괴로움의 눈물, 초조의 눈물, 거짓의 눈물.   ― 네덜란드

■ 귀머거리 남편과 장님 아내는 행복한 부부라 할 것이다.

　　　　　　　　　　　　　　　　　　　　　　　　　　— 덴마크

■ 양처보다 더 좋은 가구는 없다. 　　　　　　　　— 덴마크

■ 남편에 따라 왕비, 남편에 따라 거지. 　　　　　— 스페인

■ 아내에게 강을 뛰어넘도록 명령을 받았으면 그 강이 작기를 신에
　게 기원하라. 　　　　　　　　　　　　　　　— 스페인

■ 아내가 없는 남자는 잎이 없는 나무다. 　　　　— 이탈리아

■ 하녀는 멀리서 데려오고 아내는 가까이서 맞으라. — 이탈리아

■ 최초의 아내는 신이 주고, 두 번째의 아내는 사람이 주고, 세 번
　째의 아내는 악마가 준다. 　　　　　　　　　　— 폴란드

■ 아내와 면도칼과 말은 남에게 빌려줄 게 아니다. 　— 폴란드

■ 집이 필요하면 완성된 집을 사고, 아내가 필요하면 완성된 사람
　을 데려오지 마라. 　　　　　　　　　　　　　— 불가리아

■ 부자 아내를 가진 것은 주인을 가진 것이지 아내를 가진 것이 아
　니다. 　　　　　　　　　　　　　　　　　　　— 그리스

■ 아내는 연회장에서 고르지 말고 보리타작할 때 골라라.

　　　　　　　　　　　　　　　　　　　　　　　　— 체코

■ 아내는 비로드의 장갑 손으로 고르고 철갑 손으로 파수를 보라.

　　　　　　　　　　　　　　　　　　　　　　　　— 체코

■ 아무리 악처라도 50피아스타의 값어치는 있다. 양처는 돈으로 매
　길 수는 없다. 　　　　　　　　　　　　　　— 유고슬라비아

■ 바다 건너 아내보다 벽 건너 이웃이 더 가깝다. 　— 알바니아

■ 아내를 맞으면 지옥을 무서워하지 않게 된다. 　— 루마니아

▣ 아내의 아름다움으로 자기를 꾸밀 수는 없다.　　— 리투아니아
▣ 늑대를 남편으로 한 여자는 삼림 쪽에 자주 시선을 보낸다.

　　　　　　　　　　　　　　　　　　　　　　— 바스크

▣ 어진 아내는 늙을수록 좋다.　　　　　　　　— 헤브루
▣ 부자 아내를 갖는 일만큼 처량한 일은 없다.　— 러시아
▣ 아내는 눈으로 택하지 말고 귀로 선택하라.　— 러시아
▣ 착한 아내와 진한 스프 외에 다른 은총을 바라지 말라.

　　　　　　　　　　　　　　　　　　　　　　— 러시아

▣ 아내는 단지 이틀밖에는 좋은 날을 주지 않는다. 즉, 결혼하는 날
　과 죽는 날.　　　　　　　　　　　　　　— 페르시아
▣ 처음 이레 동안은 임금님이고, 다음 이레 동안은 장관, 그 후부터
　는 노예를 벗어나지 못한다.　　　　　　　— 아라비아
▣ 남자를 늙게 하는 것에 네 가지가 있다. 불안·노여움·자식·악
　처.　　　　　　　　　　　　　　　　　　— 유태인
▣ 신(神)은 아내의 눈물을 헤아린다.　　　　　— 유태인
▣ 아내는 남편에 대해, 신혼시절에는 창부처럼, 다음에는 비서처럼,
　그 다음에는 간호사와 같아야 한다.　　　　— 유태인
▣ 열 나라를 아는 일이 자기 아내를 아는 것보다 쉽다.

　　　　　　　　　　　　　　　　　　　　　　— 유태인

【시·문장】

오랜 오랜 옛날

바닷가 그 어느 왕국에
애너벨리라는
혹시 여러분도 아실지 모를
한 처녀가 살았습니다
나를 사랑하고 내게 사랑받는 것 외엔
아무 다른 생각 없는 소녀였답니다
나는 어리고, 그녀도 어렸을 때
바닷가 이 왕국에 살았지요
그러나 나와 애너벨리는
사랑 이상의 사랑으로 사랑했었지
하늘나라 날개 돋친 천사까지도
시기하던 사랑을
분명 그 때문이랍니다.
옛날 바닷가 이 왕국에
한 조각구름에서 바람이 일어
나의 아름다운 애너벨리를 싸늘히 얼게 한 것은
그리하여 그녀의 고귀한 집안 식구들이 와서
나로부터 그녀를 데려가
바닷가 이 왕국의
한 무덤 속에 가둬 버렸지요
우리의 행복의 반도 못 가진
하늘나라 천사들이 내게 시샘을 한 겁니다

그렇지요, 분명 그 때문이죠
(바닷가 이 왕국에선 누구나 다 알다시피)
밤사이 구름에서 바람 일어나
내 애너벨리를 얼어 죽게 한 것은 그 때문이지요
우리보다 나이 많은 사랑
우리보다 훨씬 더 현명한 사람들의 사랑보다도
우리 사랑은 훨씬 더 강했습니다
위로는 하늘의 천사
아래론 바다 밑 악마들까지도
어여쁜 애너벨리의 영혼으로부터
나의 영혼을 갈라놓진 못했답니다
달빛이 비칠 때면
아름다운 애너벨리의 꿈이 내게 찾아들고
별들이 떠오르면
애너벨리의 빛나는 눈동자를 나는 느낀답니다
그러기에 이 한 밤을 누워 봅니다
나의 사랑, 나의 생명, 나의 신부 곁에
(바닷가 이 왕국에선 누구나 다 알다시피)
거기 바닷가 그녀의 무덤 속
파도소리 우렁찬 바닷가 내 님의 무덤 속에

─ 에드거 앨런 포 / 애너벨리

아아, 옛날엔 나도 조그만 집과
아내가 있었는데!

          — N. 길리엔 / 시몬 가리바리요의 발라드

그러나 사랑하려고는 생각하지 않았다
여자를 강가로 데리고 갔을 때
어엿한 남편을 두고서도
숫처녀라고 말했기 때문에.

          — 페데리코 로르카 / 不貞한 남의 아내

선생은 물총새의 전설을 아십니까? 그 물총새라는 놈이 말이죠, 바
다 위를 날다가 지치면 어떻게 하는지 아십니까? 암놈이 수놈 밑으
로 들어가서 등에 업고 날죠. 그러니까 남자는 물총새의 암컷 같은
여자를 얻어야 한단 말입니다.

          — 서머셋 몸 / 人間의 굴레

【중국의 고사】

■ **조강지처(糟糠之妻)** : 구차하고 천할 때에 고생을 같이하던 아내
를 이르는 말이다. 일찍 장가들어 여러 해 같이 살아 온 아내란
뜻으로 쓰인다. 즉 처녀로 시집온 아내면 다 조강지처라 할 수 있
다. 조(糟)는 지게미, 강(糠)은 쌀겨다. 지게미와 쌀겨로 끼니를
이어가며 가난한 살림을 해 온 아내가 『조강지처』인 것이다.

후한 광무황제(光武皇帝)의 누이인 호양(湖陽) 공주가 과부가 되었다. 광무제는 공주를 마땅한 사람에게 다시 시집을 보낼 생각으로 그녀의 의향을 물어 보았다. 그랬더니 그녀는, 「송홍 같은 사람이라면 남편으로 우러러보고 살 수 있겠지만, 그 밖에는 별로……」하고 송홍이 아니면 시집가지 않을 뜻을 밝혔다. 송홍은 후중하고 정직하기로 당시 널리 알려진 사람으로, 광무제가 즉위하던 이듬해인 건무(建武) 2년에는 대사공(大司空)이란 대신의 지위에 있었다.

「누님의 의사는 잘 알겠습니다. 그럼 어디 한번 힘써 보지요.」하고 약속을 한 광무는, 송홍이 마침 공무로 편전에 들어오자, 공주를 병풍 뒤에 숨겨 두고 송홍과의 대화를 듣게 했다. 이런 저런 이야기 끝에 광무는 송홍에게 별다른 뜻이 없는 것처럼 이렇게 물었다.

「속담에 말하기를, 『지위가 높아지면 친구를 바꾸고, 집이 부해지면 아내를 바꾼다.』하는데 그럴 수 있는 일인지?」그러자 송홍은 서슴지 않고 대답했다. 「신은, 『가난하고 천했을 때의 친구는 잊어서는 안되고, 지게미와 쌀겨를 먹으며 고생한 아내는 집에서 내보내지 않는다.』고 들었습니다.」

이 말을 듣자 광무는 조용히 공주를 돌아보며, 「일이 틀린 것 같습니다.」하고 말했다는 것이다.

부마도위가 되면 공주가 정실부인으로 들어앉게 되므로 원 부인은 물러나지 않으면 안된다. 광무는 자기 누이를 시집보내기 위해 송홍의 의사를 무시하고 그의 본부인을 내치게 할 수는 없었던 것이다. 그러나 그런 훌륭한 사람이 아내를 내치고 자기를 맞아 줄 것으로 기대했다면 공주의 욕심이 너무 자기 위주였던 것 같다. 광무가 그녀를 병풍 뒤에 숨게 한 것도 그녀의 그런 마음을 달래기 위한 방법이었던 것 같다. ─《후한서》송홍전

■ **고분지통**(叩盆之痛) : 동이를 두들기는 근심, 곧 아내의 죽음을 말한다. 장자(莊子)의 아내가 죽자 혜자(惠子)가 문상을 갔다. 몹시 슬퍼하고 있을 거라고 생각하고 한껏 슬픈 표정을 짓고 장자의 집을 방문해 보니, 장자는 동이를 두들기며 노래를 부르고 있었다(叩盆而歌).

혜자가 기가 막혀 놀라 물었다. 「자넨 부인과 살면서 자식도 낳고 함께 늙었지 않았는가. 아내가 죽어 곡을 하지 않는다는 것은 그럴 수도 있는 일이겠지만, 아니 동이를 두들기며 노래를 부르다니 좀 과한 게 아닌가?」 그러자 장자가 이렇게 말했다.

「그렇지 않네. 아내가 죽었을 때 처음에는 나도 몹시 슬펐지. 하지만 아내가 태어나기 이전을 살펴보면 원래 생명이란 건 없었네. 생명이 없었을 뿐만 아니라 형체조차도 없었지. 형체는 고사하고 기(氣)마저도 없었네. 흐릿하고 아득한 사이에 섞여 있다가 변해서 기가 생기고, 또 기가 변해서 생명을 갖추었네. 그것이 지금 또 바뀌어 죽음으로 간 것일세. 이것은 봄·여름·가을·겨울이 번갈아 운행하는 것과도 같다네. 아내는 지금 천지 사이의 큰

방에서 편안히 자고 있을 걸세. 그런데 내가 큰 소리로 운다면 나
자신이 천명에 통하지 못하는 듯해서 울음을 그쳤다네.」

혜자는 이마를 탁 치고는 집으로 돌아가고 말았다. 장자의 이와
같은 이야기에서 아내의 죽음을 『고분지통』이라고 말한다.

— 《장자》 지락편

■ **가빈사양처**(家貧思良妻) : 어려운 시기에는 유능하고 어진 인재
가 필요하게 됨을 뜻하는 말이다. 위나라 문후(文侯)가 재상 임명
을 위해 이극(李克)에게 자문을 요청하면서 나눈 대화다. 위문후
가 이극에게 말했다. 「선생께서 과인에게 말씀하시기를,『집안
이 가난하면 어진 아내를 그리게 되고, 나라가 혼란하면 훌륭한
재상을 그리게 된다(家貧思良妻 國亂思良相).』라고 하셨습니다.
제 동생인 성자(成子)와 적황(翟璜) 중 누가 재상에 적합하다고
생각하십니까?」

이에 이극은 문후에게 다음의 다섯 가지를 진언하였다.

「평소에 지낼 때는 그의 가까운 사람을 살피고, 부귀할 때에는
그와 왕래가 있는 사람을 살피고, 관직에 있을 때에는 그가 천거
한 사람을 살피고, 곤궁할 때에는 그가 하지 않는 일을 살피고,
어려울 때에는 그가 취하지 않는 것을 살피십시오.」 위나라 재상
이 된 사람은 바로 성자(成子)였다. 비록 문후의 동생이었지만,
그는 자신의 소득 중 1할만을 생활에 쓰고, 나머지 9할은 어려운
사람들을 위해 사용하였다. (어진 아내로서의) 역할을 하였고,

(어진 재상으로서도) 적임자였던 것이다.

『가빈사양처』나 『국난사양상(國亂思良相)』이라는 말은 모두 어려운 시기에는 유능하고 어진 인재가 필요하게 된다는 것을 뜻한다.　　　　　　　　　　　　　　　―《사기》위세가(魏世家)

■ **사가망처**(徙家忘妻) : 이사를 가면서 아내를 잊어버리고 간다는 뜻으로, 정말 중요한 것이 무엇인지 놓쳐버리는 얼빠진 사람을 비유하는 말이다. 일찍이 노애공(魯哀公)은 공자가 말한 것처럼 그렇게 얼빠진 사람이 어찌 있을 수 있겠느냐 하면서 공자에게 물어본 적이 있다고 한다. 그랬더니 공자가 하는 말이, 이사할 때 자기 아내마저도 잊는 사람도 있다는 것이었다. 이에 노애공이 한층 더 아리송해하자, 다음과 같은 내용의 이야기를 들려주었다고 한다.

「하걸(夏桀)과 상주(商紂)와 같은 폭군은 황음무치(荒淫無恥)하고 부화타락(附和墮落)하여 나라일은 전혀 돌보지 않고 민생을 돌보지 않았을 뿐 아니라, 권세에 아부하고 남을 비방하기 좋아하는 간사한 무리들을 사주해서 더 많은 악행을 저지르게 하였습니다. 이리하여 충성스럽고 정직한 사람들은 추방을 당하게 되었거나 군주에게 간할 기회마저 잃게 되었지요. 그 결과 걸주 같은 폭군들은 나라를 망치고 자신의 운명마저 담보하지 못했으니 그들은 나라와 백성을 망각했을 뿐 아니라 자기 자신마저 깡그리 잊어버리게 되었던 것입니다.」　　　　　―《공자가어》

■ **칠거지악**(七去之惡) : 아내를 내쫓을 수 있는 일곱 가지 죄악이란 뜻이다. 『삼종지도(三從之道)』와 함께 여성들을 일방적으로 학대해 온 고대 사회의 대표적인 윤리관이다. 그 일곱 가지 죄악이란 다음과 같은 것이다.

첫째는 시부모의 말에 순종하지 않는 것이다. 즉 『불순부모거(不順父母去)』라는 것이다. 거(去)는 『버린다』『보낸다』『쫓는다』라는 뜻이다. 이것은 아마 지금도 법률적으로 이혼 조건이 될 수 있을 것이다. 물론 그 정도의 차는 있지만.

다음은 『무자거(無子去)』다. 자식을 낳지 못하며 보낸다는 것이다. 불효 가운데 뒤를 이을 자식이 없는 것을 가장 큰 것으로 알던 고대 사회에서는 너무도 당연한 일이었을지 모른다. 지금도 아직 그 잔재가 남아 있어 첩을 얻는 사유가 가끔 본부인이 아들을 낳지 못하는 것이 이유가 될 때가 있다.

다음은 『음거(淫去)』다. 부정한 행동이 있으면 보내는 것이다. 지금도 이것만은 이혼의 절대적인 조건이 되어 있으니 옛날이야 말할 것도 없는 일이다. 다만 여성에 한한 일방적이라는 것에 차이가 있을 뿐이다.

다음은 『유악질거(有惡疾去)』다. 전염될 염려가 있는 불치의 병 같은 것을 말한다. 지금도 이것만은 그대로 적용되고 있다고 볼 수 있다. 지금은 서로가 동등한 위치에서 할 수 있는 점이 다르지만.

다음은 『투거(妬去)』다. 첩 꼴을 보려고 하지 않는다든가, 공연히 남편의 하는 일에 강짜를 부리는 그런 여자는 돌려보내도 좋다는 것이다. 이것이 아마 여성들에게는 가장 가혹한 일방적인 고역이었을 것이다. 쌍벌죄가 여성들을 보호하고 있는 오늘을 사는 여성들로서는 생각만 해도 남성들의 지난날의 횡포가 치가 떨리도록 미울 것이다.

다음은 『다언거(多言去)』다. 말이 많은 여자는 보내도 좋다는 것이다. 말이 많다는 표준을 어디에 두었는지는 알 수 없지만, 아마 말을 옮기기를 좋아해서 동기.친척들을 불화하게 만드는 그런 경우를 말할 수 있을 것이다.

끝으로 『도거(盜去)』다. 손이 거친 여자는 보낸다는 것이다.

그런데 여기에도 보내지 못하는 세 가지 조건이 있다. 이른바 삼불거(三不去)라는 것이다.

첫째, 부모들이 그 며느리를 사랑하는 경우, 부모의 3년상을 치른 아내는 보내지 않는다. 다시 말해 부모에게 효도가 극진한 아내는 보내지 않는다는 것이다.

둘째, 그런 경우는 드물겠지만, 자식을 낳지 못하는 여자들 중에 효부가 많이 있는지도 모른다. 처음 시집와서 몹시 가난하고 어렵게 살다가 뒤에 부자가 되고 지위가 높아졌을 경우는 비록 잘못이 있어도 보내서는 안된다는 것이다. 이 말은 돈이 많고 출세를 하게 되면 공연히 아내가 보기 싫어지는 폐단을 막기 위한 것일지도 모른다. 잘못은 잘못이요 공은 공이라는 생각에서 나온 것이긴 하지만.

셋째, 돌아갈 곳이 없는 여자는 내보내서는 안된다고 했다. 법에도 눈물이 있다는 말과 같이 자기와 같이 살던 여자를 길거리로 내쫓을 수는 없다는 점에서일 것이다.

【신화】

▣ 헤라는 크로노스와 레아의 딸로, 올림포스의 주신(主神) 제우스의 누이이자 세 번째의 정식 아내이기도 하여 올림포스의 여신 중 최고의 여신이다. 여성의 결혼생활을 지키는 여신으로서 많은 도시에서 제사지냈다. 헤라는 제우스의 양처(良妻) 노릇을 착실히 하였으나 남편의 난봉에는 참을 수가 없었다. 헤라 여신의 질투는 그리스 신화에서 너무도 유명하다. 그녀는 미용에도 신경을 써 해마다 나우폴라의 카나토스 샘을 찾아가 목욕을 했고, 번번이 수처녀의 몸이 되어 남편을 즐겁게 했다 한다. 그러나 신화나 전설에서는 남편 제우스의 연인이나 그 자식들을 질투하고 박해하는 여신으로, 천공(天空)의 신 제우스와 천공의 여신 헤라가 부부싸움을 하면 하늘에서 큰 폭풍이 일어난다고 고대 그리스인들은 생각하였다.

둘 사이에서는 대장장이의 신 헤파이스토스, 군신(軍神) 아레스, 해산(解産)의 여신 에일레이티아, 청춘의 여신 헤바가 태어났다. 그녀가 아테나와 아프로디테(비너스) 두 여신과 아름다움을 겨루어 파리스의 심판으로 아프로디테에게 패하였으므로, 트로이전쟁이 일어났을 때 그녀는 트로이가 파리스의 나라이므로 이를 무척 미워했다. 미술작품에서는 관을 쓰고 홀(笏)을 들고, 여유 있고 긴 옷을 걸친 당당한 여성으로 표현되고 있다. 로마 신화에서는 유노(영어로는 주노)와 동일시된다.

【에피소드】

■ 빅토리아 여왕이 남편 앨버트와 사소한 일로 말다툼을 했다. 앨버트는 화가 나서 자기 방으로 가버렸다. 평소 여왕의 아내로서 열등감에 사로잡혀 있는 남편을 측은히 여긴 여왕은 사과를 할 생각으로 남편 방문을 노크했다. 「누구요?」 「영국의 여왕이오.」 그는 문을 열지 않았다. 여왕은 반 명령조로 말했다. 「문을 열어요!」 「누구요?」 역시 똑같이 앨버트가 말했다. 「영국의 여왕입니다.」 여왕도 남편에게 지지 않고 맞섰으나 문은 열리지 않았다. 「열어 주셔요.……저예요.」 안타깝다는 듯이 애원해 보았으나 남편의 대답은 역시 「누구요?」를 되풀이했다. 그러자 「당신의 아내예요.」 하고 말했다. 그러자 문은 소리도 없이 스르르 열렸다.

■ 철학자 소크라테스의 아내는 악처로 유명했다. 어떤 사람이, 「자네 같은 식견을 가진 사람이 어째서 아내를 그렇게 골랐나?」 하고 물었더니 그는 이렇게 대답했다. 「훌륭한 기수는 제일가는 명마를 골라 타는 것이니 그놈만 잘 다룰 줄 알면 그 후는 아무 말이거나 문제가 되지 않거든…….」

【명작】

■ 빈처(貧妻) : 1921년 1월《개벽》7호에 발표된 현진건(玄鎭健, 1900~1943)의 단편소설. 처녀작 《희생화(犧牲花)》가 있으나 현진건은 이 소설로 그의 소설가로서의 위치를 확고히 하였다. 작가수업을 하고 있는 가난한 청년의 이야기로서 1인칭소설이다.

『나』는 언젠가는 훌륭한 문사가 되리라는 희망을 가지고, 오로지 독서와 습작에 전념하고 있는 청년이다. 따라서 아무 벌이도 없이 아내가 시집올 때 가지고 온 옷가지를 전당 잡혀서 근근이 생계를 이어가고 있는 형편이다. 가까운 친척인 은행원 T는 나의 집에 자주 내왕하는 편인데, 그의 아내가 양산을 샀다면서 들렀다. 나의 아내는 부러워하다가 그가 가고 난 뒤「당신도 살 도리를 좀 하세요.」라고 말한다. 이 말에 속이 상한 나는 아내를 예술가의 처로서 자격이 없다고 나무란다.

장인의 생일이라는 통지가 와서 부부가 같이 나섰지만, 부잣집 처가에 온 사람들이 모두 나를 비웃는 것 같아서 술에 취해서 집에 돌아온다. 처형은 돈은 많지만, 남편이 불성실하여 내외의 불화가 심했다. 그에 비하여 가난은 하지만 화합하는 우리 부부가 행복하다고 자위한다. 그러나 나는 언젠가는 출세를 해서 물질로도 아내에게 잘 해주고 싶은 생각이 내심 간절하다. 이 작품은 현진건의 자전적 요소가 강한 소설이다. 그러나 주인공『나』뒤에는 비판적인 안목을 지닌 작가 현진건이 도사리고 있다.

이 사회에서 살아가려면 물질생활을 절대로 도외시할 수 없다는 사실, 바로 그 생활에 얽매이다 보면 결코 훌륭한 예술인이 될 수 없으며, 예술에 전념하는 사람에게도 나의 아내와 같이 생활인이 뒷받침하지 않으면 안 된다는 사실 등 이 소설은 생활인과 예술인과의 갈등을 그려나갔다는 점에서 특징적이다.

【成句】

▣ 아내(婦) : 女변에 帚(비 추)자로, 여자가 시집을 가면 가정에서 집안일을 보며 청소(帚)한다는 뜻에서, 아내 또는 며느리의 뜻이 되었다.

▣ 삼불거(三不去) : 칠거(七去)의 이유가 있는 아내라도 버리지 못할 세 가지 경우. 곧 부모의 삼년상을 함께 치렀거나, 가난할 때에 장가들었거나, 아내가 돌아가 살 곳이 없는 경우를 말함. / 《공자가어》

▣ 유처취처(有妻娶妻) : 아내 있는 사람이 또 아내를 얻음.

▣ 정구건즐(井臼巾櫛) : 물을 긷고 절구질하고 낯을 씻고 머리를 빗는다는 뜻으로, 아내가 응당히 해야 할 일을 일컬음.

▣ 기추지첩(箕箒之妾) : 쓰레받기나 비를 가지고 소제하는 하녀란 뜻으로, 남의 처가 되는 것을 겸사한 말. /《사기》고조본기.

▣ 취구지몽(炊臼之夢) : 아내를 잃음의 비유. 또 아내의 죽음을 알리는 꿈을 말한다. 부(釜 : 솥)는 부(婦 : 아내)와 통하여, 솥이 없어져 절구로 밥을 지었다는 꿈이라는 데서 나온 말. /《유양잡조(酉陽雜組)》

■ 부귀처영(夫貴妻榮) : 아내는 남편 덕분에 영광스럽게 되는 것.
/《위서(魏書)》

■ 형처돈아(荊妻豚兒) : 자기 처자(妻子)에게 사용하는 겸손의 말
로서는 최상급. 우처(愚妻)·우식(愚息). 형처(荊妻)는 후한(後
漢) 양홍(梁鴻)의 처가 가시나무를 비녀로 사용했기 때문에 친구
에게 소개할 때 형처라고 한 데서 비롯된다. 돈아(豚兒)는 글자
그대로 돼지의 자식.

■ 엄처시하(嚴妻侍下) : 아내의 주장(主將) 밑에서 쥐여 사는 남편
(男便)을 조롱(嘲弄)하는 말. petticoat government.

■ 교부초래(敎婦初來) : 아내는 처음 시집왔을 때 가르쳐야 한다는
뜻. /《안씨가훈》

■ 호의기건(縞衣綦巾) : 무명옷과 연둣빛 두건이라는 뜻으로, 주대
(周代)의 천한 여자의 복색. 또는 가난한 살림에 찌든 자기 아내
의 변변치 못한 옷차림을 겸손하게 이르는 말. /《시경》

■ 계명지조(鷄鳴之助) : 어질고 현명한 왕비의 내조를 이르는 말.
예전에 어진 왕비는 새벽이면 반드시 임금께 나아가 닭이 울었으
니 일어나라고 권하여 왕이 아침 일찍부터 일어나 정사를 보도록
하였다는 데서 유래한 말로, 현숙한 왕비의 내조를 이르는 말.

■ 집건즐(執巾櫛) : 남편 옆에서 수건과 빗을 가지고 시중을 든다는
뜻으로, 아내가 되는 것을 겸손해서 하는 말. /《좌씨전》

■ 처산(妻山) : 아내의 무덤이 있는 곳.

■ 산처(山妻) : 자기 처를 낮추어 이르는 말. / 두보.

■ 페티코트(petticoat) 정부 : 페티코트는 스커트 속에 받쳐 입는 여성용 속치마를 이르는 말로, 엄처시하(嚴妻侍下)를 이른 말.

남편 husband 夫

【어록】

▣ 소식 없는 제 낭군 탓하지 않고, 괜스레 다리목의 점쟁이만 탓한
다(自家夫 壻無消息 卻恨橋頭賣卜人).

　　　　　　　　　　　— 시견오(施肩吾) / 망부사(望夫詞)

▣ 아름다운 자태로 다른 사람 섬기다니, 그런 사랑 얼마나 갈 수
있으리오(以色事他人 能得幾時好).　　　　　　— 이백(李白)

▣ 아내가 어질면 남편의 화가 적고, 자식이 효도하면 부모의 마음
은 너그러우며, 자식이 효도하면 두 분 어버이가 기뻐하시고, 집
안이 화목하면 모든 일이 이루어진다(妻賢夫禍少 子孝父心寬 子
孝雙親樂 家和萬事成).　　　　　　— 《추구집(推句集)》

▣ 결혼한 남자의 일생 가운데 가장 행복한 날은 이틀이다. 결혼하
는 날과, 아내를 매장하는 날.　　　　　　　　— 히포낙스

▣ 정숙한 여자가 남편을 고를 때는 자기 눈이 아니라 이성(理性)과
의논한다.　　　　　　　　　　　　— 푸블릴리우스 시루스

■ 남편의 집은 아내다.   — 《탈무드》

■ 남편은 격렬한 형의 에로티시즘을 바라고 있지만, 아내는 단순히 손을 잡는다거나 입맞춤을 기다린다. 권태기의 여자들이 불안해하는 것은 바로 이런 사랑이 결여되어 있기 때문이다.
             — 프란체스코

■ 너희는 혼자 가는 것이 아니고 남편과 함께 간다. 너희는 그에게 따르게 되어 있다. 그가 멈추는 곳을 고향이라 생각하라.
             — 존 밀턴

■ 연애를 할 때는 노비(奴婢), 결혼을 하면 영주(領主).
             — 제프리 초서

■ 어떤 여자가 좋은 남편을 가지고 있는가, 그것은 그 여자의 얼굴을 보면 잘 알 수 있다.   — 괴테

■ 턱수염을 기른 남편은 참을 수가 없어요. 차라리 모포 속에 누워 있는 것이 더 낫습니다.   — 셰익스피어

■ 최상(最上)의 남자보다 나쁜 남편은 없다.   — 셰익스피어

■ 남자가 가지고 있는 최고의 재산 또는 최악의 재산은 바로 그의 아내이다.   — T. 풀러

■ 황제도 아내의 눈에는 한갓 남편에 지나지 않는다.
             — 조지 바이런

■ 아내가 꾸짖지 않는 남편은 천국에 있다.   — 존 헤이우드

■ 남편을 주인으로 섬기되, 배신자처럼 경계하라.   — 몽테뉴

▣ 타인의 관찰대로 자기 아내를 평가하는 남편은 본 적이 없다.

　　　　　　　　　　　　　　　　　　　— 도스토예프스키

▣ 남편이 아내에게 귀중한 것은 오직 남편이 출타 중인 때뿐이다.

　　　　　　　　　　　　　　　　　　　— 도스토예프스키

▣ 좋은 남편이란 밤에는 제일 먼저 잠자고 아침에는 제일 늦게 일어나는 남편이 아니다.　　　　　　　　　　　— 발자크

▣ 여자가 재혼할 때에는 전 남편을 싫어했기 때문이고, 남자가 재혼할 때는 첫 번째 부인을 열렬히 사랑했기 때문이다.

　　　　　　　　　　　　　　　　　　　— 오스카 와일드

▣ 보통의 윤리 : 이 사람은 나를 사랑하고 있다. 그러나 나에게는 남편이 있다. 따라서 그를 사랑해서는 안 된다. 여성의 윤리 : 내게는 남편이 있으므로 그를 사랑해서는 안 된다. 그러나 이 사람은 나를 사랑하고 있다.　　　　　　— 미하일 레르몬토프

▣ 혼인 중에 밴 자식의 아버지는 남편이다.　　— 나폴레옹 1세

▣ 남편이란 능숙해질 뿐이지 나아지는 일이 없다.

　　　　　　　　　　　　　　　　　　　— 헨리 L. 멩컨

▣ 가정에서 아내에게 기를 펴지 못하고 지내는 남편은 밖에서도 굽실거리고 쩔쩔맨다.　　　　　　　　　— 워싱턴 어빙

▣ 그녀의 가슴에는 미래의 남편의 모습이 떠올랐다. 그것은 특정한 전혀 별개의 행복한 세계에 홀연히 그녀의 마음속을 스쳐가는 힘세고 모든 것을 정복하는 것 같은 알 수 없는 매력을 갖춘 존재였다.　　　　　　　　　　　　　　　— 레프 톨스토이

■ 가장 과묵한 남편은 가장 사나운 아내를 만든다. 남편이 너무 조용하면 아내는 사나워진다.　　　　　　　 ― 벤저민 디즈레일리

■ 남편이 된다는 것은 하루 종일 일하는 직업을 얻는 것이다.
　　　　　　　　　　　　　　　　　　　 ― 에녹 베넷

■ 남편이 결점이 있다는 것을 아내는 하느님께 감사해야 한다. 결점이 없는 남편은 위험한 감시자이다.　　　 ― T. 헬리팩스

■ 남편은 아내보다 키가 크고, 나이 많고, 못생기고, 야단스러워야한다.　　　　　　　　　　　　 ― 에드거 앨런 포

■ 여자는 남편과 결혼하는 것이지 남자와 결혼하는 것이 아니다.
　　　　　　　　　　　　　　　　　　　　 ― 전혜린

【속담·격언】

■ 남편은 두레박, 아내는 항아리. (남편은 밖에서 돈을 벌어 오면아내는 잘 모아 간직한다는 말)　　　　　　　 ― 한국

■ 남편 잘못 만나면 당대 원수요, 아내 잘못 만나면 2대 원수다.
(남편 잘못 만나는 것은 평생 원수고, 아내 잘못 만나는 것은 아들 대까지 원수다)　　　　　　　　　　　 ― 한국

■ 남편 밥은 누워 먹고, 아들 밥은 앉아 먹고, 딸 밥은 서서 먹는다.
(여자가 의지하기는 딸보다 아들이, 아들보다는 남편이 낫다)
　　　　　　　　　　　　　　　　　　　　 ― 한국

■ 달 밝은 밤이 흐린 낮만 못하다. (아무리 자식이 효도를 해도 못된 남편만 못하다)　　　　　　　　　　 ― 한국

▣ 어진 처가 있으니 남편에게 화가 없고, 자식이 효도하니 부모 마음이 넉넉하다. ― 중국

▣ 어진 아내가 있으면 남편에게 오는 재앙이 없고, 멀리 내다보면 가까운 근심이 없다. ― 중국

▣ 남자는 후처를 더 사랑하고, 여자는 전 남편을 중히 여긴다. ― 중국

▣ 남편이 가정을 주도하는 것은 고양이가 쥐를 잡는 것과 같다. (당연한 일이다) ― 중국

▣ 망종 전후에 남편을 버리고 도망간다. (농사일에 너무 피곤하여 도망가는 줄도 모른다) ― 중국

▣ 처가 남편보다 한 살 많으면 먹을 밥이 있고, 두 살 많으면 장사 이문이 많고, 세 살 많으면 집에 가게를 차린다. ― 중국

▣ 아내는 남편의 권세대로 힘을 쓰고, 개는 주인의 힘을 믿고 짖는다. ― 중국

▣ 남편은 또 하나의 하늘이다. ― 중국

▣ 아내의 목소리가 크고 말이 많으면 남편은 패가망신한다. ― 중국

▣ 남편과 젓가락은 강할수록 좋다. ― 일본

▣ 아내는 언제나 이웃 남편을 오랑캐꽃이라고 생각한다. ― 독일

▣ 귀머거리 남편과 장님 아내는 행복한 부부라 할 것이다. ― 덴마크

▣ 남편에 따라 왕비, 남편에 따라 거지.　　　　　　　　— 스페인
▣ 어떤 남편은 동네 사람이 다 알고 있는 것을 혼자 모른다.

　　　　　　　　　　　　　　　　　　　　　　　— 루마니아
▣ 네 어머니와는 바닷가까지만, 네 남편과는 바다를 넘어서 가라.

　　　　　　　　　　　　　　　　　　　　　　　— 알바니아
▣ 남편이 때리는 매는 자국을 남기지 않는다.　　　　　— 러시아
▣ 남편의 죄는 문턱에서 멈추지만, 아내의 죄는 집 안까지 들어온
　다.　　　　　　　　　　　　　　　　　　　　　　— 러시아
▣ 여자로서는 자기가 사랑하는 남자를 택하기보다 자기를 사랑하
　는 남자를 남편으로 택하는 것이 낫다.　　　　　　— 아라비아

【시】

셔블 발기 다래 (서울 밝은 달에)
밤드리 노니다가 (밤 늦도록 놀며 지내다가)
드러자 자리 보곤 (들어와 자리를 보니)
가라리 네히어라 (가랑이가 넷이로구나)
둘흔 내해엇고 (둘은 내 것이었지만)
둘흔 뉘해언고 (둘은 누구의 것인고?)
본대 내해다마난 (본디 내 것이다마는)
아자날 엇디하릿고 (빼앗긴 걸 어쩌겠나)

　　　　　　　　　　　　　　　　　　　　　　　— 처용가

남진(남편) 죽고 우는 눈물 두 젖에 내리 흘러
젖 맛이 짜다 하고 자식은 보채거든
저놈아 어느 안으로 계집되라 하는다.

— 정철 / 송강가사

저 산추에 풀잎은
죽었다도 살아나고
우리 부모 한번 가면
다시 못 오는다
우리 인생 초로인생
한번 가면 못 오는다
이여도사나 이여도사나
바늘같이 약한 마음
칼날 같은 남편을 만나
백 년 동거하였더니
단 백 일도 못 살리라
이여도사나 이여도사나

— 제주지방 어부요(漁父夫)

■ 날마다 안 돌아오는 남편 그리다, 외로운 망부석 되어 남편 그리
　네. 기다린 지 몇 천 년 훨씬 넘어도, 기다리던 처음 모양 변함없
　구나(終日望夫夫不歸 化爲孤石苦相思 望來已是幾千載 只似當時

初望時).   ― 유우석 / 망부석

【중국의 고사】

■ **거안제미**(舉案齊眉) : 남편을 깍듯이 공경함으로써 내외가 서로
신뢰를 쌓고 가정을 화목하게 함을 이르는 교훈의 말이다. 후한
때 양홍(梁鴻)이란 학자가 있었는데, 그는 비록 집은 가난하지만
절개만은 꿋꿋해 모든 사람의 존경을 받고 있었다. 그는 뜻하는
바 있어 장가를 늦추고 있었는데, 어느 날 같은 마을에 사는 얼굴
이 못생긴 맹광(孟光)이란 처녀가 나이 서른이 넘는 처지에서도
「양홍 같은 훌륭한 분이 아니면 절대로 시집을 가지 않겠다.」
며 버티고 있다는 소문이 들려왔다. 그러자 양홍은 그 처녀의 뜻
이 기특해 그 처녀에게 청혼을 하였고 곧 결혼을 하였다.

  그런데 양홍이 결혼 후 며칠이 지나도 색시와 잠자리를 같이하
지 않자 색시가 궁금하여 그 까닭을 물었다. 이에 양홍이 대답하
기를, 「내가 원했던 부인은 비단옷을 걸치고 짙은 화장을 하는 여
자가 아니라 누더기 옷을 부끄러워하지 않고 깊은 산속에서라도
살 수 있는 여자였소.」라고 하자 색시는, 「이제 당신의 마음을 알
았으니 당신의 뜻에 따르겠습니다.」라고 하였다.

  그 후부터 아내가 화장도 않고 산골농부 차림으로 생활하다가
남편의 뜻에 따라 산 속으로 들어가 농사를 짓고 베를 짜면서 살
았다. 그러던 어느 날, 양홍이 농사일의 틈틈이 친구들에게 시를
지어 보냈는데, 그 중에서 몇몇 시가 황실을 비방하는 내용이 들

어 있었다. 그것이 발각되어 나라에서 그에게 체포령이 떨어졌다. 이에 환멸을 느낀 양홍은 오(吳)나라로 건너가 고백통(皐伯通)이라는 명문가의 방앗간지기로 있으면서 생활을 꾸려나갔다.

《양홍전》의 한 구절에, 「양홍이 일을 마치고 돌아오면 그 아내는 늘 밥상을 차려 양홍 앞에서 감히 눈을 치뜨지 않고 밥상을 눈썹 위까지 들어올려 바쳤다(每歸妻爲具食 不敢於鴻前仰視 擧案齊眉).」라는 구절이 보인다. 또 고백통은 이 부부의 사람됨을 예사롭지 않게 여겨 여러 면에서 도와주어 양홍이 수십 편의 훌륭한 책을 저술할 수가 있었다고 한다.

남편의 인품을 존경하며, 그의 의지를 따르고 극진한 내조로 집안을 화목하게 꾸려 남편으로 하여금 마음 놓고 학문을 파고들어 명저(名著)를 저술할 수 있게 하였으니, 이 내외가 반듯한 인생을 완성한 것이다. ──《후한서》 양홍전

▣ **살처구장**(殺妻求將) : 아내를 죽여 장군이 된다는 뜻으로, 명성이나 이익을 얻기 위하여 흉악하고 잔인한 수단을 망설이지 않고 사용함을 비유한 말.

오기(吳起)가 제나라의 침략을 막아낼 노나라 장군으로 천거될 때 그의 아내가 제나라 사람이란 것이 문제되자 아내를 죽이고 장수가 된 데서 유래. 즉, 명리(名利)나 권세를 얻기 위하여 반인륜적인 흉악 잔인한 방법을 쓰는 것을 비유함.

《사기》 손자오기열전에 있는 이야기다.

　전국시대, 병법에 뛰어난 오기(吳起, BC 440~BC 381)라는 사람이 있었다. 그는 위(衛)나라 사람으로서 부유한 가정의 출신이었다. 그는 젊었을 적 공명(功名)을 얻기 위하여 여러 곳을 돌아다녔으나 결국 아무것도 이루지 못하였다.

　고향 사람들이 자신을 비웃자, 오기는 자신을 조롱한 사람 30여 명을 죽이고 밤을 틈타 위나라를 도망쳐 나왔다. 그는 어머니와 이별하면서 대부나 재상이 되어 돌아오겠다고 말하면서, 자신의 팔뚝을 물어뜯었다.

　그 길로 그는 노(魯)나라로 향했다. 노나라에서는 공자의 제자인 증자(曾子 : 曾參)의 제자가 되어 열심히 공부하고 증자의 아들인 증신(曾申)과 절친하여 그의 천거를 받았으며, 제(齊)나라의 대부 전거(田居)가 노나라를 방문했을 때 이웃집에 있는 오기의 열성적인 학문 태도를 보고 증신의 소개로 만나게 되었다.

　대화를 통해 오기가 비범한 인재임을 알아본 전거는 어질고 미인인 자신의 딸을 주어 사위로 삼았다. 그야말로 최고의 혼인이었으므로 둘은 매우 행복하게 살았다. 그러나 고향 위나라에서 모친의 사망 소식이 왔을 때 그는 대부나 재상이 되어서야 돌아오겠다고 한 자신의 맹세를 지켜 달려가 상을 치르지 않아 스승 증자로부터 절연당했다.

　얼마 후, 제나라가 노나라를 침략하게 되자 노나라 목공(穆公)은 오기를 장군으로 임명하려 하였으나, 그가 제나라 대부 전거의 사위라는 점 때문에 결정을 내릴 수가 없었다. 이런 사실을 알아차린

오기는 공명을 얻고자 하는 마음에서 조금도 망설이지 않고 자신의 아내를 죽임으로써 제나라와 아무런 관계가 없음을 증명해 보였다 (吳起于是欲就名 遂殺其妻 以明不與齊也).

그러나 목공은 오기가 너무 잔인하다고 생각하여 그를 해임하고 말았다. 이에 오기는 위(魏)나라로 향하게 된다.

— 《사기》 손자오기열전(孫子吳起列傳)

【에피소드】

■ 퀴리 부인(Marie Curie, 1867~1934)과 그 가족은 역사에 이름을 떨쳤다. 1903년 라듐 연구로 그녀와 남편 피에르 퀴리가 공동으로 노벨물리학상을 수상하였고, 1907년에는 라듐 원자량의 정밀한 측정에 성공하였고, 1910년에는 금속라듐 분리 또한 성공하여, 1911년에는 라듐 및 폴로늄의 발견과 라듐의 성질 및 그 화합물 연구로 단독으로 노벨화학상을 수상하였다. 그 공적을 기려 방사능 단위에 퀴리라는 이름이, 화학원소 퀴륨에 이름이 사용되었다.

그녀는 여성으로서 최초의 노벨상 수상자이며, 물리학상과 화학상을 동시에 받은 유일한 인물이다. 노벨상을 2회 수상한 기록은 라이너스 폴링과 함께 개인으로는 최다 기록이다(단체로서 적십자 국제위원회가 3회 수상하였다). 또 그녀의 딸 부부(이렌 졸리오 퀴리와 프레데리크 졸리오 퀴리)가 노벨화학상을 수상하였다. 프랑스의 보수성과 가십을 좋아하는 언론의 공격(「남편의 제자와 연인관계이다」라는 기사가 났다)으로 결국 화학아카데미 회원이 될 수 없었다.

퀴리 부처가 라듐의 존재를 공표하고 순수한 라듐을 만들어 낼 때까지 4년의 세월이 소비되었다. 그 동안 마리 퀴리는 남편과 함께 비가 새는 창고 같은 실험실에서 연구를 계속했다. 그러나 마리의 일은 연구소에서의 일에 그치지 않고 식사준비, 빨래, 아이 기르기 등 주부로서의 일이 산적했다. 과학자인 동시에 주부임을 자각하고 있던 마리는 이 바쁜 일상생활이 당연하다고 생각하고 있었으나 무엇보다도 남편 피에르 퀴리(Pierre Curie, 1859~1906)의 애정이 큰 힘이 되어 주었다. 그 사실은 마리가 자기 언니에게 쓴 편지 속에 나타나 있다.

「나는 남이 생각하고 있는 것 이상으로 좋은 남편을 갖고 있어 행복합니다. 정말 이렇게 좋은 남편을 만나게 되리라고는 생각지도 못했는데, 하늘에서 복을 내려주신 것입니다. 같이 살면 살수록 우리들의 애정은 두터워지고 있습니다.」

【成句】

■ 경경(卿卿) : 아내가 남편을 부르는 말. /《세설》

■ 양인(良人) : 남편. 부인이 지아비를 가리켜 하는 말. /《시경》

가정 home 家庭

【어록】

■ 형제들이 집안에서는 서로 다투는 일이 있지만, 외부에서 침략해 오면 일치단결해서 외세를 물리친다.　　　　　　　—《시경》

■ 선을 쌓은 집안은 반드시 남는 경사가 있고, 불선을 쌓은 집안에는 반드시 남는 재앙이 있다(積善之家 必有餘慶 積不善之家 必有餘殃).　　　　　　　—《주역》

■ 가문은 스스로 무너질 짓을 한 뒤에 남이 무너뜨린다(家必自毁而後人毁之).　　　　　　　—《맹자》

■ 천하가 크게 혼란해지면 안정된 나라가 없고, 한 나라가 죄다 혼란해지면 안녕한 가정이 없으며, 한 가정이 모두 혼란해지면 편안한 개인이 없다(天下大亂 無有安國 一國盡亂 無有安家 一家皆亂 無有安身).　　　　　　　—《여씨춘추》

■ 마음이 바라야 몸을 닦게 되고, 몸을 닦아야 가정을 다스리게 되고, 가정을 다스려야 나라를 다스리게 되고, 나라를 다스려야 천

하를 평정하게 된다(心正而後身修 身修而後家齊 家齊而後國治 國治而後天下平). ─《대학(大學)》

◼ 자신의 덕이 닦아진 후 집이 정돈된다. ─《대학》

◼ 먼저 가정에 법이 서서 장차 국정에까지 미친다. ─《대학》

◼ 한 중대를 편성하는 데는 백 명의 남자가 필요하다. 그러나 한 여자는 한 가정을 만들 수 있다. 한 집에 인(仁), 곧 진심이 실천 되면 그 나라 전체에 진심이 넘치고, 한 집에서 몸을 물러서서 양 보하면 그 나라 전체에 양보의 정신이 넘치고, 백성을 다스리고 덕을 미치게 해야 할 군주가 자기 이익만 추구한다면 나라 전체 가 혼란해져서 분쟁이 끝나지 않게 된다. ─《대학》

◼ 밝은 관리도 가정 일을 결단하기 어렵다(淸官難斷家務事). ─《유림외사(儒林外史)》

◼ 글을 읽음은 집을 일으키는 근본이요, 이치에 좇음은 집을 보존 하는 근본이요, 부지런하고 검소함은 집을 다스리는 근본이요, 화순(和順)함은 집을 정제(精製)하는 근본이다. ─《명심보감》

◼ 혼인을 부귀(富貴)에 치중하면 장차 가정의 화근이 된다. ─ 사마광

◼ 집안사람에게 허물이 있거든 거칠게 성낼 것도 아니며, 예사로 내버려둘 일도 아니며, 그 일을 말하기 어렵거든 다른 일을 빌어 은근히 타이르라. 오늘 깨닫지 못하거든 다음날을 기다렸다가 두 번 깨우쳐 주라. 봄바람이 언 것을 풀어 주고, 화기(和氣)가 얼음 을 녹이듯이 하는 것, 이것이 곧 가정의 규범이니라.

─《채근담》

■ 아버지가 자식을 사랑하고 자식이 어버이에게 효도하며, 형이 아우를 아끼고 아우가 형을 공경하여 비록 지극한 곳에 이르렀다 할지라도 이 모두 다 당연할 따름이요, 조금도 감격한 생각을 두지 말 것이다. 베푸는 이가 덕으로 자처하고, 받는 이가 은혜로 생각한다면 이는 곧 모르는 행인과 다름이 없으니, 문득 장사꾼 마음에 떨어질 것이다.　　　　　　　　　─《채근담》

■ 아내가 어질면 남편의 화가 적고, 자식이 효도하면 부모의 마음은 너그러우며, 자식이 효도하면 두 분 어버이가 기뻐하시고, 집안이 화목하면 모든 일이 이루어진다(妻賢夫禍少 子孝父心寬 子孝雙親樂 家和萬事成).　　　　　　─《추구집(推句集)》

■ 아버지의 마음을 내 마음으로 생각하면, 내 자식이나 형의 자식이나 조금도 차이가 없을 것이다.　　　　　─ 육유(陸游)

■ 일가의 사람이 아니면 같은 집의 문에 들지 않는다. 자기 가정을 훌륭하게 다스리는 사람은 국가의 일에도 가치 있는 인물이다.
　　　　　　　　　　　　　　　─ 소포클레스

■ 애정은 가정에 머문다.　　　　　　─ 플리니우스 2세

■ 지상의 모든 국가를 한 가족으로 보지 말고 지상(至上)의 우주국가의 한 시민의 입장에서 생각하라.　─ 마르쿠스 아우렐리우스

■ 자기 문중에서 최고의 지위에 있는 편이 최저에 있는 것보다 낫지 않는가.　　　　　　　　　　　─ 플루타르코스

■ 손자는 노인의 면류관이요, 아비는 자식의 영화니라.　─ 잠언

▪ 집안 식구가 바로 자기 원수다.   — 마태복음

▪ 우리 집에 있는 멍텅구리가 남의 집에 있는 지혜자보다는 많이 알고 있다.   — 세르반테스

▪ 처자를 가지는 자는 운명을 볼모 잡힌 것이다. 그것은 처는 선이 건 악이건 대사업에 옴짝달싹 못하게 눌어붙어 방해가 되기 때문 이다.   — 프랜시스 베이컨

▪ 장인은 사위를 사랑하고 시아버지는 며느리를 사랑하지만, 장모 는 사위를 사랑하고 시어머니는 며느리를 사랑하지 않는다.   — 라브뤼예르

▪ 쾌락과 궁전 속을 거닐지라도 언제나 초라하지만 내 집만 한 곳 은 없다.   — 존 페인

▪ 조그만 초가집도 궁궐만큼이나 많은 행복을 수용할 수 있다. 좋 은 남편이란 밤에는 제일 먼저 잠자고 아침에는 제일 늦게 일어 나는 남편이 아니다.   — 발자크

▪ 아무리 수고하거나 어디를 방랑할지라도 우리의 피로한 희망은 평온을 찾아 역시 가정으로 되돌아온다.   — 올리버 골드스미스

▪ 지혜로운 아내는 좋은 남편은 만족시키고, 나쁜 남편은 침묵시킨 다.   — 조지 스윈녹

▪ 천막을 치고 야영을 하기 위해서는 백 명의 남자가 필요하지만, 여자 하나면 가정을 이룰 수 있다.   — 잉거솔

▪ 애정이 없는 궁궐은 한낱 헛간에 불과하고, 사랑이 있는 초가삼 간은 영혼의 낙원이다.   — 잉거솔

▣ 나는 난로가의 분위기를 존중한다. 집안의 민주주의를 믿으며 가족의 공화주의적인 체제를 존중한다.　　　　　　　— 잉거솔

▣ 가정생활에의 의존은 인간을 한층 도덕적으로 만들지만, 공명심이나 궁핍에 몰린 의존은 우리의 품위를 깎아내린다.
　　　　　　　　　　　　　　　　　— 알렉산드르 푸슈킨

▣ 어느 가정이든지 말 못할 사정이 있다. 곁에서 보면 행복해 보이는 가정도 타인이 모르는 분쟁이나 다툼이 있다. 어둡고 불편한 세계, 가정생활, 그곳에서는 위대한 자가 실패하고 겸손한 자가 성공한다.　　　　　　　　　　　　　— 랜달 재럴

▣ 가정에서 행복해지는 것은 온갖 염원과 궁극적 결과이다.
　　　　　　　　　　　　　　　　　　— 새뮤얼 존슨

▣ 집안일을 하는 여인의 모습은 이 세상에서 가장 아름답다. 집안에서는 늘 화목하게 지내라! 화목하면 자연히 즐거움이 있게 된다. 다른 사람의 즐거운 일은 함께 즐거워하라! 그리고 역경에 빠지더라도 양심과 도의를 힘으로 삼고 결코 낙망하지 말라! 잘못을 저지르는 사람이 있거든 반드시 부드러운 말로 타일러라. 현재 자기에게 주어진 환경을 늘 고맙게 생각해야 하며, 결코 세상이나 고난을 원망하지 말라.　　　　　　　— 알랭

▣ 가정은 우리들의 마음을 양육하는 것이 아니고, 우리들의 묘혈(墓穴) 그 관습의 끝 칸이다.　　　　　　　— 윌리엄 채닝

▣ 하나의 가정을 원만하게 다스린다는 것은 한 나라를 통제하는 것보다 더 어려운 일이다.　　　　　　　— 몽테뉴

■ 대리석 방바닥과 금을 장식한 담벼락이 가정을 만드는 것은 아니다. 어느 집이든지 사랑이 깃들고, 우정이 손님이 되는 그런 집은 행복된 가정이다.   — 안토니 반다이크

■ 자신의 집에서 자신의 세계를 가지고 있는 사람보다 더 행복한 사람은 없다.   — 괴테

■ 행복한 사람이란 군자·소인·왕후·농부 누구건 간에 가정이 평화로운 사람이다.   — 괴테

■ 가장(家長)이 확고하게 지배하는 가족은 다른 곳에서 찾아보기 힘든 평화가 깃든다.   — 괴테

■ 집에 노인 한 사람이 있으면 보물이 하나 있는 것과 같다. 집에서 식은 밥 먹는 것이 타향에서 진수성찬을 먹는 것보다 더 낫다. 집은 그 주인을 알려준다.   — 조지 허버트

■ 집은 손으로 짓고 가정은 정으로 짓는다. 집은 이 지구 위에서 가장 최고의 장소요, 달콤하게 정든 처소다.   — 몽고메리

■ 가정의 단란함이 지상에 있어서의 가장 빛나는 기쁨이다. 그리고 자녀를 보는 즐거움은 사람의 가장 성스러운 즐거움이다.

            — 페스탈로치

■ 하늘의 별이 되지 못하거든 차라리 가정의 등불이 되어라.

            — 조지 엘리엇

■ 철학이 우리에게 가르치는 정치적인 형제애는 기독교 정신에 입각한 단순히 정신적인 형제애보다 훨씬 더 우리에게 유익하다.

            — 하인리히 하이네

■ 집은 흔하나 가정이 귀한 세상. 집이 불에 타고 있을 때가 아니면 결코 둘이 동시에 악을 쓰지 말라. 처자식을 사랑하지 않는 자는 집에 암사자를 기르고 슬픔의 둥지에 알을 부화한다.

— 제레미 테일러

■ 사랑 없는 가정은 혼 없는 신체가 사람이 아니듯이 결코 가정이 아니다. — 에이브리

■ 마음이 가 있는 곳이 곧 가정이다. — E. G. 하버드

■ 「왕이건 농부이건 가정에서 기쁨을 찾는 사람이 가장 행복하다.」고 괴테는 말하였다. 그는 그럴 수밖에—그는 가정의 기쁨을 몰랐다. — E. G. 하버드

■ 가정을 잘 이끌어가지 못하는 여자는, 집에 있어서 행복하지 않다. 그리고 집에 있어서 행복하지 못한 여자는 어디에 가든지 행복할 수 없다. — 레프 톨스토이

■ 모든 행복한 가정은 가족 서로가 닮아 있지만, 불행한 가정은 어느 사람이나 모두 따로따로 놀고 불행하다. — 레프 톨스토이

■ 가정애(家庭愛)는 자애와 같다. 따라서 죄악행위의 원인은 되지만, 그 변명이 되지는 않는다. — 레프 톨스토이

■ 아아, 가정으로 돌아가고 싶다. — 빈센트 반 고흐

■ 가정이여, 닫힌 가정이여, 나는 너희를 미워한다.

— 앙드레 지드

■ 행실이 사람을 만든다는 격언이 있다. 그리고 마음이 사람을 만든다는 격언이 있다. 그러나 이 말보다 더 진실한 제3의 격언은

「가정이 인간을 만든다」는 격언이다.　　— 새뮤얼 스마일즈

◼ 가정은 소녀의 감옥이며 부인의 감화원이다.

　　　　　　　　　　　　　　　　　　— 조지 버나드 쇼

◼ 딸은 아버지가 돌보아주고 아들은 어머니가 돌보아주어야 한다. 아버지·아들과 어머니·딸의 법칙은 사랑의 법칙이 아니다. 그것은 혁명의 법칙이며, 해방의 법칙이며, 힘 있는 청년이 지쳐빠진 노인을 억지로 복종케 하는 법칙이다.　　— 조지 버나드 쇼

◼ 행복이란 우리 자신의 가정에서 자라면서 남의 집 정원에서 뽑아지는 것이 아니다.　　　　　　　　　　— 더글러스 제럴드

◼ 가정은 임금도 침입할 수 없는 성곽(城郭)이다.

　　　　　　　　　　　　　　　　　　— 랠프 에머슨

◼ 집이란 어느 식구든 자기 방에 금방 불을 지필 수 있는 곳이라고 나는 생각한다.　　　　　　　　　　— 랠프 에머슨

◼ 영혼 없는 신체가 사람일 수 없듯 사랑 없는 가정은 가정일 수 없다.　　　　　　　　　　　　　— 에이브러햄 링컨

◼ 집이란 네가 그 곳에 가야만 할 때, 그들이 너를 맞아들여 주는 곳이다.　　　　　　　　　　　— 로버트 프로스트

◼ 역사를 통해 가족이라는 단위는 인류활동의 기본 척도였다.

　　　　　　　　　　　　　　　　　　— 아널드 토인비

◼ 가정의 수호신을 믿는 것만큼 즐거운 일이 있으랴!

　　　　　　　　　　　　　　　　　　— 프란츠 카프카

◼ 자기 집의 잘못된 것을 외부 사람에게 알려서는 안 된다. 자비는

가정에서부터, 정의는 이웃에서부터 시작한다.　—　찰스 디킨스

▣ 가정과 가정생활의 안전과 향상이 문명의 근본적인 목표이며 모든 노력의 최종적인 목적이다.　—　찰스 엘리엇

▣ 가정은 행복을 저축하는 곳이요, 그것을 채굴하는 곳이 아니다. 얻기 위해 이루어진 가정은 반드시 무너질 것이요, 주기 위해 이루어진 가정만이 행복한 가정이다.　—　우치무라 간조

▣ 완전한 가정을 만드는 것은 완전한 사람을 만드는 것처럼 어렵다. 우선 내가 완전하지 못하기 때문에 내 가정도 완전할 수가 없다.　—　우치무라 간조

▣ 설령 우리의 몸은 가정을 떠날지 모르나 우리의 마음은 떠나지 않는다.　—　올리버 홈스

▣ 사람은 그의 아내, 그의 가족, 게다가 그의 부하에 대한 행위로 알 수 있다.　—　나폴레옹 1세

▣ 우리 집에 있는 멍텅구리가 남의 집에 있는 지혜자보다는 많이 알고 있다.　—　세르반테스

▣ 하늘의 별이 되지 못하거든 차라리 가정의 등불이 되어라.

　—　조지 엘리엇

▣ 본래 가족이 줄 수 있어야 할 근본적인 만족을, 가족이 공급할 수 없다는 것이 현대의 어디서나 볼 수 있는 불행이며 불만의 가장 뿌리 깊은 원인의 하나이다.　—　버트런드 러셀

▣ 나라는 여러 가정을 합한 것이라, 좋은 가정이 합하면 그 나라도 좋고, 좋지 못한 가정이 합하면 그 나라도 좋지 못하나니, 그러므

로 나라를 다스리는 도(道)는 반드시 가정에서부터 시작할 것이
요, 가정을 다스리는 도는 실로 혼인에서 시작할 것이라. 어찜이
뇨, 사람의 일은 다 혼인에서 근원되어 여러 가지로 흘러가는 연
고라.   ― 주시경

▣ 가정은 애정집단이라고 했다.   ― 오종식

▣ 가족은 그날그날의 삶을 보람 있게 보낼 수 있도록 서로 격려해
　 주는 가장 가까운 거리에 있는 사람들이다.   ― 오화섭

▣ 자식들이 효성을 다 하면 두 분 어버이가 즐기고, 가정이 화목하
　 면 온갖 일이 뜻대로 잘 이루어진다.   ― 이윤식

▣ 가정을 꾸밀 생각도 하지 말라, 작은 지옥 하나가 네 손으로 건설
　 될 것이요. 자식을 낳지 말라, 그것은 확실히 죄악일 뿐 아니라,
　 미구에 네 자신이 저주의 과녁이 되리라. 나는 나에게 이런 훈계
　 를 하기에 이르렀다.   ― 심훈

▣ 한 가정의 화목은 온갖 행복의 근원이고, 한 마음이 깨끗하면 온
　 갖 부정이 침범하지 않는다.   ― 이공협

▣ 땀을 흘려 자기를 위하고, 눈물을 흘려 이웃을 위하고, 피를 흘려
　 조국을 위하라.   ― 김병철

▣ 가정에서는 나라에 충성하고 어버이에게 효도하는 교훈을 전하
　 고, 사회에서는 대대로 남에게 인자하고 어른을 공경하는 법도를
　 지켜라.   ― 이희승

▣ 가정은 화초와 같다. 탐스럽고 예쁜 꽃일수록 많은 정성과 수고
　 가 있어야 하듯이 행복한 가정을 꾸미려면 하루도 쉬지 않고 가

꾸는 노력이 있어야 한다.   ― 이태영

■ 가정은 오케스트라와 같다. 온 가족이 합주자가 되어 아름답고 멋있는 음악을 연주하는 것이다.   ― 이태영

■ 가정이란 남성과 여성이 합쳐진 곳이다. 함께 있는 곳이 아니라 합쳐져 있는 곳이다. 그들이 함께 합쳐서 새로운 생명을 탄생시키는 곳이다. 영육(靈肉)이 합쳐져 두 개체가 아닌 하나의 생명을 탄생시키는 곳이다. 그것이 결혼의 양심이며 가정의 정체다.

       ― 유주현

■ 세계 속에 가정이 있는 게 아니다. 실은 가정 속에 전 세계가 들어 있는 거다.   ― 오소백

■ 모성애 없는 가정은 동토(凍土)나 같다. 부성애 없는 가정은 반란 소굴이다.   ― 오소백

■ 잘못이 있어도, 서운한 일이 있어도, 한울타리 안에서 한 핏줄기를 나눈 가족끼리는 모든 것이 애정의 이름으로 용서된다. 즐거운 일이 있으면 같이 즐기고 슬픈 일이 있으면 같이 슬픔을 나누는 것이 가족의 『모럴』이다.   ― 이어령

■ 좋은 책을 읽는 것은 가정을 일으키는 근본이고, 사리를 따르는 것은 가정을 보존하는 근본이고, 부지런하고 아끼는 것은 가정을 다스리는 근본이고, 화목하고 순종함은 가정을 정제하는 근본이다.   ― 김해김씨 가훈

【속담 · 격언】

■ 소문만복래(笑門萬福來 : 웃는 집에 복이 온다)　　　　　— 한국

■ 말 많은 집 장맛도 쓰다. (가정에 잔말이 많아 화목하지 못하면
　살림이나 모든 일이 잘 안 된다. 입으로만 그럴 듯하게 말하고 실
　상은 그렇지 못하다)　　　　　　　　　　　　　　　　— 한국

■ 남편은 두레박, 아내는 항아리. (두레박으로 물을 길어 항아리에
　채우듯 남편이 돈을 벌어오면 아내는 알뜰하게 살림한다)
　　　　　　　　　　　　　　　　　　　　　　　　　　— 한국

■ 나간 놈의 집구석이라. (집안이 어수선하고 질서가 없다)
　　　　　　　　　　　　　　　　　　　　　　　　　　— 한국

■ 씨암탉 잡은 듯하다. (집안이 매우 화락하다)　　　　　— 한국

■ 떡 해먹을 집안. (불화한 집안)　　　　　　　　　　　— 한국

■ 아무리 훌륭한 재판관도 가정문제에는 판결을 내릴 수 없다.
　　　　　　　　　　　　　　　　　　　　　　　　　　— 중국

■ 집안이 불화하면 남이 업신여긴다.　　　　　　　　　— 중국

■ 가정에 가장이 없으면 집이 거꾸로 선다.　　　　　　— 중국

■ 가정에 어진 아내가 없다면 반드시 의외의 재난을 당한다.
　　　　　　　　　　　　　　　　　　　　　　　　　　— 중국

■ 남자에게 아내가 없으면 가정을 이룰 수 없다.　　　　— 중국

■ 남편이 가정을 주도하는 것은 고양이가 쥐를 잡는 것과 같다. (당
　연한 일이다)　　　　　　　　　　　　　　　　　　　— 중국

■ 사내는 가족의 일을 주관하고, 여자는 꽃을 꽂아야 한다. (여인은

집에 있더라도 치장을 해야 한다) ── 중국

▣ 아내의 부정은 가정파탄의 근본이다. ── 중국

▣ 부부가 화합한 뒤에야 가정의 법도가 선다. ── 중국

▣ 맨손으로 가정을 일으키면 참된 지사이지만, 흑심으로 집안이 흥성하면 남들이 욕을 한다. ── 중국

▣ 명문가는 명문가와, 보통 가정은 보통 가정과 짝을 한다. (혼인은 기울지 않아야 한다) ── 중국

▣ 백 명의 남자가 한 숙박소를 쓸 수는 있지만, 한 가정을 만들기 위해서는 한 사람의 여자로 족하다. ── 중국

▣ 일 년의 희망은 봄이 정하고, 하루의 희망은 새벽이, 가족의 희망은 화합이, 인생의 희망은 근면이 정한다. ── 중국

▣ 같은 처마 아래서 살다. (한 가족) ── 중국

▣ 한 개의 솥 안에서 두 가지 밥을 할 수 없다. (한 가족은 같은 밥을 먹는다) ── 중국

▣ 한 사람만 배부르면 온 가족이 배고프지 않다. (혼자 사는 집) ── 중국

▣ 영국인의 가정은 그의 성(城)이다. (An Englishman's home(or house) is his castle.) ── 영국

▣ 그 자신의 가정에서는 모두가 왕이다. (Every man is master(or king) in his own house.) ── 영국

▣ 찬장 속의 해골. (해골은 남에게 드러내 보이기 곤란한 그 집의 비밀, 흉을 상징한다) ── 영국

- ■ 더러운 속옷을 남 앞에서 빨지 마라. (사서 집안망신을 할 필요는 없다) ― 영국
- ■ 행운은 즐거운 대문으로 들어온다. (Fortune comes in by a merry gate.) ― 영국
- ■ 스스로의 둥우리를 더럽히는 새는 어리석다. (It is a foolish bird that defiles its own nest.) ― 영국
- ■ 남자는 집을 만들고 여자는 가정을 만든다. ― 영국
- ■ 하느님의 나라가 아무리 가깝더라도 너의 가정이 더 가깝다. ― 아일랜드
- ■ 자기 둥지를 더럽히는 새는 비열한 새다. ― 프랑스
- ■ 호롱불 밑이 제일 어둡다. ― 터키
- ■ 가정은 땅 위에 세워지지 않고 아내 위에 세워진다. ― 알바니아
- ■ 괭이 날을 밟으면 자루가 얼굴을 친다. ― 버마
- ■ 여자가 없으면 가정은 악마의 집이 된다. ― 힌두스탄
- ■ 게도 제 굴 속에서는 나리가 된다. ― 그리스
- ■ 하나님이 모든 곳에 계실 수 없었기에 어머니를 만들었다. ― 유태인
- ■ 어떤 짐승도 제 굴이 있어야만 짖는다. ― 반투族
- ■ 집안의 불화는 연기는 나도 확 타오르지는 않는다. ― 니그리치아
- ■ 가정에서는 어머니의 사랑, 들에서는 태양의 빛. ― 아프리카

【시·문장】

門(문)을암만잡아다녀도안열리는것은안에生活(생활)이모자라는까
닭이다.밤이사나운꾸지람으로나를졸른다.나는우리집내門牌(문패)앞
에서여간성가신게아니다.나는밤속에들어서서제웅처럼자꾸만減(감)
해간다.食口(식구)야封(봉)한窓戶(창호)에더라도한구석터놓아다고
내가收入(수입)되어들어가야하지않나.지붕에서리가내리고뾰족한데
는鍼(침)처럼月光(월광)이묻었다.우리집이앓나보다그러고누가힘에
겨운도장을찍나보다.壽命(수명)을헐어서典當(전당)잡히나보다.나는
그냥門(문)고리에쇠사슬늘어지듯매어달렸다.門(문)을열려고안열리
는門(문)을열려고.   ─ 이상 / 가정

내가 가정을 가리켜 지상의 낙원이라고 부르는 이유는 거기 있는 거
요. 만일 우리 사회제도에 가정이라는 하나의 울타리가 없었다면 인
간은 모두가 다 남의 세상을 살다가 죽어지고 말 거요. 체면이니 도
덕이니 교양이니 하는 따위에 속박을 받아 단 하루도 인간다운 삶을
영위할 수가 없었을 거라는 말이외다.   ─ 김내성 / 실낙원의 별

【중국의 고사】

■ **가화만사성**(家和萬事成) : 집안이 화목하면 모든 일이 잘 풀린다
  는 말이다. 우리의 입에 오르내리는 한자성어 중에는 한문시에서
  유래한 것이 많다. 『소문만복래(笑門萬福來)』니 『가화만사성』
  이니 하는 것도 한문시 중의 한 구절이다. 「입은 화의 문(口是禍

之門)이요, 혀는 몸을 베는 칼(舌是斬身刀)」이라고 하는 데서
「화는 입으로부터 나오고 병은 입으로부터 들어간다(禍自口出
病自口入).」라는 문자가 생겼다.

그런데 그 입에서 웃음이 나올 때는 모든 어려움은 웃음과 함께
사라지고 그 대신 기쁜 일이 찾아오게 된다. 그야말로 웃음은 화
를 돌려 복을 만드는 전화위복의 좋은 약이라고 볼 수 있다. 『가
화만사성』도 같은 내용을 달리 표현한 말이라고 할 수 있다. 가
정이 화목하지 않고서는 어찌 그 집에 웃음꽃이 필 수 있겠는가?
가정이 화목함으로써 남편은 집 걱정을 하지 않고 자기 일에 열
중할 수 있고, 아내는 남편을 믿고 즐거운 마음으로 집안일을 보
살피고 아이들을 돌보게 된다.

《대학》에 「몸을 닦아 집을 가지런히 한다(修身齊家)」란 말이
있다. 결국 집안을 평화롭게 하여 항상 웃음꽃이 집 밖까지 활짝
피게 하는 일일 것이다. 내 집이 화평하면 이웃과도 사이가 좋게
되고, 이웃도 내 집을 본받아 함께 화목해질 수 있다. 집을 가지
런히 한 뒤에라야 나라도 다스리고 천하도 편하게 한다는 치국평
천하(治國平天下)의 길도 결국 이 『가화만사성』 다섯 글자에 집
약되어 있다 할 것이다.   ─《대학》

■ **정훈**(庭訓) : 가정교훈을 『정훈』이라고 한다. 특히 아버지가 그
아들에 대해 준 교훈을 말한다. 가정교훈이란 말이 약해져서 『정
훈』이 되었다고 생각해도 틀릴 것은 없다. 그러나 이 말은 정(庭)

이 가정이란 말이 약해진 것이 아니고 글자 그대로 마당이니 뜰이니 하는 뜻으로 쓰인 것이다. 공자와 그 아들 백어(伯魚)와의 사이에 있었던 이야기에서 생긴 말로, 거기에는 다만 백어가 빠른 걸음으로 뜰을 지나갔다고만 나와 있을 뿐이다. 그 이야기는 다음과 같다.

진항(陳亢)이란 공자의 제자가 공자의 아들 백어에게 물었다. 「당신은 아버님으로부터 뭔가 특별한 가르침을 받은 일이 있습니까?」「그런 건 없습니다. 언젠가 혼자 서 계시기에 빠른 걸음으로 뜰을 지나고 있는데 「시(詩)를 배웠느냐?」고 물으셨습니다. 그래 아직 배우지 못했다고 했더니, 「시를 배우지 않으면 남과 말을 할 수 없다.」고 하시더군요. 그래서 돌아와 시를 공부했지요. 또 언젠가 혼자 계실 때 빠른 걸음으로 뜰을 지나가고 있는데, 「예를 배웠느냐?」고 물으시더군요. 그래 배우지 못했다고 했더니, 「예를 배우지 못하면 세상을 올바로 살아갈 수 없다.」고 하셨습니다. 그래서 돌아와 예를 배웠지요. 이 두 가지 가르침을 들은 것뿐 아무것도 없습니다.」

그러자 진항은 물러나와 사람들을 보고 기뻐하며 말했다. 「나는 한 가지를 물어서 세 가지를 얻었다. 『시』에 대해 듣고, 『예』에 대해 듣고, 그리고 군자가 그 아들을 멀리하는 것을 알았다.」

옛날에는 아버지가 직접 자식을 가르치는 것을 피했다. 이른바 『역자이교지(易子而敎之)』라는 것이다. 백어도 다른 곳에서 공부하고 있었음을 이로써 알 수 있다. 그러나 뜰을 지나가는 아들을 불러 세워 놓고 그에게 시를 배우라 하고 예를 배우라 한 것은 간접적인 가르침을 내리고 있는 예다. 즉 자식을 뜰에서 가르친 것이 된다. 그래서 뜰에서 가르치는 것이 가정교훈이란 말이 성어(成語)로서 쓰인 것은 아니다.　　　─《논어》계씨편(季氏篇)

■ **가계야치**(家鷄野雉) : 집 안의 닭은 천하게 여기고 들판의 꿩만 귀히 여긴다는 뜻으로, 자기 집의 것은 하찮게 여기고 남의 집 것만 좋게 여기는 것을 비유하는 말이다.

　남조시대 송(宋)나라 때 하법성(何法盛)이 지은 동진(東晋) 때의 사적을 기록한 기천체《진중흥서(晉中興書)》에 있는 이야기다.

　진나라에 유익(庾翼)이라는 사람은 한때 왕희지(王羲之)와 함께 거론될 정도로 뛰어난 서예가였다. 그러나 정치와 군사활동에 바빠 글씨 쓰는 데 소홀하다 보니 필력이 퇴보할 수밖에 없었다.

　반면 왕희지는 벼슬에는 뜻을 두지 않고 산천을 주유하며 비문에 새겨진 역대의 서법과 서체를 연구하는 둥 노력을 게을리 하지 않았다.

　이런 왕희지의 글씨는 온 세상에 명성이 자자했고, 양가의 자제는 물론 도성의 모든 젊은이들은 당시 유행하던 왕희지의 서법을 배우고 싶어 했다. 급기야는 유익의 아들이나 조카들까지도 가문 대대로 내려온 서법을 버리고 왕희지의 서법을 흉내 내기에 이르렀다. 이 때문에 심기가 매우 불편해진 유익은 그가 형주에 있을 때 친구에게 쓴 한 편지 속에,

「지금 내 자식과 조카들까지도 집안의 닭은 싫어하고 들판의 꿩
만 좋아하네. 내가 장차 도성에 돌아가면 마땅히 그의 글씨에 견줄
수 있을 것이다.」 하며 푸념을 토로했다고 한다.

― 《진중흥서(晉中興書)》

【에피소드】

▣ 세계적으로 애창되는 『즐거운 나의 집(Home sweet home)』의
작자 존 하워드 페인은 한 번도 가정을 가져 본 일이 없었다. 그가
이 노래를 지은 것은 프랑스 파리에서 한 푼 없는 가난한 신세에
놓여 있을 때였다. 그는 한 평생 아내를 얻지 않고 집도 갖지 않고
세상을 유력하고 다녔다고 한다. 1851년 3월 3일 친구에게 보낸
편지에서 그는 이런 말을 했다. 「진정 이상한 얘기지만, 세상의
모든 사람들에게 가정의 기쁨을 자랑스럽게 노래한 나 자신은 아
직껏 내 집이라는 맛을 모르고 지냈으며, 결코 앞으로도 맛보지
못할 것이오.」 그는 이 편지를 쓴 지 1년 뒤 튀니스에서 사는 집
도 없이 거의 길가에 쓰러지듯 이 세상을 떠났다. 그러다가 얼마
지난 뒤 그의 시신은 다시 고향인 워싱턴의 오크벨리 공동묘지에
이장되어 비로소 안주(安住)할 땅을 얻었다.

【成句】

▣ 구세동거(九世同居) : 아홉 대가 한 집안에서 산다는 뜻으로, 집
안이 화목함을 이르는 말. / 《당서》

- ■ 층층시하(層層侍下) : 부모, 조부모가 다 살아 있어 그들을 모두 모시고 사는 사람을 일컬음.
- ■ 재가빈역호(在家貧亦好) : 객지에 있는 사람이 고향을 그리워한 말로, 자기 집에 있으면 아무리 가난하여도 조금도 고통을 느끼지 않을 것이라는 뜻.
- ■ 수신제가(修身齊家) : 몸과 마음을 닦아 수양하고 집안을 다스림.
- ■ 낙애처자(樂愛妻子) : 처자를 사랑하고 함께 즐김.
- ■ 권속(眷屬) : 한집안 식구. / 《사기》 번쾌열전.

이웃 neighborhood 隣

【어록】

▣ 바라보이는 이웃나라에서 개 짖는 소리와 닭울음소리가 들려오
지만 백성들은 늙어 죽을 때까지 서로가 오가지 않는다(隣國相望
鷄犬之聲相聞 民至老死不相往來 : 갑옷과 무기도 쓸 데가 없는
작은 나라에 적은 백성이 이상적 사회요 이상적 국가임을 일컫는
말이다). — 《노자》 제80장

▣ 군자가 이웃을 택하여 거(居)하는 것은 환난을 막고자 하는 데
있다. — 《논어》

▣ 자기 집 현관이 지저분하다면 이웃집 지붕의 눈을 치우지 않는다
고 탓하지 말라. — 《논어》

▣ 덕은 외롭지 않으니 반드시 이웃이 있다(德不孤必有隣 : 훌륭한
일을 하는 사람은 한때 고립되고 남의 질시를 받을 수도 있지만
결국 정성이 통해 이에 동참하는 사람이 나온다).
— 《논어》 이인편

▣ 화(禍)와 복은 그 문이 한가지이며, 이(利)와 해(害)는 이웃이 된
　다.　　　　　　　　　　　　　　　　　　　　　　— 《회남자》

▣ 물 있는 곳이 멀면 가까운 곳의 불을 끄지 못한다(遠水不救近火
　: 먼 데 아무리 좋은 친척이 있대도 급할 때는 가까운 이웃만 못
　하다).　　　　　　　　　　　　　　　　　— 《한비자(韓非子》

▣ 이웃을 돕는 것은 하늘의 도(道)이다.　　　　　　　— 《좌씨전》

▣ 이웃나라와 친선하는 것은 나라의 보배다(親仁善隣 國之寶也).
　　　　　　　　　　　　　　　　　　　　　　　　— 《좌씨전》

▣ 화와 복은 이어져 있고, 삶과 죽음은 이웃이다(禍與福相貫 生與
　亡爲隣).　　　　　　　　　　　　　　　　　　　— 《전국책》

▣ 대장부의 웅심은 사해에 있거니, 수만리 떨어져도 이웃 같다(丈
　夫志四海 萬里猶比隣).　　　　　　　　　　　— 조식(曹植)

▣ 사해 안에 지기(知己)가 있다면 하늘 끝에 산다 해도 이웃같이
　여기리라(海內存知己 天涯若比隣).　　　　　　— 왕발(王勃)

▣ 먼 곳에 사는 친척보다 가까운 이웃이 낫다(遠親不如近隣).
　　　　　　　　　　　　　　　　　　　　— 《수호전(水滸傳)》

▣ 이웃이 잘 살면 닭들도 오가지만, 내 집이 못 살면 오던 손도 점
　차 발길을 끊는다(隣富鷄長往 莊貧客漸稀).　— 《신자(愼子)》

▣ 나쁜 이웃은, 좋은 이웃이 큰 축복인 것처럼 큰 불행이다.
　　　　　　　　　　　　　　　　　　　　　　　— 헤시오도스

▣ 네 이웃집이 불타면 네 자신의 재산도 위태롭다.
　　　　　　　　　　　　　　　　　　　　　　　— 호라티우스

■ 남의 밭의 곡식은 언제나 자기 것보다 훌륭하다. ― 오비디우스

■ 그 어머니의 말을 믿어서는 안 된다. 이웃의 말을 믿어라.

― 《탈무드》

■ 자기가 이웃사람의 입장에 서지 않는 한 이웃사람을 비판하지 말라. ― 《탈무드》

■ 이웃에게 아첨하는 사람은 그의 발 앞에 올가미를 치는 사람이다. ― 잠언

■ 네 이웃을 네 몸과 같이 사랑하라. ― 마태복음

■ 양심과 명성은 두 개의 사물이다. 양심은 네 자신에게 돌려야 할 것이고, 명성은 네 이웃에 돌려야 할 것이다. ― 아우구스티누스

■ 우리 이웃보다 취약한 자는 없으며, 그 누구에게도 내일에 대한 보장은 없다. ― 랑클로

■ 전염병에 걸린 사람은 이웃도 감염된 것을 알면 크게 안도한다.

― 아베 프레보

■ 완전히 고립된 인간은 존재하지 않는다. 슬퍼하고 있는 사람은 타인까지도 슬프게 한다. ― 생텍쥐페리

■ 아무리 경건한 사람이라도 이웃에 사는 나쁜 자의 마음에 들지 않으면 평온하게 살아갈 수는 없다. ― 프리드리히 실러

■ 대도시에서는 우정이 뿔뿔이 흩어진다. 이웃이라는 가까운 교제는 찾아볼 수 없다. ― 프랜시스 베이컨

■ 네 이웃을 알라. 그리고 그에 관한 모든 것을 알라.

― 새뮤얼 존슨

■ 공통의 생활을 하더라도 공동생활은 어렵다. — 마이클 해링턴

■ 팔백예순아홉 가지의 거짓말 방법이 있다. 그 중에서도 유일하게 단호히 금지되어야 할 것은 이웃에게 거짓 증언을 하지 말라는 것이다. — 마크 트웨인

■ 이웃의 파산은 적이나 우리 편이나 기쁘게 한다.
— 라로슈푸코

■ 내가 이웃에 대한 사랑을 여러분에게 권하는 것은 아주 먼 자에 대한 사랑이다. — 프리드리히 니체

■ 가까이 있으면서 멀리 있는 것이 이웃이다. 누구의 이웃이라고 할 때 그 점이 가장 나쁜 것이다. — 미구엘 아스투리아스

■ 이웃을 언제나 같은 깊이로 사랑하는 일은 영원을 사랑하는 일이다. — 모리스 메테를링크

■ 좋은 담장은 좋은 이웃을 만든다. — 로버트 프로스트

■ 이웃을 사랑한다는 것은 신이 그것을 요구하기 때문에 옳은 것은 아니고, 아마도 그것이 자연으로서 옳기 때문에 신이 그것을 요구하는 것이다. — 프란츠 브렌타노

■ 사람들은 자기 이웃에 속지 않으려고 조심한다. 그러나 어느 날 자기 자신이 이웃을 속이지 않으려고 조심하기 시작한다. 그 때부터 모든 것이 잘되어 나가기 시작한다. — 랠프 에머슨

■ 이웃보다 더 좋은 책을 쓰거나, 더 훌륭한 설교를 하거나, 하다못해 더 좋은 쥐덫을 만든다면, 그가 설사 숲 속에 집을 짓고 살아도 세계는 발걸음으로 그의 문 앞까지 길을 낼 것이다.

— 랠프 에머슨

▣ 배가 곯아서는 이웃을 사랑하지 못한다.   — 우드로 윌슨

▣ 너희 이웃은 담 뒤에 가려 있는 또 다른 너희 자신, 이해 속에서
이 담은 쉽게 무너져 버린다.   — 칼릴 지브란

▣ 좋은 이웃은 표면상의 사건 이상을 보며, 모든 사람을 인간으로
만들어 형제로 삼는 내면적인 자질을 식별하여 준다.

— 마틴 루터 킹

▣ 가족을 포함하여 여러 조직에서 일어나는 근본적 문제 중 하나는
사람들이 다른 사람의 결의나 결심에 헌신하지 않는다는 점이다.
즉, 사람들은 남의 결의나 결심에는 방관자가 되어 버린다.

— 스티븐 코비

▣ 미국 사람들은 『이웃』이란 말에 항상 특별한 의미를 두고 말해
왔다. 옛날 개척시대에는 이웃이란 정말 드물었고 적었기 때문에
이웃의 사정은 정말 중요했다. 그러나 현대는 이웃이 너무 많기
때문에 그 사귐이 더더구나 중요한 성질을 띠고 있다.

— 마이클 스미스

▣ 땀을 흘려 자기를 위하고, 눈물을 흘려 이웃을 위하고, 피를 흘려
조국을 위하라.   — 김병철

▣ 어려울 때의 한마을 사람들이란, 비바람 속을 헤쳐 나가는 한배
에 탄 선객들과 같은 것이다. 무슨 일이 일어나도 제자리에 앉아
꼼짝 않고 있어야지, 저마다 일어나 떠들어대다가는 배는 뒤집혀
물 속으로 들어갈 수밖에 없다.   — 선우휘

【속담 · 격언】

■ 이웃사촌. (서로 이웃하여 살면 사촌보다 더 가까운 정분으로 지
   낸다)　　　　　　　　　　　　　　　　　　　　　— 한국

■ 이웃집 개도 부르면 온다. (불러도 대답조차 없는 사람을 두고 핀
   잔하여)　　　　　　　　　　　　　　　　　　　　— 한국

■ 이웃집 며느리 흉도 많다. (가까운 사람일수록 허물과 흉이 많이
   보인다)　　　　　　　　　　　　　　　　　　　　— 한국

■ 세 잎 주고 집 사고 천 냥 주고 이웃 산다. (집을 새로 사서 살려
   면 먼저 그 이웃이 좋은지를 봐야 한다)　　　　　　— 한국

■ 이웃집 무당 영(靈)하지 않다. (이웃집 무당은 늘 접촉하여 단점
   을 많이 알고 있기 때문에 도무지 신통찮게 생각된다) — 한국

■ 명주옷은 사촌까지 덥다. (가까운 이웃이나 친척이 부귀해지면
   주위 사람에게까지 혜택을 받는다)　　　　　　　　— 한국

■ 이웃집 색시 믿고 장가 못 간다. (남은 생각도 않는데 자기 혼자
   믿고 있다가 낭패를 본다)　　　　　　　　　　　　— 한국

■ 사촌이 땅을 샀나, 배를 왜 앓아. (남이 잘된 꼴을 보면 공연히
   샘이 난다)　　　　　　　　　　　　　　　　　　　— 한국

■ 심사는 좋아도 이웃집 불붙는 것 보고 좋아한다. (남이 잘못 되는
   꼴을 보면 좋아한다)　　　　　　　　　　　　　　— 한국

■ 심사는 없어도 이웃집 불난 데 키 들고 나선다. (겉으로는 안 그
   런 것 같으면서 심술이 고약하다)　　　　　　　　— 한국

■ 남의 복(福)은 끌로도 못 판다. (남이 잘 되는 것을 공연히 시기

해 봤자 소용이 없다)   ― 한국

■ 이웃집 새 처녀도 내 정지(부엌)에 들여세워 보아야 안다. (사람
은 실제 겪어 보아야 안다, 사람 고르기가 힘들다)   ― 한국

■ 이웃집 나그네도 손 볼 날이 있다. (아무리 가까운 사이라도 손님
으로서 대접할 때가 있다)   ― 한국

■ 선을 행하면 이웃도 그것을 모르지만, 악을 행하면 백 리까지 알
려진다.   ― 중국

■ 길 가는 데는 좋은 길동무가 필요하고, 집에 있을 때는 좋은 이웃
이 필요하다.   ― 중국

■ 사람은 누구나 주위 빛깔에 물든다.   ― 중국

■ 이웃집 꽃은 더 붉다.   ― 일본

■ 이웃을 천금에 비기랴.   ― 일본

■ 이웃을 욕보이는 것은 신에 대한 공격이다.   ― 필리핀

■ 가장 가까운 이웃은 자기의 양친보다 더 가치가 있다.   ― 몽고

■ 이웃 집 종마(種馬)보다 우리 집 당나귀가 좋다.   ― 영국

■ 이웃의 닭은 거위로 보인다.   ― 영국

■ 유리로 된 집에 사는 자는 돌을 던지지 말 일이다. (Those who
live in glass houses should not throw stones. : 인간은 각자
유리로 된 집에 살고 있는 것과 같아서 이웃집에 돌을 던지면 언
젠가는 자기 집도 돌에 맞아 부서질 일이 생긴다)   ― 영국

■ 친구로서는 좋아도 이웃으로서는 좋지 않은 자는 적지 않다.
     ― 영국

■ 즐거움과 슬픔은 이웃사촌이다.　　　　　　　　　— 영국
■ 거짓말과 도둑질은 이웃사촌이다.　　　　　　　　— 영국
■ 이웃집 마당의 잔디가 더 푸르다. (The grass in the neighbour's garden is greenest.)　　　　　　　　　— 영국
■ 좋은 울타리가 좋은 이웃을 만든다. (Good fences make good neighbours.)　　　　　　　　　— 영국
■ 친구 없이는 살 수 있어도 이웃 없이는 살 수 없다.
　　　　　　　　　　　　　　　　　　　— 스코틀랜드
■ 이웃을 사랑하되 간섭하지는 마라.　　　　　　— 프랑스
■ 부엌의 호화판은 가난과 이웃이다.　　　　　　— 프랑스
■ 이웃을 사랑하라. 그러나 울타리 나무는 뽑지 마라.　— 독일
■ 바보 이웃처럼 좋은 것은 없다.　　　　　　　— 네덜란드
■ 프랑스인을 친구로 삼아라. 그러나 절대로 이웃으로 삼지는 마라.
　　　　　　　　　　　　　　　　　　　　— 스페인
■ 좋은 집을 살 것이 아니라, 좋은 이웃을 사야 한다. — 스페인
■ 약한 이웃은 나쁘다. 그러나 강한 이웃은 더욱 나쁘다.
　　　　　　　　　　　　　　　　　　　— 노르웨이
■ 나쁜 이웃은 복통보다도 더욱 나쁘다.　　　　— 이탈리아
■ 이웃집 밭은 곡식이 더 잘 자란다.　　　　　　— 폴란드
■ 이웃집 암탉은 나날이 큰 알을 낳는다.　　　　— 불가리아
■ 이웃 우물의 물은 메카의 물보다 맛이 있다.　　　— 터키
■ 불경기의 해가 지나면 나쁜 이웃이 남는다.　　　— 그리스

▣ 이웃이 일찍 일어나면 덩달아 일찍 일어나게 된다.— 알바니아
▣ 바다 건너 아내보다 벽 건너 이웃이 더 가깝다.　　— 알바니아
▣ 이웃은 소중하므로 사랑하지 않으면 안 된다. 설혹 트럼펫을 불
　더라도.　　　　　　　　　　　　　　　　　— 유태인
▣ 비는 한 집 위에만 내리는 것이 아니다.　　　　— 카메룬
▣ 이웃 사람이 자기를 어떻게 생각하고 있는지 알고 싶으면 이웃
　사람과 싸워 보라.　　　　　　　　　　　　— 로디지아

【시 · 문장】

연수리(延壽里)로 이사를 하여
연강(延康)과 함께 이웃을 한다.
연강리를 사랑해서가 아니라
연강리 사람들을 사랑하기 때문이다
그 사람들 친한 친구도 아니고 또한 친척도 아닌데
그 사람들 인정 있고 활기 있어
봄 동산의 따스한 볕과 같네.
　　　　　　　　　　　　— 가도(賈島) / 연강음(延康吟)

너무나 아름다운 음악은 우리들의 손발의
관절을 삐어 놓고 지나간다.
　　　　　　　　　　　　— 오카 마코토 / 가련한 이웃들

눈에 비치는 것만으로는 전혀 독도 약도 되지 않는 그런 것이 있다. 그냥 보기만 해도 곧 잊어버린다. 그러나 그것이 눈에는 보이지 않고 청각으로 끌려오면 갑자기 귓속에서 크게 성장을 하여, 이를테면 고치를 뚫고 나온 번데기처럼 귀 안에서 멋대로 돌아다니다가 마침내는 그것이 개의 콧구멍으로 침입하는 폐렴균과 같이 뇌수로까지 들어가 번식하는 그런 극단적인 경우도 적지 않다. 이웃이라는 것은 확실히 그와 같은 일례다. ── 라이너 마리아 릴케 / 말테의 수기

【중국의 고사】

■ **덕불고필유린**(德不孤必有隣) : 덕이 있으면 반드시 따르는 사람이 있으므로 외롭지 않다는 뜻이다. 덕은 외롭지 않으니 반드시 이웃이 있다는 말이다. 훌륭한 일을 하는 사람은 한때는 고립되고 남의 질시를 받을 수는 있지만 결국에는 정성이 통해 이에 동참하는 사람이 나온다는 뜻이다. 《논어》 이인편에 나오는 말이다.

　「공자는 『덕은 외롭지 않으며 반드시 이웃이 있다.』라고 말하였다(子曰 德不孤 必有隣).」 덕을 갖추거나 덕망이 있는 사람은 외롭지 않아 반드시 이웃이 있게 마련이라는 말이다. 덕을 지닌 사람은 다른 사람을 평온하고 화목한 덕의 길로 인도해주면서 그 길을 함께 나아가므로 외롭지 않은 것이다. 너그러운 아량으로 매우 좋은 일을 하는 덕스러운 사람은 때로는 고립하여 외로운 순간이 있을지라도 반드시 함께 참여하는 사람이 있다는 뜻으로,

덕을 쌓는 데 정진하라는 공자의 말이다.

물론 이때 말하는 이웃은 눈에 보이는 사람들이 아닐 수도 있다. 역사를 읽으면 항상 정의가 승리했던 것도 아니고, 의롭고 덕 있는 사람이 늘 동지들의 지지를 받지도 못했다. 그러나 그들의 삶이 비참했고 죽음 역시 비극적이었다고 해서 덕과 의리는 외롭고 보상되지 않는 도로(徒勞)라고 치부해서는 안 된다. 역사는 인간의 품성이나 행위에 대해 훨씬 긴 시간을 두고 포폄(褒貶)을 가하기 때문이다. 공자가 《춘추》를 짓자 세상의 난신적자(亂臣賊子)들이 비로소 두려움에 떨었다는 말도 바로 역사의 준엄성에 대한 한 반증이 될 것이다.　　　　　　　　―《논어》이인편

■ **원수불구근화**(遠水不救近火) : 먼 데 있으면 급할 때 아무 소용이 없다. 《한비자》설림상(說林上)에 있는 우화 가운데 하나다.

노(魯)나라 목공은 제(齊)나라의 침략을 막는 한 방법으로, 제나라의 득세를 싫어하고 있는 초나라와 한·위·조(韓魏趙) 세 나라에 공자를 보내 그들 나라를 섬기게 했다. 그러자 이서(犁鉏)란 사람이 이렇게 간했다.

「멀리 있는 월(越)나라 사람을 불러다가 물에 빠진 아이를 구하려 한다면, 월나라 사람이 아무리 헤엄을 잘 친다 해도 아이는 살지 못할 것입니다. 불이 난 것을 바닷물로 끄려 한다면 바닷물이 아무리 많아도 불을 끌 수는 없을 것입니다. 먼 물은 가까운 불을 구하지 못합니다(遠水不救近火也). 지금 삼진(三晉)과 초나

라가 비록 강하다고 해도 제나라가 그들 나라보다 가까이 있기 때문에 노나라의 위급함을 구해 줄 수는 없습니다.」

먼 물은 가까운 불을 구하지 못한다는『원수불구근화』는 「너희 집에 있는 금송아지가 무슨 소용이 있느냐?」 「먼 데 친척보다는 이웃사촌(遠親不如近隣)」 하는 우리말과 의미가 같다고 볼 수 있다.　　　　　　　　　　　　　　— 《한비자》 설림상(說林上)

【成句】

■ 격장지린(隔墻之隣) : 담 하나를 사이한 이웃.

■ 매린(買隣) : 이웃을 가려서 산다는 말로, 주거(住居)를 정할 때 이웃의 풍습이 좋은 곳을 택하라는 것을 이름. /《南史》

■ 원친불여근린(遠親不如近隣) : 먼 친척보다는 가까운 이웃이 낫다는 뜻. 이웃사촌. /《명심보감》

사회 society 社會

【어록】

■ 공자는 문화지식·사회실천·충성·신의 이 네 가지로 가르쳤다
(子以四敎 文行忠信). ― 《논어》 술이

■ 정도가 확립된 사회라면 나타나고, 도가 없는 사회라면 은신한다
{有道則見 無道則隱 : 도(道)가 행해지는 사회라면 나와서 활동
하겠지만, 도가 없는 사회라면 오히려 숨어서 사는 것만 못하다}.
― 《논어》 태백

■ 군자가 이웃을 가려서 사귀는 것은 환난(患難)을 막기 위함이다.
― 《논어》

■ 높이 솟은 나뭇가지 같고, 백성은 들판의 사슴과도 같다{上如標
枝 民如野鹿 : 위에 앉은 관리는 단지 높이 뻗은 나뭇가지처럼 높
이 앉아 있을 뿐 별반 일은 없고 명리(名利)도 바라지 않고, 백성
은 들에서 노니는 사슴처럼 불평도 없이 유유자적한다. 이것이
노장(老莊)의 이상적인 사회다}. ― 《장자》

▣ 무리가 구부러지면 똑바름을 용납하지 않고, 무리가 그릇되면 올
　바름을 용납하지 않는다(衆曲不容直 衆枉不容正 : 찌그러진 그릇
　에는 곧은 물건을 넣을 수가 없다. 사악한 무리가 세력을 펴고 있
　는 사회에는 정직한 군자가 함께 있을 수 없다).　―《회남자》

▣ 이웃을 돕는 것은 하늘의 도(道)이다.　　　―《춘추좌씨전》

▣ 집을 지을 때 점치는 것은 자기가 살 집을 위해서보다는 이웃의
　좋고 나쁨을 알기 위함이다(非宅是卜 唯隣是卜 : 이사할 때에는
　이사할 집을 먼저 보는 것이 아니라, 이사 갈 집의 이웃을 보는
　것이 중요하다).　　　　　　　　　　　　　―《춘추좌씨전》

▣ 탱자나무 같은 가시가 있는 곳엔 봉황 같은 훌륭한 새는 깃들이
　지 않는다. 대현(大賢)은 겨우 백 리 사방의 작은 땅에는 살 곳이
　못 된다(枳棘非鸞鳳所捿 百里非大賢之路 : 청렴한 사람은 오염된
　사회에서는 살 수가 없고, 큰 인물은 작은 사회에 있지 못한다는
　비유).　　　　　　　　　　　　　　　　　　―《십팔사략》

▣ 인간은 사회적 동물이다.　　　　　　　― 아리스토텔레스

▣ 정의는 사회의 질서이다.　　　　　　　― 아리스토텔레스

▣ 자기가 무엇을 알고 있는지를 깨우쳐 주는 것은 사회다.
　　　　　　　　　　　　　　　　　　　　　― 에우리피데스

▣ 꿀통(사회)의 이익이 되지 않는 것은 벌꿀(개개의 인간)의 이익
　도 되지 않는다.　　　　　　　　― 마르쿠스 아우렐리우스

▣ 부패한 사회에는 많은 법률이 있다.　　　　― 새뮤얼 존슨

▣ 사회에서는 피차 양보 없이는 생활을 유지할 수 없다.

　　　　　　　　　　　　　　　　　　　　　— 새뮤얼 존슨

■ 이상(理想) 사회란 오로지 상상의 세계에서 연기된 드라마에 불과하다.　　　　　　　　　　　　　　　　— 조지 산타야나

■ 사회는 어떤 상태이든 축복이지만, 정부는 그 가장 좋은 상태에서도 필요악에 지나지 않으며, 그 가장 좋은 상태에서는 참을 수 없는 것이다.　　　　　　　　　　　　　— 토머스 페인

■ 사회는 세련된 저급한 무리와, 두 개의 강력한 종족으로 이루어진다. 무료(無聊)한 무리와, 무료를 당하고 있는 무리로부터.

　　　　　　　　　　　　　　　　　　　　— 조지 바이런

■ 사회는 불치병자들의 병원이다.　　　　　　— 랠프 에머슨

■ 사회는 가면무도회장이다. 그 속에서 모든 사람은 자신의 참 인격을 숨김으로써 참 인격을 폭로한다.　　　— 랠프 에머슨

■ 사회는 영웅숭배에 기초를 두고 있다.　　　— 토머스 칼라일

■ 사회는 여하한 시대에 있어서도 사람의 실력의 발휘를 방해하지 않는다.　　　　　　　　　　　　　— 토머스 칼라일

■ 정치행동은 하나의 사회를 도와 가능한 한 좋은 미래를 탄생시키는 산파이어야 한다.　　　　　　　— 앙드레 모루아

■ 복수는 개인의 일이며, 벌은 신의 일이다. 사회는 양자의 중간에 있다. 징벌은 사회보다 이상의 것이며, 복수는 사회보다 이하의 것이다.　　　　　　　　　　　　　— 빅토르 위고

■ 부정이 번식하면 사회는 붕괴한다.　　　　— 애덤 스미스

■ 사회는 두 가지의 명료한 인간으로부터 이루어졌다. 빌리는 사람

들과 빌려주는 사람들.   ― 찰스 램

■ 현재의 사회는, 지배되는 사회와 각자에게 있어서 유리하고 합리
적인 사고방식에 의해서 지배되는 사회로 구별해서 생각하는 편
이 훨씬 자연스럽다. 거기서는 폭력만이 사람들의 행위를 결정한
다.   ― 레프 톨스토이

■ 교제사회란 정치 논담을 하는 카페에서 흔히 상상하는 것보다 한
결 복잡하고 한결 미묘한 질서를 가지고 있음을 여인에게서 배운
다.   ― 아나톨 프랑스

■ 사회적 증오는 종교적 증오보다도 훨씬 강렬하고 그리고 심각하
다.   ― 미하일 바쿠닌

■ 인간은 사회와 한 몸을 이루며, 어느 쪽이나 다 함께 개인과 사회
의 보존이라고 하는 동일한 일에 몰두하고 있다.

                                              ― 앙리 베르그송

■ 인간의 자유를 빼앗는 것은 폭군보다도, 악법보다도 실로 사회의
습관이다.   ― 존 스튜어트 밀

■ 사회는 양심 위에 서는 것이요, 과학 위에 서는 것은 아니다. 문
명은 최초의 도덕적 사물이다.   ― 장 자크 루소

■ 이혼은 진보된 문명사회에서는 필수품이다. 그것은 그 사회에 개
인의 자유와 경제안정이 되어 있다는 증거이기 때문이다.

                                              ― 몽테스키외

■ 사회에는 칼과 정신이란 두 개의 힘밖에 없다. 결국은 항상 칼은
정신에 의해서 패배 당한다.   ― 나폴레옹 1세

■ 사회는 재산의 불평등 없이는 성립되지 않는다. 재산의 불평등은 종교 없이는 성립되지 않는다.   — 나폴레옹 1세

■ 진리는 고대든 근대든 사회에 대해서 경의를 표하는 것은 아니다. 사회가 진리에 경의를 표하지 않으면 안 된다.

    — 비베카난다

■ 사회란, 말하자면 그 구성원이라 생각되는 개인으로부터 성립하는바 가공의 것에 지나지 않는다. ……사회의 이익이란 그것을 구성하는 개인의 이익의 총화(總和)에 지나지 않는다.

    — 제레미 벤담

■ 사회는 크게 두 개의 계급으로부터 성립하고 있다. 식욕 이상으로 만찬회가 많은 무리들과 식사의 회수보다 식욕의 편이 왕성한 무리들이다.   — S. 샹포르

■ 사회는 하나의 배 같은 것이다. 누구나가 키를 잡을 준비를 하지 않으면 안 된다.   — 헨리크 입센

■ 진리의 정신과 자유의 정신—이들 양자는 사회의 지주이다.

    — 헨리크 입센

■ 지금까지의 모든 사회의 역사는 계급투쟁의 역사다. 자유인과 노예, 귀족과 평민, 영주와 농노, 길드의 장(長)과 직공, 한 마디로 말해서 억압하는 자나 억압받는 자가 언제나 서로 대립하여 때로는 공연히, 때로는 은연히 부단한 투쟁을 계속하였다. 그러나 이 투쟁은 언제나 사회 전체의 혁명적 변혁으로 끝나든지, 그렇지 않으면 상쟁계급(相爭階級)이 다 같이 멸망하는 것으로 끝났다.

— 카를 마르크스 · 프리드리히 엥겔스

■ 압제자들은 양심이 없으며, 개혁자들에게는 감정이 없고, 사회는 질병과 치료의 쌍방에 의해서 고통을 받는다. — 호레이쇼 월폴

■ 사회를 비난하는 자는 사회에 의해서 비난받는다.

— 조지프 키플링

■ 인간은 다만 하나의 차원, 즉 사회적 차원에 환원되어 버렸다. ……기술사회는 인간을 모른다. 사회는 시민이란 추상적 형태로서만 인간을 인식한다. — C. V. 게오르규

■ 사회 속에 사회 일원으로서의 개인을 완성하자. — 존 듀이

■ 사회는 개인에 대해서 극형을 가할 권리를 갖는 것처럼 날뛰지만, 사회는 지극히 천박한 악덕을 갖고 있어 자기가 행하는 바를 자각할 힘이 없다. — 오스카 와일드

■ 사회라는 말도 마찬가지로 모호한 개념이다. 하나의 사회는 한 나라의 총인구를 의미할 수도 있고, 심지어는 하나의 전체로서의 인류를 의미할 수도 있다. 한편 이런 견해와 대립되는 풀이로서는, 공통된 특수목적을 위해 모인 일꾼의 사람들, 즉 종교적인 집단이나 또는 어떤 클럽의 회원들을 의미할 수도 있다.

— 허버트 리드

■ 사회라는 방대한 기구를 움직이면서 그 방향을 바꾼다는 것이 얼마나 어려운 일이며, 또 모든 사람들의 생각을 갑자기 이상(理想)의 정의를 향하여 전진시킨다는 것이 얼마나 불가능한 일인가를 생각할 때, 우리는 한 나라가 감당할 수 있는 이상의 선(善)을 달

성하려고 하여서는 안 된다고 한 솔론의 지혜를 이해하게 된다.

— 토머스 제퍼슨

■ 우리는 인종차별 사회의 흑인이다. 우리는 정치기구와 사회제도
가 인종차별주의에 뿌리박고 있고, 또 경제기구가 인종차별주의
에 의해서 길러진 사회에 살고 있는 흑인 대중이다.

— 맬컴 엑스

■ 어떤 인간이 어디를 가건 사람들은 그의 뒤를 쫓아 그들의 더러
운 제도를 가지고 그를 거칠게 다루며, 그들이 할 수만 있다면 그
들의 괴상한 단체 속에 그를 억지로 소속시키려고 한다. 사실 나
는 다소 효과적으로 강력하게 저항할 수도 있었을 것이며, 사회
에 대항하여 폭행할 수도 있었을 것이다. 그러나 나는 사회가 내
게 폭행하기를 더 고대했다. 사회란 자포자기한 일단이니까.

— 헨리 소로

■ 사회의 순환은 생명의 순환과 같다. 즉, 인체(人體)에 있어서와
마찬가지로 사회에도 연대성이 존재하고, 이것이 여러 가지 신체
의 부분이나 기관을 서로 연결시킨다.   — 에밀 졸라

■ 인간사회는 이 세상의 죄악을 시기하기 위하여 저승의 힘을 빌지
않더라도 지극히 현명하게 정의와 옳은 길을 찾아갈 것이다.

— 찰스 엘리엇

■ 그들에 대한 사회의 태도는 본디 극히 위선적이다. 일반적으로
사회는 노년을 명확히 구별된 연령층으로는 보지 않는다.

— 시몬 드 보봐르

■ 사회는 『자연』을 굴복시킨다. 그러나 『자연』은 사회를 지배한다. 『정신』은 『생명』을 초월하여 확립한다. 그러나 생명이 정신을 더 이상 지지하지 않는다면 정신은 소멸하고 만다.
— 시몬 드 보봐르

■ 인간의 공동사회란 인간 개개인과 마찬가지로 건강한 시기가 있는가 하면 병약한 때가 있으며, 심지어는 젊음과 노쇠, 희망과 낙망의 시기가 있는 것이다.
— 존 스타인벡

■ 자유의 승리는 민주주의가 발전하여 개인의 성장과 행복이 문화의 목표이자 목적으로 되어 있는 사회, 그리고 성공이나 기타 어떤 일에 있어서도 아무런 변명을 할 필요가 없는 생활이 되는 사회, 또한 개인이 자기 이외의 어떤 힘—그것이 국가이든 혹은 경제적 기구이든 간에—에 종속되든가 조종되지 않는 사회, 그리고 마지막으로 개인의 양심과 이상이 외부적 요구들의 내재화(內在化)가 아니라 정말로 『그의 것』이어서 자아의 특수성에서 유래하는 여러 목표를 표현하고 있는 사회 등이 나타날 경우에만 가능하다.
— 에리히 프롬

■ 우리가 추구하고 있는 그런 종류의 『행복의 추구』가 복지를 만들어 내지 않는다는 것은 명백히 알 수가 있다. 우리들의 사회는 악명 높게 불행한 사람들의 사회이다. 외롭고, 걱정 많고, 기가 죽고, 파괴적이며, 의타적인 사람들, 그렇게 아끼려고 애쓰는 시간을 허송했을 때 오히려 기뻐하는 사람들이 바로 우리들이다.
— 에리히 프롬

◼ 사회는 조합운동에 대해서 임금인상 요구를 공공의 복지에 종속
시킬 것을 요구해야 한다.　　　　　　　　　　─ 피터 드러커

◼ 사회란 스스로의 장래가 없이는 단순한 소재의 퇴적에 지나지 않
는다. 그러나 사회의 장래는 사회를 구성하는 수백만의 인간이
현재의 사태를 초극해서 만드는 사회 스스로의 투기에 지나지 않
는다.　　　　　　　　　　　　　　　　　─ 장 폴 사르트르

◼ 인습에 전연 굴복하지 않는 남녀로부터 성립된 사회가, 모두 획
일적으로 되는 것 같은 사회보다 재미있는 사회일 것이다.
　　　　　　　　　　　　　　　　　　　─ 버트런드 러셀

◼ 우리의 교양이나 재능은 사회나 우주에 적응하도록 사용되어야
한다. 조화하지 못하는 지식이나 주장이나 주의는 자기 인격의
분열을 자아낼 뿐이다.　　　　　　　　　─ 버트런드 러셀

◼ 어떠한 공동사회에 있어서도, 갓난아기에게 젖을 먹이는 것과 같
은 좋은 투자는 없다.　　　　　　　　　　　─ 윈스턴 처칠

◼ 흑인도 백인도 인간으로서 평등하며, 미국 시민으로서 백인사회
속에서 완전히 동화하여 살아갈 수 있도록 비폭력적인 수단으로,
끈기 있게 인종문제를 호소하고 해결합시다.　─ 마틴 루터 킹

◼ 경쟁적 요인이 많은 사회일수록 좋은 사회요, 탄력성이 있는 사
회다.　　　　　　　　　　　　　　　　　　　─ 신일철

◼ 여자는 사회를 직접 지배하지는 못하더라도, 남편을 통해 사회를
간접적으로 지배할 수 있는 위력을 가지고 있다.　─ 정비석

◼ 사회의 존재란 곧 분업과 합작으로 피차간의 수요를 조정하기 위

한 것이다. 어떤 사람은 마음으로 노동을 하고, 어떤 사람은 몸으로 노동을 하는데, 이런 것은 결코 기본적인 인권상(人權上)에서 차별이 있는 것도 아니며, 양호한 사회의 조직 가운데 있어서는 마땅히 이러한 안배가 있어야 되는 것이다.　　　　　— 장기표

▣ 민족이라 함은 자기 동족만 말함이요, 사회라 함은 세계 다른 민족을 범칭(凡稱)함이니, 각기 민족이 아니면 어찌 사회가 조직되며 사회를 무시하면 어찌 민족이 독존할까.　　　　　— 이상재

【속담·격언】

▣ 미꾸라지 한 마리가 온 웅덩이를 흐린다. (못된 사람 하나가 온 집안 온 사회를 망친다)　　　　　— 한국

▣ 사람은 남 어울림에 산다. (사람은 사회생활을 하게 마련이다)
　　　　　— 한국

▣ 동네마다 후레아들 하나씩 있다. (사람이 모여 사는 곳에는 착한 사람만 있는 것은 아니다)　　　　　— 한국

▣ 베돌던 닭도 때가 되면 홰 안에 찾아든다. (서로 섞이지 않고 따로 돌던 사람도 언젠가는 사회로 돌아온다)　　　　　— 한국

▣ 산 속의 고독한 수도(修道)일지라도 네거리에 앉아서 사람들 얘기에 귀를 기울이는 것과는 비할 바가 못 된다.　　　　　— 중국

▣ 바다로 흘러들면 물방울도 차분해진다.　　　　　— 인도

▣ 사회가 있는 곳, 거기에 법이 있다.　　　　　— 서양속담

▣ 장님들 나라에서는 애꾸눈이 왕이다. (Among the blind, the

one-eyed is king.)　　　　　　　　　　　　　　　— 서양속담

▣ 인간은 자기만을 위하여 태어난 것은 아니다.　　　　— 영국

▣ 우리는 사회에 양보하지 않으면 안 된다. 사회가 우리에게 양보
하는 일이란 없기 때문이다.　　　　　　　　　— 노르웨이

▣ 사회는 바다와 같다. 헤엄칠 줄 모르는 놈은 빠져 죽게 마련이다.
　　　　　　　　　　　　　　　　　　　　　— 스페인

▣ 수목은 뿌리가 받치고 인간은 사회가 받쳐서 살아나간다.
　　　　　　　　　　　　　　　　　　　　　— 그루지야

▣ 인간사회란, 가고 오고, 올라가고 내려가고 하는 그네뛰기에 지
나지 않는다.　　　　　　　　　　　　　　　— 아라비아

▣ 사회는 감옥이다. 우리들은 같은 문으로 들어가지만 제각기 다른
방에서 생활한다.　　　　　　　　　　　　　　— 반투족

▣ 사회는 계단과 같은 것, 어느 사람은 올라가고 어느 사람은 내려
간다.　　　　　　　　　　　　　　　　　　　— 집시

▣ 사회가 있는 곳, 그 곳에 법이 있다.　　　　— 법언(法諺)

【문장】

사회도 한 인격이요, 국가도 한 인격이다. 사회를 구성한 개인은 사
회인격의 지체(肢體)이며, 국가를 구성한 인민은 국가인격의 수족이
다. 지체가 지체를 상잔(相殘)하고 수족이 수족을 불고(不顧)한다면,
그 인격은 파멸되지 아니할 수가 없는 것이다. 오월(吳越)이 동주(同
舟)에 풍랑을 도섭(到涉)하기 위해서는 동심협력한다 하거니와, 세

계를 한 고해(苦海)라면 사회와 국가는 망망한 고해 중의 묘소(渺少)
한 일엽선(一葉船)이다. ― 한용운 / 님께서 침묵하지 아니하시면

【중국의 고사】

■ **화광동진(和光同塵)** : 자기의 지덕(智德)의 빛을 싸 감추고 밖에
드러내지 않음. (불교에서) 부처・보살이 중생을 제도하기 위하
여 자기 본색을 감추고 인간계에 섞여 몸을 나타내는 일.『화광』
은 빛을 부드럽게 한다는 뜻이고,『동진』은 세상 사람들과 함께
하는 것을 말한다. 즉 자기가 가지고 있는 지혜 같은 것을 자랑하
는 일이 없이 오히려 그것을 흐리고 보이지 않게 하여 속세 사람
들 속에 묻혀버리는 것을 말한다.

　《노자》 제56장에 있는 말이다.「아는 사람은 말하지 않고, 말
하는 사람은 알지 못한다. 그 열린 것(兌 : 귀・눈・코・입)을 막
고, 그 문을 닫고, 그 날카로움을 무디게 하고, 그 얽힌 것을 풀고,
그 빛을 흐리게 하고, 그 티끌을 같이한다. 이것을 현동(玄同)이
라 한다(知者不言 言者不知 塞其兌 閉其門 挫其銳 鮮其紛 和其光
同其塵是謂玄同).」

　『현동(玄同)』은 현묘하게 같은 것이란 뜻이다. 불교에서 부처가
중생을 제도(濟度)하기 위해 부처의 본색을 감추고 속세에 나타
나는 것을 『화광동진』이라고 하는데, 그것은 불교가 중국에 전
해진 뒤부터 이 노자의 말을 받아들여 쓴 것이다.

　　　　　　　　　　　　　　　―《노자》 제56장

■ **도불습유(道不拾遺)** : 선정이 베풀어져 세상이 잘 다스려지고, 백

성들의 도덕심이 높음의 형용. 『노불습유(路不拾遺)』라고도 한다. 나라가 태평하고 민심이 순박해서 남의 것을 탐내지 않는 사회가 된 것을 단적으로 표현한 말이다. 원래는 선정(善政)의 극치를 표현해서 한 말이었는데, 상앙(商鞅)의 경우와 같이 법이 너무 엄해서 겁을 먹고 길에 떨어진 것을 줍지 못하는 예도 있었다.

공자가 노나라 정승으로 석 달 동안 정치를 하게 되자, 송아지나 돼지를 팔러 가는 사람이 아침에 물을 먹이는 일이 없고, 길에 떨어진 것을 줍는 사람이 없었다고 전한다. 돼지나 소에게 물을 먹여 팔러 가지 않는다는 것은 오늘의 우리 도축업자들이 곱씹어 봐야 할 말이다.

또 정나라 재상 자산(子産)은 공자가 형처럼 대했다는 훌륭한 정치가였는데, 그는 정승이 되자 급변하는 정세를 잘 파악하여 국내의 낡은 제도를 개혁하는 한편, 계급의 구별 없이 인재를 뽑아 쓰고, 귀족에게 주었던 지나친 특권을 시정하여 위아래가 다 같이 호응할 수 있는 적당한 선에서 모든 정책을 이끌어 나갔기 때문에 나라가 태평을 이루어 도적이 자취를 감추고 백성들이 길에 떨어진 것을 줍지 않게 되었다고 한다.

《한비자》 외저설좌상편에 보면, 자산의 정치성과에 대한 이야기가 나온다. 정나라 임금 간공(簡公)은 자기 스스로의 부족함을 자책하는 한편, 새로 재상에 임명된 자산에게 모든 정치를 바로잡는 책임을 지고 과감한 시책을 단행할 것을 당부했다. 그래서 자산은 물러나와 재상으로서 정치를 5년을 계속했는데, 나라에는 도적이 없고(國無盜賊), 길에는 떨어진 것을 줍지 않았으며(道不拾遺), 복숭아와 대추가 거리를 덮고 있어도 이를 따 가는 사람이 없었으며, 송곳이나 칼을 길에 떨어뜨렸을 때도 사흘 후에 가 보면 그 자리에 그대로 있었고, 3년을 흉년이 들어도 백성이 굶주리는 일이 없었다고 했다.

맹자는 말하기를, 「사람은 물과 불이 없으면 못 산다. 그런데 밤에 길 가던 사람이 물과 불을 청하면 안 줄 사람이 없는 것은 너무도 흔하기 때문이다. 만일 먹을 것이 물과 불처럼 흔하다면 어느 누가 착하지 않을 수 있겠는가.」라고 했다. 도적을 없애는 근본문제도, 길에 떨어진 것을 줍지 않게 되는 까닭도, 역시 그 바탕은 먹는 문제를 해결해 주는 데 있다.

— 《한비자》 외저설좌상편

【에피소드】

■ 베토벤과 괴테가 어느 날 같이 걷고 있을 때의 일이었다. 저쪽에서 궁정 고위관리들의 한 떼가 걸어오고 있는 것을 보고 괴테는 길가에 비켜서서 모자를 벗고 공손한 태도로 허리를 굽혀 일행이 지나가기를 기다렸다. 그러나 베토벤은 뒷짐을 지고 똑바로 그들 앞으로 걸어갔다. 그랬더니 오히려 대공(大公)들은 모자를 벗고 대공비(大公妃)들은 인사를 하였다.

베토벤은 인간의 존엄성을 지위나 명예로 측정할 수 있는 것이 아니라고 생각했으나, 괴테는 베토벤의 이러한 태도를 보고 다음과 같이 말했다. 「베토벤은 재주는 좋으나 성격이 매우 무절제하다. 그가 현세를 미워하고 싫어하는 마음은 알겠으나, 그런 생각으로 살아간다면 자신을 위해서나 타인을 위해서나 이 사회를 한층 좋게 만들 수는 없지 않은가.」

【동서양의 이상사회】

■ 무릉도원(武陵桃源) : 이 세상과 따로 떨어진 별천지.

이것은 유명한 도연명(陶淵明, 365~427)의 『도화원기(桃花源記)』에서 비롯된 말이다. 줄거리만을 소개하면 다음과 같다.

진(晋)나라 태원(太元, 376~396) 연간의 일이다. 무릉(武陵 : 호남성 상덕, 동정호 서쪽 원수沅水가 있는 곳)의 한 어부가 시냇물을 따라 무작정 올라가던 중, 문득 양쪽 언덕이 온통 복숭아 숲으로 덮여 있는 곳에 와 닿았다. 마침 복숭아꽃이 만발해 있을 때라 어부는 노를 저으며 정신없이 바라보고 있었다. 복숭아 숲은 가도 가도 끝이 없었다. 꽃잎은 푸른 잔디 위로 펄펄 날아 내렸다.

대체 여기가 어디란 말인가, 이 숲은 어디까지 계속되는 걸까? 이렇게 생각하며 노를 저어 가는 동안, 마침내 시냇물은 근원까지 오자 숲도 함께 끝나 있었다. 앞은 산이 가로막혀 있고, 산 밑으로 조그마한 바위굴이 하나 있었다. 그 굴속으로 뭔가가 빛나고 있는 것 같았다. 가만히 다가가서 보니, 겨우 사람이 통과할 수 있게 뚫린 굴이었다. 어부는 배를 버려둔 채 굴을 더듬어 안으로 들어갔다.

이윽고 앞이 탁 트인 들이 나타났다. 보기 좋게 줄을 지어 서 있는 집들, 잘 가꾸어진 기름진 논밭, 많은 남녀들이 즐거운 표정으로 들일에 바빴다. 이곳을 찾은 어부도, 그를 맞는 사람들도 서로 놀라며 어찌된 영문인지 까닭을 물었다. 마을 사람들은 옛날 진(秦)나라의 학정을 피해 처자를 데리고 이 속세와 멀리 떨어진 곳으로 도망쳐 온 사람들의 후손들이었다. 그들은 조상들이 이리로 찾아온 뒤로 밖에 나가 본 일이 없이 완전히 외부 세계와는 접촉이 중단되어 있었다. 지금은 도대체 어떤 세상이 되어 있느냐고 마을 사람들은 묻고 또 물었다.

마을 사람들의 환대를 받으며 며칠을 묵은 어부는 처음 왔던 길의 목표물을 기억해 가며 집으로 돌아오자, 곧 이 사실을 태수에게 고했다. 태수는 얘기를 듣고 사람을 보내 보았으나, 어부가 말한 그런 곳을 발견할 수가 없었다. 유자기(劉子驥)라는 고사(高士)가 이 소식을 듣고 찾아 나섰으나 뜻을 이루지 못하고 도중에 병으로 죽고 말았다.

그 뒤로 많은 사람들이 복숭아꽃 필 때를 기다려 찾아가 보았으나, 무릉도원 사람들이 속세의 사람들이 찾아오는 것을 막기 위해 다른 골짜기에까지 많은 복숭아나무를 심어 두었기 때문에 끝내 찾을 수가 없었다고 한다. 무릉도원은 조정의 간섭은 물론, 세금도 부역도 없는 별천지였다. 그래서 속세와 떨어져 있는 별천지란 뜻으로 『무릉도원』이란 말을 쓰게 되었다.

■ 유토피아(utopia) : 현실적으로는 아무데도 존재하지 않는 이상의 나라, 또는 이상향(理想鄕)을 가리키는 말. 원래 토마스 모어(Thomas More, 1477~1535)가 그리스어의 『없는(ou-)』『장소(toppos)』라는 두 말을 결합하여 만든 용어인데, 동시에 이 말은 『좋은(eu-)』『장소』라는 뜻을 연상하게 하는 이중적 기능을 지니고 있다.

서유럽 사상에서 유토피아의 역사는 보통 플라톤의 《국가》에 나오는 이상국으로까지 거슬러 올라간다. 그러나 정확히는 토머스 모어의 저서 《유토피아》(1516)를 시초로 하여 캄파넬라의 《태양의 나라》(1623), 베이컨의 《뉴아틀란티스》(1627) 등 근세 초기, 즉 16~17세기에 유토피아 사상이 연이어 출현한 시기를 그 탄생의 시점이라고 볼 수 있을 것이다.

유토피아는 중세적 사회질서에서 근세적 사회질서로 옮아가는 재편성의 시기를 맞아, 또는 거기에서 생기는 사회 모순에 대한 단적인 반성으로서, 또는 근세 과학기술 문명의 양양한 미래에 대한 기대에서 생긴 것이다. 전자의 예로는 종교개혁 사상 가운데 가장 과격파인 『천년지복설(千年至福說)』의 비전을, 후자의 예로는 《뉴아틀란티스》를 각각 그 전형으로 들 수 있다. 이들 유토피아의 비전은 또한 18~19세기의 생시몽, 장 푸리에, 로버트 오언 등의 이상사회의 계획으로 이어지고 있다.

그런데 이 근세의 유토피아 사상과, 나아가서는 루소 등의 원초적 자연 상태로서의 황금시대에 대한 꿈이나 플라톤의 이상국에

대한 꿈까지를 포함하여 일관된 특징은, 그것들이 이상향을 아무
데도 존재하지 않는 세계라고 하면서도, 실은 어디까지나 현세와
의 시간적·공간적 연속선상에서 꿈꾸고 있다는 점이다.

■ 디스토피아(dystopia) : 유토피아의 반대어. 역(逆)유토피아라고
도 한다. 가공의 이상향, 즉 현실에는 '어디에도 존재하지 않는 나
라'를 묘사하는 유토피아와는 반대로, 가장 부정적인 암흑세계의
픽션을 그려냄으로써 현실을 날카롭게 비판하는 문학작품 및 사
상을 가리킨다. 대표 작품으로는, A. L. 헉슬리의 《멋진 신세
계》(1932), G.오웰의 《1984년》(1949) 등이 있다. 이러한 디
스토피아는 현대사회 속에 있는 위험한 경향을 미래사회로 확대
투영함으로써 현대인이 무의식중에 받아들이고 있는 위험을 명
확히 지적하는 점에서 매우 유효한 방법이다. 미래를 진지하게
논하려면 유토피아, 디스토피아 쌍방의 시점에서 언급해야 한다.

체면 prestige 體面

(자존심)

【어록】

▣ 창고가 가득 차야 예절을 알고, 입을 옷과 먹을 양식이 풍족해야 영욕을 안다(倉廩實則知禮節 衣食足則知榮辱 : 내 배가 고프면 남의 배고픈 것을 동정할 여지가 없고, 먹고 입는 문제를 해결하지 못하면 명예 같은 것이 그다지 중요하게 느껴질 리가 없다. 《맹자》에도 「떳떳한 생활이 없으면 떳떳한 마음을 가질 수 없다」고 했다. 입고 먹는 것이 넉넉해야 예의니 체면이니 하는 것을 알게 된다고 한 이 말은 참으로 불변의 진리를 잘 나타낸 말이라 할 수 있다). ― 《관자》

▣ 선비는 굶어도 조(粟)를 좇지 않는다. ― 이백(李白)

▣ 아무리 목이 말라도 도천(盜泉)의 물은 마시지 않는다(渴不飮盜泉水). ― 《설원(說苑)》

▣ 자존심은 어리석은 자가 가지고 다니는 물건이다.
― 헤로도토스

■ 자기보다 강한 자에게 졌을 때는 아직 자존심은 남아 있다.

           — 푸블릴리우스 시루스

■ 정열은 나이와 함께 사라져도 자존심은 가시지 않는다.

             — 볼테르

■ 허영심은 사람을 수다스럽게 하고, 자존심은 침묵케 한다.

            — 쇼펜하우어

■ 자존심은 자만을 상하게 한다.   — 벤저민 프랭클린

■ 자존심은 맑은 미덕의 원천이다. 허영심은 거의 모든 악덕과 못
 된 버릇의 원천이다.   — S. 샹포르

■ 체면은 때로 자기 개선(改善)의 길을 방해한다. 평범은 체면을 중
 시하는 결과이다.   — 카를 힐티

■ 전쟁은 자존심의 아들이며, 자존심은 부자(富者)의 딸이다.

           — 조나단 스위프트

■ 자존심은 그처럼 우리들에게 질투심을 불러일으키지만, 때로는
 그 질투심을 녹이는 구실도 한다.   — 라로슈푸코

■ 채권자는 잔혹한 주인보다도 나쁘다. 주인은 육체를 박탈할 뿐이
 지만 채권자는 체면을 파괴하고 위신을 파멸시킨다.

            — 빅토르 위고

■ 우리들 마음은 지각(知覺)이 사물을 만져 보기도 전에 멀리서도
 알아볼 수 있는 촉각 같은 것을 가지고 있다. 그 중에서도 가장
 예민한 것은 바로 자존심의 촉각이다.   — 로맹 롤랑

■ 사랑은 체면 있는 신사로서 술집에 들어갔다가 중죄인으로 술집

에서 나온다.   ― 글롭스

▣ 자존심이란 결코 배타(排他)가 아니다. 또한 교만도 아니다. 다만 자기 확립이다. 자기 강조다. 자존심이 없는 곳에 비로소 얄미운 아첨이 있다. 더러운 굴복이 있다. 넋 빠진 우상숭배가 있다. 친지 간에 『나』라는 것이 생겨난 이상, 나 자신의 힘으로 살아간다는 강력한 신념, 그것이 곧 자존심이다. 위대한 개인, 위대한 민족이 필경 다른 것이 아니다. 오직 이 자존심 하나로 결정되는 것이다.   ― 이은상

▣ 나이 늙었다 하는 건 그 교육, 학문보다도 되잖은 체면에 곱이 끼는 것을 이름이 아닌가! 되잖은 체면이란 한 위선(僞善)이다. 그렇다 하여 너무 솔직하면 한 천치(天痴)요, 너무 간릉하면 한 소인이다.   ― 이병기

▣ 자존심 없는 사람처럼 비굴하고 가엾은 사람은 없다. 그러나 자존심은 오만한 자세가 아니라 자신의 인격을 존중하는 마음과 행동이다.   ― 백낙준

▣ 자기를 사랑할 줄 모르는 사람에게는 자기 생활이 없다. 그리고 자기 생활이 없으면 자존심이 없고 자존심이 없는 사람에게서는 향내가 나지 않는다.   ― 황산덕

▣ 「말은 은이요, 침묵은 금이다」라는 격언이 있다. 그러나 침묵은 말의 준비 기간이요, 쉬는 기간이요, 바보들이 체면을 유지하는 기간이다.   ― 피천득

▣ 으레 밖에 나가려면 좋은 옷을 입어야 한다는 그 사고방식 속에

서 우리는 체면에 살고 체면에 죽었던 슬픈 습속을 볼 수 있다.
— 이어령

【속담 · 격언】

■ 양반은 물에 빠져도 개헤엄은 안한다.　　　　　　　— 한국

■ 넉살 좋은 강화년이라. (흔히 강화 여자가 부끄러운 줄 모르고 검
질기다 하여 이르는 말로, 하는 짓이 염치 체면을 돌아보지 않는
사람을 두고 이름)　　　　　　　　　　　　　　— 한국

■ 양반은 얼어 죽어도 곁불은 안 쬔다.　　　　　　　— 한국

■ 노래기 회(膾)도 먹겠다. (노린내가 고약한 노래기를 회를 쳐서
먹겠다 함이니, 염치 체면 불구하고 치사스럽게 군다)　— 한국

■ 냉수 먹고 갈비 트림한다.　　　　　　　　　　　— 한국

■ 미꾸라짓국 먹고 용트림한다.　　　　　　　　　　— 한국

■ 냉수 먹고 이 쑤시기.　　　　　　　　　　　　　— 한국

■ 가난할수록 기와집 짓는다.　　　　　　　　　　　— 한국

■ 상두 술로 벗 사귄다. (남의 술로 제 친구 대접한다는 뜻으로, 남
의 것 가지고 제 체면 세우는 사람)　　　　　　　— 한국

■ 배고픈 호랑이 원님을 알아보나? (가난하고 굶주리면 인사고 체
면이고 돌아볼 겨를이 없다)　　　　　　　　　　— 한국

■ 닷새를 굶어도 풍잠(風簪 : 망건의 앞이마에 다는 장식품) 멋으로
굶는다. (체면 때문에 곤란도 무릅쓴다)　　　　　— 한국

■ 벼룩도 낯짝이 있다.　　　　　　　　　　　　　— 한국

■ 낮에 난 도깨비. (도깨비는 어두운 밤에나 나오는데 대낮에 나왔
　다는 것으로, 인사불성으로 체면이 없는 사람을 이르는 말)

　　　　　　　　　　　　　　　　　　　　　　　　　　— 한국

■ 스님 체면은 봐주지 않더라도 부처님 체면은 세워줘야 한다. (아
　랫사람 체면이야 무시할 수 있겠지만, 윗사람 체면은 세워줘야 한
　다)　　　　　　　　　　　　　　　　　　　　　　— 중국

■ 개를 때려 주인의 체면을 깎다.　　　　　　　　　　　— 중국

【중국의 고사】

■ **의식족이지예절**(衣食足而之禮節) : 입고 먹는 것이 넉넉해야 예
　의니 체면을 알게 된다는 말이다. 「창고가 차 있으면 예절을 알
　고, 의식이 족하면 영욕을 안다(食廩實則知禮節 衣食足則知榮
　辱)」고 한 말이, 앞뒤 것이 각각 반씩 합쳐져서 생겨난 말이다.
　결국 같은 내용의 긴 말을 보다 쉽고 짧게 만들었다는 점에서 이
　말이 널리 보급된 것으로 볼 수 있다.

　《관자》는 관중(管仲)이 지은 것으로 되어 있지만, 실상은 그의
　사상적 계통을 이은 사람들에 의해 훨씬 뒤에 된 것으로 보고 있
　다. 그러나 이 《관자》 속에 나오는 기록들은 그가 실제로 한 말
　과 행한 일들이 많이 수록되어 있다고 보아 좋을 것이다.

　아무튼 모든 정치적 기반을 경제에 둔 관중은 이론가로서 또 실
　제 정치인으로서 후대에 미친 영향이 컸다. 내 배가 고프면 남의
　배고픈 것을 동정할 여지가 없고, 먹고 입는 문제를 해결하지 못

하면 명예 같은 것이 그다지 중요하게 느껴질 리가 없다.《맹자》
에도「떳떳한 생활이 없으면 떳떳한 마음을 가질 수 없다.」고 했
다. 입고 먹는 것이 넉넉해야 예의니 체면이니 하는 것을 알게 된
다고 한 이 말은 참으로 불변의 진리를 잘 나타낸 말이라 할 수
있다.《사기》에도 똑같은 말이 그대로 인용되고 있다.

— 《관자(管子)》 목민편(牧民篇)

■ **박면피**(剝面皮) : 얼굴 가죽(面皮)을 벗긴다는 뜻으로, 원래 뜻은
잔혹한 고문이나 형벌을 가리켰는데, 뜻이 바뀌어 파렴치한 사람의
본색을 다 드러내 망신을 준다는 말.

《배씨어림》에 있는 이야기다.

포악한 정치를 한 삼국시대 오(吳)나라의 왕 손호(孫皓)는 자기
마음에 들지 않는 사람의 얼굴 가죽을 벗기는 일을 서슴지 않았으
며, 신하들이 간언하면 신체를 찢는 거열형(車裂刑)에 처하기도 하
고 뜻을 거역하는 궁녀의 목을 베어서 흐르는 물에 던져버리는 등
백성을 괴롭히는 정치를 일삼았다.

오나라를 정복한 왕준은 군사를 거느리고 돌아오면서 오주 손호
를 낙양으로 데려와 진 황제 사마염(司馬炎)을 뵙게 했다. 손호는
대전에 올라 머리를 조아리며 황제를 배알했다. 사마염이 앉을 자
리를 내어주며 말했다.

「짐이 이 자리를 마련하고 경을 기다린 지 오래로다.」

손호가 대답했다.

「신 또한 이런 자리를 남방에 마련해 놓고 폐하를 기다렸습니다.」

진제가 껄껄 웃었다. 가충(賈充)이 손호에게 물었다.

「듣건대 그대가 남방에 있을 때 늘 사람의 눈알을 도리고 얼굴 가죽을 벗겼다는데, 그건 어떤 형벌이오?」

손호가 말했다.

「신하로서 임금을 시해하려는 자와 간사하고 불충스런 자에게만 이런 벌을 내렸습니다.」

이에 가충은 말을 못하고 심히 부끄러워했다.

낯가죽을 벗긴다는 것은 파렴치한 사람의 면모를 밝혀 창피를 주어서 체면이나 명예를 손상시키는 것을 말한다. 얼굴 가죽이 두꺼워 뻔뻔스럽고 부끄러움을 모르는 후안무치(厚顏無恥)한 사람을 욕하는 말이다.

또 《삼국연의(三國演義)》에도 이런 이야기가 있다.

삼국시대 오(吳)나라 왕 손호(孫皓)의 포악한 행동에서 유래한다.

손호(孫皓)의 자는 원종으로, 대제 손권의 태자 손화(孫和)의 아들이다. 손호는 자기 마음에 들지 않는 사람의 얼굴 가죽을 벗기는 일을 서슴지 않았으며, 신하들이 간언하면 신체를 찢는 거열형(車裂刑)에 처하기도 하고, 뜻을 거역하는 궁녀의 목을 베어서 흐르는 물에 던져버리는 등 백성을 괴롭히는 정치를 일삼았다.

손호의 포악한 정치로 인해 진(晉)나라가 천하통일을 이루어냈다고 할 정도로 손호는 난폭하고 잔인하다고 널리 알려졌다.

후에 진에 투항하면서 보여준 낯짝 두꺼운 행동으로 손호는 면피후(面皮侯)라는 호칭을 얻었다.

— 《배씨어림(裵氏語林)》, 《삼국연의》

■ **건괵지증(巾幗之贈)** : 남자로서 체면이 말이 아님을 비유하는 말이다. 건괵(巾幗)은 여성의 머리 장식. 촉의 재상 제갈양(孔明)은 위(魏)의 대장군 사마의에게 위수(渭水)에서 결전을 도발하였다. 그러나 사마의는 제갈공명을 두려워하여 성문을 굳게 닫아걸고 나오지 않았다. 그래서 공명은 여자의 머리장식과 의복을 보내어 사마의가 겁먹은 것을 모욕했다는 고사에서 나온 말이다.

— 《십팔사략》

은혜 favor 恩惠

(구원, 구걸)

【어록】

▣ 누가 묻기를, 「은덕으로 원수를 대함이 어떠리오?」 공자, 「그렇다면 은혜에는 무엇으로 대하랴? 강직으로써 원수를 대하며 은덕은 은덕으로 갚아야 하느니라.」(或曰以德報怨 何如 子曰 何以報德 以直報怨 以德報德).　　　　　——《논어》헌문

▣ 그 음식을 먹은 자는 그 그릇을 깨지 않고, 그 나무 그늘에 있는 자는 그 가지를 분지르지 않는다. (은혜는 원수로 갚지 않는다)　　　　　—— 한영(韓嬰)

▣ 입은 은혜는 비록 깊을지라도 갚지 않고, 원망은 얕을지라도 이를 갚으려 한다. 남의 나쁜 평판을 들으면 비록 명백하지 않아도 믿으려 들고, 좋은 평판은 사실이 뚜렷한데도 믿으려 하지 않고 또한 의심하나니, 이는 각박하고 경박함이 가장 심함이라, 마땅히 간절히 경계할 일이다.　　　　　——《채근담》

▣ 남에게 은혜를 베풀 때에는 처음에 가볍게 하라! 만약 처음에 무

겹고 나중에 가볍게 한다면 그 은혜를 모르고 도리어 푸대접한다
고 원망을 듣기가 쉽다. ─《채근담》

■ 제 집의 것은 내버려두고 남의 문 앞에 밥그릇들로 거지 흉내 낸
다. ─《채근담》

■ 천자(天子)는 나라를 다스림에 생각을 괴롭히고, 거지는 음식을
얻으려고 부르짖는다. ─《채근담》

■ 아아, 나의 아들이여, 그대 만약 부모의 은혜를 느끼지 않는다면
그대의 친우가 될 사람은 하나도 없을 것이다. 왜냐하면 부모의
은혜를 느끼지 않는 사람에게는 친절을 베풀어도 무의함을 알기
때문이다. ─ 소크라테스

■ 빚진 돈은 죽은 뒤에 후손에게 갚을 길도 있지만, 명예를 존중하
는 사람은 은인의 생전에 은혜를 갚지 못하면 상심하는 것이다.
─《플루타르크 영웅전》

■ 고결한 인물은 은혜를 베푸는 것을 좋아하지만, 은혜를 입는 것
을 싫어한다. ─ 아리스토텔레스

■ 누구에게나 은혜를 베푸는 자는, 남으로부터 사랑을 받기보다도
자기를 많이 사랑한다. ─ 아리스토텔레스

■ 일이란 남을 원조함으로 하여 자기 자신을 이익 되게 한다.
─ 소포클레스

■ 곤란한 경우에나 희망이 작은 때에는, 가장 대담한 도움이 가장
안전하다. ─ T. 리비우스

■ 은혜만큼 빨리 늙어 버리는 것은 없다. ─ 메난드로스

■ 은혜를 받는 것은 자유를 파는 것이다. ― 푸블릴리우스 시루스

■ 은혜를 베푸는 자는 그것을 감추라. 은혜를 받는 자는 그것을 남이 알게 하라. ― L. A. 세네카

■ 모세에게서는 율법을 받았지만 예수 그리스도에게서는 은총과 진리를 받았다. ― 요한복음

■ 하나님께서는,「너에게 자비를 베풀 만한 때에 네 말을 들어 주었고, 너를 구원해야 할 날에 너를 도와주었다」하고 말씀하셨습니다. 지금이 바로 그 자비의 때이며 오늘이 바로 구원의 날입니다. ― 고린도후서

■ 주 예수를 믿으시오. 그러면 당신과 당신네 집안이 다 구원을 얻을 것입니다. ― 사도행전

■ 믿음과 사랑으로 가슴에 무장을 하고 구원의 희망으로 투구를 씁시다. ― 데살로니가전서

■ 악인들은 꾸기만 하고 갚지 않으나 착한 사람은 동정하고 후하게 준다. ― 시편

■ 이 목숨을 지켜 주소서. 건져 주소서. 당신의 품속에 달려드오니, 수치를 당하지 않게 하소서. ― 시편

■ 약한 자를 구원하는 것만으로 충분한 것은 아니다. 그 후에도 계속해서 지지해 주지 않으면 안된다. ― 셰익스피어

■ 거지가 죽을 땐 혜성이 나타나지 않는다. ― 셰익스피어

■ 신은, 이미 인간의 힘으로는 도울 수가 없을 때에만 돕는다. ― 프리드리히 실러

■ 인간이 서로 해치겠다고 속으로는 생각하면서……서로 어쩔 수 없이 돕고 있는 것은, 크게 볼 만한 점이다.　　― 보브나르그

■ 고뇌하는 사람에게 줄 수 있는 가장 올바른 도움은, 그 사람의 중하(重荷)를 제거해 주는 것이 아니고, 그 사람이 그것에 견뎌내게끔 그 사람의 최상의 에너지를 불러일으켜 주는 일이다.
　　― 카를 힐티

■ 사람들에게 정신적 원조를 주는 인간이야말로 인류의 최대의 은인이다.　　― 비베카난다

■ 우리들을 도와주는 손이 우리를 위하여 기도하는 입보다 성스럽다.　　― 잉거솔

■ 도와줄 마음을 가지고 있는 사람은 책망할 권리를 갖는다.
　　― 윌리엄 펜

■ 은혜를 모르는 자식을 두기란 독사에 물리는 것보다 더 고통스럽다　　― 셰익스피어

■ 은혜를 너무 많이 입으면 우리는 초조해지고 부채보다 더 많은 것을 갚아 주고 싶다.　　― 파스칼

■ 자기가 은혜를 베푼 사람을 만나면, 곧 그 일을 생각하게 되는 법이다. 그런데, 자기에게 은혜를 베풀어준 사람을 만나서는 그것을 생각해 내지 못하는 일이 얼마나 많이 있는 일일까?
　　― 괴테

■ 인간이란 위험을 끼칠 것으로 믿고 있던 사람에게서 은혜를 받으면 보통 때의 갑절의 은혜를 느낀다.　　― 마키아벨리

▣ 새로운 은혜를 베풀어서 그것으로 인하여 옛날의 원한을 잊어버리게 할 수 있다는 생각은 큰 착오이다.   — 마키아벨리

▣ 인간의 성정은 소극적인 은혜에 대해서는 감사할 줄 모른다.
   — 조지 버나드 쇼

▣ 은총—내가 나 자신을 다른 사람들과 비교해 볼 때면 나는 그들보다도 분에 넘칠 만큼 더 큰 신의 은총을 받고 있는 것 같다. 나는 마치 남들이 갖지 않은 면허증과 보증서를 신의 손으로부터 받아 각별한 지도와 보호를 받고라도 있는 듯하다. 나는 자만하지 않는다. 그러나 만일 아첨이 있을 수 있다면 신들이 나에게 아첨을 한다. 나는 적적하다든지, 하다못해 고독감에 억압받는다든지 하는 일이 없었다.   — 헨리 소로

▣ 우리는 남들의 은혜로 동류(同類) 이상이 되지만 몰락하면 동류 이하가 된다.   — 라브뤼예르

▣ 은혜는 말을 하면 매력이 사라진다.   — 피에르 코르네유

▣ 구원의 길은 어디에도 없다. 오직 자기 자신의 마음에 이르는 길 뿐이다. 거기에만이 하느님이 있고 평화가 있다.
   — 헤르만 헤세

▣ 불행의 효과를 적게 맛보게 하는 가장 확실한 방법 중의 하나는 외곬으로 남을 돕는 데 전심전력하는 일이다.   — 데일 카네기

▣ 무엇을 믿어야 할 것인가, 무엇을 욕구해야 할 것인가, 그리고 무엇을 해야 할 것인지를 아는 것은 인간의 구원을 위해 필요하다.
   — 토마스 아퀴나스

▣ 선과 사랑만이 하느님의 앞에 선 당신의 증인이 된다. 깨끗한 양심만이 당신의 죽음을 두려움 없는 것으로 만든다.

— 게레르트

▣ 주여, 내 불쌍한 영혼을 구해 주소서. (볼티모어의 한 주막집 앞에서 의식을 잃고 죽어가면서 한 최후의 말)

— 에드거 앨런 포

▣ 죽음은 일종의 구제일지도 몰라요. — 마릴린 먼로

▣ 복병이 숨은 곳은 수도 없이 많으며 구원(救援)은 하나밖에 없다. 그러나 구원의 가능성은 복병이 숨은 장소의 수만큼은 된다.

— 프란츠 카프카

▣ 어떠한 고통의 외침도 한 인간의 고통의 외침보다 크지는 못하다. 즉 어떠한 고통도 한 개인의 고통보다는 크지 못하다는 말이다. 그러니 한 인간의 고통은 무한히 큰 고통이며, 그래서 그에게 필요한 구원도 무한히 커지는 것이다. — 비트겐슈타인

▣ 구원의 가능성. 이런 말을 쓸 수 있는 것은 엄청난 고통을 겪고 있을 때뿐이다. 그러나 그 경우 이 말이 가지고 있는 뜻은 전혀 달라진다. 그러니 누구나 구원의 가능성을 진리로서 인용해서는 안된다. 구원의 가능성은 이론이 되지는 못하는 것이다. ―혹은 구원의 가능성이 진리일지라도 그것은 우리가 「구원의 가능성」이라는 말에서 언뜻 느껴지는 그러한 의미의 내용이 아니라고 할 수 있겠다. 구원의 가능성이란 오히려 탄식이고 외침인 것이다.

— 비트겐슈타인

■ 생매장된 황제보다는 거지로 지내는 편이 낫다.　　　— 라퐁텐

■ 한길 가에서 햇볕을 쬐고 있는 거지, 그가 누리고 있는 평화로운 감정은 어떤 왕이라도 쉽게 얻을 수 있는 것은 아니다.

　　　　　　　　　　　　　　　　　　　— 애덤 스미스

■ 만약 별다른 방법이 없다면 거지가 되어도 좋다. 더욱 거지 가 되면 그 날로부터 손에 들어온 돈은 자신을 위해서도, 가족을 위해서도, 쓸데없는 일에 절대로 낭비하지 않는다는 철저한 강한 끈기―이것만 있으면 인간은 누구든지 부자가 될 수 있다.

　　　　　　　　　　　　　　　　— 도스토예프스키

■ 거지는 모두 없애야만 한다. 결국 무언가를 준다는 것도 마음에 걸리고, 아무것도 안 주는 것도 마음에 걸리니까.

　　　　　　　　　　　　　　　　— 프리드리히 니체

■ 거지는 가두의 정경을 위해서 없어서는 아니 될 이색적인 하나의 장식물이다.　　　　　　　　　　　— 찰스 램

■ 걸인을 근본적으로 그 걸식 상태에서 구하지 않고 자기에게 고통을 주지 않는 한도 안에서 분전을 급여하는 것은, 걸인 생활을 연장하여 줄 뿐 아니라 비록 걸인일망정 용서할 수 없는 인간적 모욕일 것이다. (쇼펜하우어의 말을 인용해서 쓴 글 중의 한 대목)

　　　　　　　　　　　　　　　　　　— 변영로

■ 점두(店頭)에 그 호화 장려한 풍모로 나타나서 「한푼 줍쇼.」 소리를 될 수 있는 대로 듣기 싫게 연발하는 인간에게도 불성문(不成文)으로 한 푼 주어보내기로 되어 있다. 그래서 암암리에 사람

들은 이 지상의 암을 잘 기를 뿐만 아니라 은연히 옹호한다. 역시 눈에 띄지 않는 모순이다. — 이상

■ 걸인이란 타인에게서 구제를 받으려 하는 자이다. 더 정확히 말하면 구제를 원하는 자이면서 실은 구제의 길이 끊겨져 버린 자인 것이다. 버림받은 자이며 홀로 있는 자인 것이다. 그것은 본질적으로 인간의 가장 절망적인 상태를 상징해 준다. 그러면서도 그 고립과 절망 속에서 끝없이 타자(他者)의 것을 구해야 한다.
— 이어령

【속담·격언】

■ 나무는 큰 나무 덕을 못 보아도 사람은 큰 사람의 덕을 본다.
— 한국

■ 구제할 것은 없어도 도둑 줄 것은 있다. — 한국

■ 말로 온 공(功)을 갚는다. (말을 잘 하면 말만으로도 은공을 갚을 수 있다) — 한국

■ 머리털을 베어 신발을 한다. (무슨 짓을 해서든지 잊지 않고 은혜에 보답하겠다는 뜻) — 한국

■ 거지가 논두렁 밑에 있어도 웃음이 있다. (물질적으로는 가난하더라도 마음의 화평은 얼마든지 있을 수 있다) — 한국

■ 광에서 인심이 난다. (여유가 있어야 비로소 남을 생각할 수 있게 된다) — 한국

■ 남의 떡에 설 쉰다. (남의 도움으로 어떤 큰일을 치른다)

— 한국

■ 검은머리 가진 짐승은 구제 말란다. (사람이 은혜를 갚지 않을 때 핀잔주는 말)

— 한국

■ 사람은 구하면 앙분을 하고 짐승은 구하면 은혜를 한다. (은혜는 사람이 짐승보다 못하다)

— 한국

■ 고양이 덕(德)과 며느리 덕은 알지 못한다. (비록 현저한 공은 없어도 알지 못하는 가운데 자연히 그의 은혜를 입게 됨)

— 한국

■ 거지 옷 해 입힌 셈이다. (대가를 바라지 않고 자비로 은혜를 베풀어 줌)

— 한국

■ 눈먼 자식이 효자 노릇한다. (생각지도 않았던 사람의 도움을 받는다)

— 한국

■ 개도 닷새가 되면 주인을 안다.

— 한국

■ 거지 베 두루마기 해 입힌 셈만 친다. (보답을 기대하지 않고 은혜를 베풂)

— 한국

■ 거지는 모닥불에 살찐다. (아무리 어려운 사람이라도 무엇이든 한 가지는 사는 재미가 있다)

— 한국

■ 거지가 도승지를 불쌍타 한다. (자기가 불행한 처지에 있으면서도 도리어 그렇지 않은 사람을 동정함)

— 한국

■ 거지도 손 볼 날이 있다. (아무리 가난한 집일지라도 손님을 맞을 때가 있으니 깨끗한 옷 한 벌쯤은 간직해 두어야 한다)

— 한국

■ 묵은 거지보다 햇거지가 더 어렵다. (무슨 일이든 오래 두고 해온 사람이 꾸준하다)　　　　　　　　　　　　　　　— 한국

■ 거지에겐 성(姓)이 없다. (거지는 성이나 가문을 타고 태어나는 것이 아니라 처신이 나빠서 영락하는 것이다)　　　　　— 일본

■ 거지에는 가난이 없다. (떨어질 데까지 떨어지면 가난이란 말은 통용이 안 된다)　　　　　　　　　　　　　　　　— 일본

■ 은혜 갚음은 출세의 상(相), 은혜 모름은 구걸의 상.　　— 일본

■ 밤에 한 일은 낮에 나타난다.　　　　　　　　　　　— 영국

■ 망은(忘恩)은 세상 사람들의 보수(報酬)이다. (Ingratitude gets the worlds reward.)　　　　　　　　　　　　　　— 영국

■ 거지는 파산이 없다. (Beggars can never be bankrupt.)　　　　　　　　　　　　　　　　　　　　　　　　— 영국

■ 거지 노릇 3일만 하면 그만두지 못한다.　　　　　　— 영국

■ 거지를 상대로 소송해도 얻는 것은 이(虱)뿐이다.　　— 영국

■ 은혜는 정의의 지주(支柱)다.　　　　　　　　　　— 러시아

■ 은혜는, 선인에게는 빌려준 것이고, 악인에게는 베풀어준 것이다.　　　　　　　　　　　　　　　　　　　　— 베르베르족

■ 나이 많은 사람이 도움을 바라는 것이 아니다. 괴로운 자가 도움을 바란다.　　　　　　　　　　　　　　　　— 우크라이나

【시·문장】

내가 만일 상처받은 사람의 마음을 달래 준다면

나의 삶은 헛되지 않으리다.
한 사람 생명의 마음을 편하게 해준다든가
괴로움을 시원하게 해준다거나
연약한 새를 도와
제 보금자리로 돌아가게 한다면
나의 사랑은 헛되지 않으리라.

— 에드윈 로빈슨

태양 아래 온갖 고통에는
구원이 있다지만,
그 중에는 없는 것도 있다 하니
만일 있다면 그것을 찾아보라.
만일 없다면 그것을 잊으시라.

— 마더구스의 노래

리비아의 베두인 사람아, 우리를 살려주는 그는 그래도 내 기억에서
영원히 사라지리라. 나는 그대의 얼굴을 영영 기억하지 못할 것이다.
그대는 『인간』이다. 그대는 모든 인간의 얼굴을 동시에 지니고 내
앞에 나타난다. 그대는 절대로 우리를 뚫어지게 쳐다보지 않고도 벌
써 우리를 알아보았다. 그대는 지극히 사랑하는 형제다. 그리고 이번
에는 내가 모든 사람들 가운데서 그대를 발견할 것이다. 그대는 나
에게 고귀한 친절에 둘러싸여 나타났다. 물을 줄 수 있는 권리를 가

진 대감님으로 보였다. 내 모든 친우와 내 모든 원수들이 그대를 통하여 내게로 걸어온다. 그리고 나는 이미 이 세상에서 원수가 한 사람도 없다.　　　　　　　　　　　　　　　　　　— 생텍쥐페리

한 아이가 내게 구걸을 한다. 옷도 제법 입었고 궁상맞아 보이지는 않았다. 멈춰 서서 머리를 숙이고 매달리면서 울부짖었다. 그의 울음 소리와 태도가 나는 싫었다. 슬퍼 보이지 않고 장난처럼 하는 것이 미웠다. 매달리면서 울부짖는 것에 화가 났다. 다른 한 아이가 내게 구걸을 했다. 옷도 제법 입었고 청승도 떨지 않았다. 그러나 벙어리여서 손바닥을 펴고 손짓으로 의사를 표시했다. 그의 거동이 나는 싫었다. 그는 벙어리가 아닌지도 모른다. 나는 보시(布施)를 하지 않는다. 내게는 자선심이 없다. 나는 보시자(布施者)의 상위(上位)에 서서 짜증과 의심과 미움을 줄 뿐이다. 나는 내가 구걸을 한다면 어떤 방법을 택할 것인가 생각해 보았다. 나는 보시도 얻지 못하고 동정도 받지 못할 것이다. 나는 보시하는 자보다 상위에 서 있다고 생각하는 사람들에게서 짜증과 의심과 미움을 받을 것이다.
　　　　　　　　　　　　　　　　　　　　— 노신 / 걸식자

【중국의 고사】

■ **반포지효**(反哺之孝) : 까마귀 새끼가 자란 뒤에 늙은 어미에게 먹이를 물어다 줌, 즉 자식이 부모의 은혜에 보답하는 일을 말한다. 까치나 까마귀에 대한 인식은 중국이나 한국이나 거의 같다. 보통

까치는 길조, 까마귀는 흉조라고 인식한다. 까마귀는 음침한 울음소리와 검은 색깔로 멀리하는 새이며, 좋지 않은 의미로 많이 사용된다. 또한 까마귀는 시체를 먹는 불결한 속성이 있어 까마귀밥이 되었다고 하면 곧 죽음을 의미한다.

이렇듯 까마귀는 불길의 대명사로 인식하고 있지만, 인간이 반드시 본받아야 할, 간과할 수 없는 습성도 있다.

명(明)나라 말기의 박물학자 이시진(李時珍)의 《본초강목(本草綱目)》에 까마귀의 습성에 대한 다음과 같은 내용이 실려 있다.

까마귀는 부화한 지 60일 동안은 어미가 새끼에게 먹이를 물어다 주지만 이후 새끼가 다 자라면 먹이사냥에 힘이 부친 어미를 먹여 살린다고 한다. 그리하여 이 까마귀를 자애로운 까마귀라 해서 자오(慈烏) 또는 반포조(反哺鳥)라 한다. 곧 까마귀가 어미를 되먹이는 습성을 반포(反哺)라고 하는데, 이는 극진한 효도를 의미하기도 한다. 이런 연유로 『반포지효』는 어버이의 은혜에 대한 자식의 지극한 효도를 뜻한다.

이밀(李密)의 《진정표(陳情表)》에 있는 이야기다.

진(晉) 무제(武帝)가 이밀에게 높은 관직을 내렸다. 하지만 이밀은 늙은 할머니를 봉양하기 위해 관직을 사양했다. 무제는 이밀의 관직 사양을 불사이군(不事二君)의 심정이라고 크게 화내면서 서릿발 같은 명령을 내린다. 그러자 이밀은 자신을 까마귀에 비유하면서 이렇게 말했다.

「까마귀가 어미새의 은혜에 보답하려는 마음으로 할머님이 돌아가시는 날까지만 봉양하게 해주십시오(烏鳥私情 願乞終養)」

『반포지효』와 비슷한 뜻으로 『반의희(斑衣戲)』라는 말이 있다.

— 이밀(李密) / 진정표(陳情表)

■ **결초보은**(結草報恩) : 죽어 혼령이 되어도 은혜를 잊지 않고 갚음.

『결초보은』이란 말을 쓰는 노인들을 더러 보게 된다. 죽어서 은혜를 갚겠다는 뜻이다. 『결초보은』의 이야기에 나오는 장본인인 위과(魏顆)가 한 말이 「효자는 종치명(從治命)이요 부종난명(不從亂命)이다」라는 것이었다.

춘추시대 5패의 한 사람인 진문공의 부하 장군에 위주라는 용사가 있었다. 그는 전장에 나갈 때면 위과와 위기(魏錡) 두 아들을 불러 놓고, 자기가 죽거든 자기가 사랑하는 첩 조희(祖姫)를 양반집 좋은 사람을 골라 시집을 보내 주라고 유언을 하고 떠났다.

그런데 막상 병들어 죽을 임시에는 조희를 자기와 함께 묻어달라고 유언을 했다. 당시는 귀인이 죽으면 그의 사랑하던 첩들을 순장하는 관습이 있었기 때문이다. 그러나 위과는 아버지의 유언을 따르려 하지 않았다. 아우인 위기가 유언을 고집하자, 위과는, 「아버지께서는 평상시에는 이 여자를 시집보내 주라고 유언을 했었다. 임종 때 말씀은 정신이 혼미해서 하신 것이다. 효자는 정신이 맑을 때 명령을 따르고 어지러울 때 명령을 따르지 않는다고 했다」하고, 장사를 마치자 그녀를 양가에 시집보내 주었다. 그리고 얼마 후, 두 형제는 두회라는 진(秦)나라 대장을 맞아 싸우게 되었다. 두회는 하루에 호랑이를 주먹으로 쳐서 다섯 마리나 잡은 기록이 있고, 키가 열 자에 손에는 120근이나 되는 큰 도끼를 휘두르며 싸우는데, 온 몸의 피부가 구리처럼 단단해서 칼과 창이 잘 들어가지 않는 그런 용장이었다.

위과와 위기는 첫 싸움에 크게 패하고 그날 밤을 뜬눈으로 새우다시피 했다. 그런데 꿈인 듯 생시인 듯 위과의 귓전에서 「청초파(靑草坡)」라고 속삭이는 소리가 들렸다. 위기에게 물어도 위기는 아무 소리도 듣지 못했다고 했다. 그래서 청초파란 지명이 있다는 것을 알고 그리로 진지를 옮겨 싸우기로 했다.

이날 싸움에서 적장 두회는 여전히 용맹을 떨치고 있었다. 그런데 위과가 멀리서 바라보니 웬 노인이 풀을 잡아매어 두희가 탄말의 발을 자꾸만 걸리게 만들었다. 말이 자꾸만 무릎을 꿇자, 두회는 말에서 내려와 싸웠다. 그러나 역시 발이 풀에 걸려 자꾸만 넘어지는 바람에 마침내는 사로잡혀 포로가 되고 말았다.

그날 밤, 꿈에 그 노인이 위과에게 나타나 말했다.

「나는 조희의 아비 되는 사람입니다. 장군이 선친의 치명(治命)을 따라 내 딸을 좋은 곳으로 시집보내 준 은혜를 갚기 위해 미약한 힘으로 잠시 장군을 도와드렸을 뿐입니다.」 하고 낮에 있었던 일을 설명하고, 다시 장군의 그 같은 음덕(陰德)으로 훗날 자손이 왕이 될 것까지 일러주었다.

『결초함환(結草銜環)』이라는 성어가 있는데, 『결초(結草)』와 『함환(銜環)』 두 이야기에서 나온 성구로서, 『함환』에 관해서는 남북조시대 양(梁)나라의 오균(吳均)이 지은 《속제해기(續齊諧記)》에 다음과 같은 전설이 실려 있다.

후한 때 사람 양보(梁甫)가 아홉 살 때 산 아래서 올빼미에게 물려 다친 꾀꼬리를 발견하고 집으로 가져다 치료해 주었더니, 백여 일이 지나자 상처가 아물어 죽음을 면하게 되었다. 이에 양보가 즉시 꾀꼬리를 놓아주었더니 그날 밤 노란 옷을 입은 동자가 꿈에 나타나 옥환 네 개를 예물로 주면서 목숨을 구해준 은혜를 갚는다고 하고는 꾀꼬리로 변하여 날아갔다는 이야기다.

— 《춘추좌씨전(春秋左氏傳)》

▣ **보원이덕(**報怨以德**)** : 그리스도의 「오른쪽 뺨을 때리거든 왼쪽 뺨도 내놓으라」 하는 교훈 역시 이 말처럼 원한에 대해 대처해야 할 인간의 태도를 말한 것이라고 생각되지만, 노자(老子) 쪽이 상대에게 덕을 베풀라고 말한 점에서 보다 적극적이다. 또 그리스도의 경우는 인인애(隣人愛)에 대한 비장한 헌신을 느끼는 데 반해 노자의 경우는 그 무언지 흐뭇한 느낌이 든다.

그리스도는 맞아도 채여도 십자가에 매달려도 상대를 미워하지 않고 상대가 하는 대로 내버려두며 죽어간다는 비장한 상태를 상기시켜 주지만, 노자는 집안에 침입한 도둑에게 술대접을 하는 부잣집 영감을 상상케 한다.

《노자》 63장에,

「무위하고, 무사를 일삼고, 무미를 맛본다. 소(小)를 대(大)로 하고, 적음을 많다고 한다. 원한을 갚는 데 덕으로써 한다(爲無爲 事無事 味無味 大小多少 報怨以德).」라고 되어 있다.

『무미』란 『무위』나 무(無)를 상징적으로 표현한 말이다. 『무위』도 『무(無)』도 최고의 덕이다. 『도(道)』의 상태나 속성을 나타낸 말로 동이어(同異語)라고 생각해도 좋다.

『도(道)』나 『무(無)』는 무한한 맛을 가지고 있을 것이다. 그렇지 않으면 『도』라고 할 수가 없고 『무』라고도 할 수 없을 것이다. 위스키 맛이나 불고기 맛 같은 것은 아무리 미묘하고 복잡한 맛을 지녔다고 해도, 위스키 이상이 아니고 불고기 이상도 아니다. 단지 한정되어 있는 맛인 것이다.

「소(小)를 대(大)로 하고, 소(少)를 다(多)로 한다」란 노자 일류의 역설적인 표현이다. 「남(他)을 다(多)로 하고 자기(自)를 소(少)로 해서 남을 살피고 남에게서 빼앗으려는 마음을 버리라」라는 뜻일 것이다.

원래 노자 류로 말한다면 大니 小니 하는 판단은 절대적인 입장에 설 수가 없는 것이다. 인간의 판단은 상대적인 것으로, 물(物)에는 小도 大도 없다는 것이 노자의 생각이다. 그러므로 남(他)을 다(多)로 하는 생각은 어리석은 생각이라고 할 수 있다. 이 항을 알기 쉽게 말하면,

「자진해서 무엇을 하려고 하지 말고, 남과 다투지 말고, 남에게서 빼앗지 말고, 무한한 맛을 알고, 자신에게 싸움을 걸고, 자기에게서 빼앗으려고 하는 자에게는 은애(恩愛)를 베풀라」는 처세상의

교훈이다.

　노자의 말, 특히 처세에 관한 말은 그 대개가 위정자에게 말하고 있다. 이 말도 그렇다. 그리하여 이것을 실행한 인간은 최고의 위정자이고, 성인이다. 성인이란 이상적인 대군주다. 그래서 은애를 베푸는 상대는 국민이나 또는 정복한 타국의 왕이다. 그리스도교의 「오른쪽 뺨을 맞거든 왼쪽 뺨도 내놓으라」는 것 역시 피치자(被治者)에게 하는 말이 아닌가 본다.　　　　　―《노자(老子)》63장

■ **타산지석**(他山之石) : 다른 산에서 나는 돌이라도 나의 옥(玉)을 갈고 닦는 데에 소용된다는 뜻으로, 악인도 선인의 지덕(知德)을 닦는 데에 도움이 됨의 비유. 「다른 산의 돌」이란 뜻으로, 다른 산에서 나는 보잘것없는 돌이라도 자기의 옥(玉)을 가는 데에 소용이 된다는 말로서, 다른 사람의 하찮은 언행일지라도 자신의 학덕을 연마하는 데 도움이 됨을 비유한다.

　옥돌을 곱게 갈려면 같은 옥돌로는 잘 갈리지 않는다. 강도(強度)가 서로 다른 곳의 돌로 갈지 않으면 안 된다.

　이러한 사실을 인용하여 《시경》 소아「학명(鶴鳴)」이란 시에, 초야에 있는 어진 사람들을 데려다가 임금의 덕을 더욱 아름답게 만드는 재료로 삼으라는 뜻으로,

다른 산의 돌은
그로써 옥을 갈 수 있다.

他山之石　可以攻玉　타산지석　가이공옥

고 끝을 맺고 있다.

이 시에서 자기만 못한 다른 사람의 말이나 행동이 자신의 학문과 덕을 닦는 좋은 참고가 될 수 있다는 뜻으로 「타산지석」이란 말을 쓰게 된다. 예를 들어 어떤 사람이,

「비록 부족한 사람의 말이지만, 이것이 타산지석이 되었으면 다행이겠습니다」 하고 말했다면,

그것은 자신을 낮추고 상대방을 높이면서, 좋은 참고로 알고 보람 있게 받아들여 실천에 옮겨 달라는 여러 가지 내용의 말을 한 것이 된다.

가위는 반드시 한쪽은 강하고 한쪽은 무른 쇠로 되어 있다. 그래야만 미끄럽지가 않고 물건을 잘 자를 수가 있다. 타산지석이 아닌 「타산지철」인 것이다.

자기 의견과 똑같은 사람이 되기를 바라는 지도자처럼 어리석은 지도자는 없다. 똑같은 돌, 똑같은 쇠끼리는 서로 상대를 갈 수 없다는 진리를 모르는 사람이다. 의견이 서로 다른 사람끼리 정답게 지내는 가운데 더욱 빛이 나고 날이 서게 되는 것이다.

「절차탁마(切磋琢磨)」와 함께 인간의 인격수양에 쓰이는 명구(名句)로, 흔히 「타산지석으로 삼다」라고 쓴다. {☞ 절차탁마} /《시경》 소아.

【우화】

■ 사자가 초원에 앉아 놀다가 잠이 들었는데, 생쥐 한 마리가 잠자는 사자의 머리 위에 올라가서 장난을 하다가 그만 사자의 코를 건드렸다. 사자가 놀라 눈을 번쩍 뜨고 조그만 쥐에게 야단을 쳤다. 쥐는 온 몸을 떨면서 한 번만 용서해주면 은혜는 결코 잊지 않겠다고 사자에게 싹싹 빌었다. 그러나 사자는 너같이 작은 짐승이 무슨 은혜를 갚을 수 있겠느냐고 비웃으면서 그 쥐를 그냥 놔주었다.

그 후 며칠이 지난 어느 날, 쥐는 산길을 지나다가 사자의 울음소리를 듣고 놀라서 달려가 보니, 전날의 그 사자가 사냥꾼이 쳐 놓은 덫에 걸려 꼼짝 못하고 울부짖고 있었다. 덫은 사자의 몸을 밧줄로 얽어 몸부림을 치면 칠수록 밧줄이 묶인 다리를 더욱 단단히 졸라매게 되어 있었다.

쥐는 사자를 안심시키고, 날카로운 이빨로 밧줄을 솔아서 마침내 밧줄은 끊어지고 사자는 자유로운 몸이 되었다. 작고 힘없는 짐승이라고 얕보았던 사자는 쥐에게 눈물을 흘리며 그가 은혜를 갚은 데에 감사를 했다　　　　　　　― 이솝 / 사자와 쥐

【에피소드】

■ 조지 휘트필드의 전도로 예수를 믿게 된 모히칸 인디언 새뮤얼 오큼은 나중에 유명한 전도사가 되었다. 어느 날, 오큼은 만인 구원론을 믿는 어느 사람과 장시간의 논쟁을 벌였는데, 그 결론으로

그는 이렇게 말했다. 「옳아요. 그러나 이것 하나만은 기억하여야 할 것입니다. 만약 당신의 말이 맞는다면 나는 구원을 받습니다. 또 당신의 말이 틀린다고 해도 나는 구원을 받습니다. 나는 나의 활에 두 개의 살을 가지고 왔습니다. 그러나 당신은 하나만 가지고 계시지요?」

【成句】

■ 각골난망(刻骨難忘) : 은혜가 뼈에 새겨져 잊히지 않음.

■ 은심원생(恩甚怨生) : 사람에게 은혜를 베푸는 것이 도를 넘으면 오히려 원망을 받는다는 뜻.

■ 누세홍은(累世洪恩) : 여러 해 쌓인 넓고 큰 은혜.

■ 인인성사(因人成事) : 남의 도움을 받아 일을 이룸. /《사기》평원군열전.

■ 호천망극(昊天罔極) : 하늘이 끝없이 크고 넓음과 같이 부모의 은혜가 넓고 커서 다함이 없음을 이름.

■ 고은(孤恩) : 입은 은혜를 저버림.

■ 분여광(分餘光) : 등불을 여러 사람에게 갈라 비치게 한다는 뜻으로, 은혜를 여러 사람들이 나누어 받게 하는 것. /《사기》저리자감무열전.

■ 해의추식(解衣推食) : 자기의 밥과 옷을 남에게 준다는 뜻으로, 은혜를 베푸는 것. /《사기》회음후열전.

■ 은반위수(恩反爲讐) : 은혜가 도리어 원수가 됨이니 도리(道理)

가 아님을 말한다.

■ 동악상조(同惡相助) : 악인은 악을 이루기 위하여 서로 돕는다는 뜻으로, 동류끼리의 도움을 이름. /《사기》

■ 동포(同袍) : 한 두루마기를 둘이 같이 쓴다는 뜻으로, 친구 간에 서로 곤궁함을 도와줌. /《시경》진풍.

■ 전불고견(全不顧見) : 전혀 돌보아주지 않음.

■ 천부지재(天復地載) : 하늘이 덮고 땅이 싣는다는 뜻으로, 천지와 같은 넓고 큰 사랑을 이름. /《중용》

■ 일비지력(一臂之力) : 남을 도와줄 때 보잘것없는 힘이라고 낮추어 하는 말.

■ 구분증닉(救焚蒸溺) : 불에 타고 물에 빠진 사람을 구해 낸다는 뜻으로, 남의 곤란과 재액을 구해 줌.

김동구(金東求, 호 운계雲溪)

경복고등학교 졸업

경희대학교 사학과 졸업

성균관대학교 경영대학원 경영학과 제1회 수료

경희대학교 경영대학원 경영학과 제1회 졸업

〈편저서〉

《논어집주(論語集註)》,《맹자집주》,

《대학장구집주(大學章句集註)》,

《중용장구집주》,《명심보감》

명언 희생편(6)

초판 인쇄일 / 2021년 7월 25일

초판 발행일 / 2021년 7월 30일

☆

엮은이 / 김동구

펴낸이 / 김동구

펴낸데 / ◎明文堂

창립 1923. 10. 1

서울특별시 종로구 안국동 17-8

☎ (영업) 733-3039, 734-4798

(편집) 733-4748   FAX. 734-9209

H.P. : www.myungmundang.net

e-mail : mmdbook1@kornet.net

등록 1977. 11. 19. 제 1-148호

☆

ISBN   979-11-91757-15-6   04800

ISBN   979-11-951643-0-1(세트)

☆

값 13,500원